教育部人文社会科学青年基金项目资助

江西师范大学文学院
正大语言文学研究丛书

不可靠叙述研究

陈志华 ◎ 著

中国社会科学出版社

图书在版编目(CIP)数据

不可靠叙述研究 / 陈志华著. —北京：中国社会科学出版社，2018.8（2020.10 重印）

ISBN 978-7-5203-2620-9

Ⅰ.①不… Ⅱ.①陈… Ⅲ.①叙述学 Ⅳ.①I045

中国版本图书馆 CIP 数据核字（2018）第 118040 号

出 版 人	赵剑英
责任编辑	任　明
责任校对	周　昊
责任印制	李寡寡

出　　版	中国社会科学出版社
社　　址	北京鼓楼西大街甲 158 号
邮　　编	100720
网　　址	http://www.csspw.cn
发 行 部	010-84083685
门 市 部	010-84029450
经　　销	新华书店及其他书店
印刷装订	北京君升印刷有限公司
版　　次	2018 年 8 月第 1 版
印　　次	2020 年 10 月第 2 次印刷
开　　本	710×1000　1/16
印　　张	16
插　　页	2
字　　数	235 千字
定　　价	88.00 元

凡购买中国社会科学出版社图书，如有质量问题请与本社营销中心联系调换
电话：010-84083683
版权所有　侵权必究

前　言

一　问题的提出

鲁迅《狂人日记》中的狂人是真疯还是假狂，或兼而有之？芥川龙之介《竹林中》里哪位叙述者的话可信，或者根本就没有真相存在？纳博科夫《洛丽塔》中的亨伯特是真诚的自我忏悔者吗？……面对这些，我们无法，也不必做出非此即彼的选择。然而，有一点却是非常肯定的，这些叙述者传达信息的可靠性都值得怀疑。

本书以不可靠叙述为研究对象。这一研究对象确立于20世纪文学实践和叙事理论发展的整体现状。不可靠叙述的出现由来已久，早在18世纪的文学作品中已经产生，比如劳伦斯·斯泰恩的《项狄传》。布斯（Wayne C. Booth）将不可靠叙述者的历史追溯到拉伯雷的《巨人传》[①]。布鲁诺·泽维克（Bruno Zerweck）甚至提出，乔叟的《坎特伯雷故事集》和《特洛伊罗斯与克瑞西达》、罗伯特·亨利逊的《克雷斯德的遗言》以及威廉·邓巴的许多作品中都能找到不可靠叙述者。[②] 检视20世纪以来的中外文学文本，尤其是西方文学文本，

[①] W. C. Booth. *The Rhetoric of Fiction*. Chicago: University of Chicago Press, 1983, p.239. 不可靠叙述这一概念出自布斯的《小说修辞学》。为了更好地理解"不可靠叙述"的内涵，笔者直接阅读原著，并就相关论述进行翻译。在翻译中，参考了华明、胡晓苏、周宪译的《小说修辞学》（北京大学出版社1987年版）和傅礼军译的《小说修辞学》（广西人民出版社1987年版）两个译本。

[②] Bruno Zerweck. *Historicizing unreliable narration: unreliability and cultural discourse in narrative fiction*, Style (spring), 2001.

比如菲茨杰拉德的《了不起的盖茨比》、马克·吐温的《哈克贝利·费恩历险记》、林·拉德纳的《理发》、威廉·福克纳的《喧哗与骚动》《押沙龙，押沙龙!》《在我弥留之际》、纳博科夫的《洛丽塔》、詹姆斯·乔伊斯的《青年艺术家的画像》、康拉德的《黑暗的心》、亨利·詹姆斯的《螺丝在拧紧》《说谎者》《圣泉》、杰罗姆·大卫·塞林格的《麦田里的守望者》、玛格丽特·阿特伍德的《盲刺客》、海明威的《我的老爸》……大批不可靠叙述文本不断涌现，不可靠叙述已成为一种非常重要的文学现象。与其创作实践的繁复相比，不可靠叙述的理论探讨相对滞后。诚如韦勒克所言，20世纪是一个批评的世纪，众多理论流派新见迭出。不可否认，精神分析批评能对亨伯特等不可靠叙述者做出某些令人信服的心理分析，新批评的"含混"研究也能对不可靠叙述的语言机制提供某种理论借鉴。然而，面对20世纪兴起的此种不可规约的文学现象，需要理论家面对丰富的创作实践，探索新的批评模式，生发新的理论灵感。

对不可靠叙述的理论探讨始于布斯《小说修辞学》（*The Rhetoric of Fiction*，1961）。在该书中，布斯首创"不可靠叙述"（unreliabe narration）这一概念，并对其进行了较为系统的论述，从而开辟了一个重要的叙事学研究领域。直到现在，叙事信息的可靠与否仍然是叙事学中最令人着迷的问题之一。此后，詹姆斯·费伦（James Phelan）、里蒙—凯南（Rimmon-Kenan, Shlomith）塔玛·雅可比（Tamar Yacobi）、安塞加尔·纽宁（Ansgar Nünning）、薇拉·纽宁（Vera Nünning）、布鲁诺·泽维克（Bruno Zerweck）、汉森（Per Krogh Hansen）、奥尔森·格雷塔（Olson Greta）、多丽·科恩（Dorrit Cohn）、莫妮卡·弗雷德尼克（Monika Fludemik）、库瑞（Currie）等学者都专门撰文对不可靠叙述进行探讨，正如雅可比指出的，"不可靠叙述成为当代叙事理论中的一个中心问题"[①]。随着探讨的日渐深入，西方理论界逐步形成了修辞派、认知派、历史文化意识派三种研究路径。国内学界的赵毅衡、申丹、胡

[①] [美]詹姆斯·费伦、拉比诺维茨主编：《当代叙事理论指南》，申丹等译，北京大学出版社2007年版，第82页。

亚敏等学者较早涉及这一问题，尚必武、张丽、王浩等学者也译介了国外关于不可靠叙述的新的研究成果。但整体说来，国内对于不可靠叙述的理论探讨还不多见，文章多为以西方某些具有代表性的不可靠叙述理论进行文本分析，缺乏对理论本身的深入探讨。

丰富的文学现实需要理论工作者做出应对。尽管国内外学界都颇为关注"不可靠叙述"这一重要理论问题，目前该领域尚未出现专著对其进行系统研究，理论探讨散见于各类期刊文章和部分论著的章节中。笔者选定这一研究对象，着力对不可靠叙述进行系统论述：在厘清不可靠叙述内涵的基础上，分别从类型研究、形成机制、艺术效果、叙事伦理等方面进行全方位考察。本书旨在为不可靠叙述搭建一个合理的理论阐释框架，从而更好地推进研究不断走向深入。

二 研究现状概览

文献资料（证据）分析或回顾是科学研究程序中的一个部分[①]，也是科学研究中首要的学术规范。任何研究或研究者都是借鉴前人的理论、研究成果、研究方法来明确提出自己的研究问题，以及在研究中可能运用的方法，审查、检验与修正已有的理论与研究结论，进而提出自己的研究发现或建构自己的理论。半个世纪以来，不可靠叙述研究凝聚了众多理论家的智慧，他们的论述已成为当前理论探讨的基点。在展开具体论述前，我们需要大体描述一下前人的研究现状。

（一）研究现状

"尽管韦恩·C. 布斯并不是对不值得信赖的叙述者的现象加以评论的第一人，但他在《小说修辞学》中对可靠和不可靠叙述的处理仍然是这一区别的主要来源。"[②] 在该书中，布斯首次提出"不可靠叙述"这一概念，同时也开创了对不可靠叙述的修辞研究路径。"当叙述者的讲述或行动与作品的思想规范（也即隐含作者的思想规范）相

---

① [英] 安东尼·吉登斯：《社会学》，赵旭东等译，北京大学出版社 2003 年版，第 813—815 页。

② James. Phelan. *Narrative as Rhetoric*, Columbus: Ohio State University Press, 1996, p. 110.

一致时,我将这类叙述者称为可靠的叙述者,反之则称为不可靠的叙述者。"① 布斯这一经典界定对不可靠叙述理论产生了深远的影响。由于将理论视点主要锁定在不可靠叙述者身上,布斯对于不可靠叙述的理论阐释力度也深受限制。詹姆斯·费伦是布斯的得意门生,成为当今修辞派的代表人物。他借鉴认知派重视读者因素的观点,批判地继承了布斯的思想,从多方面发展了不可靠叙述理论。然而,令人遗憾的是,他深受布斯专注于叙述者的影响,仅探讨了同故事叙事模式下叙述者的不可靠性问题,从而在某种程度上削弱了其理论的概括力。

认知转向代表了不可靠叙述理论的首次范式转换。1981年,塔马·雅可比在《今日诗学》(*Poetic Today*)上发表了《论交流中的虚构叙事可靠性问题》一文,首次对修辞派理论进行诘难。该文一反布斯所树立的隐含作者的权威,将不可靠叙述的判定权交给了读者,明确提出,面对文本中的难以解释的细节或种种不一致之处,读者有权拥有广泛的调解和综合解决策略。② 也就是说,雅克比并不将不可靠性看作是文本自身的特征,而是读者理解的产物。她将不可靠性界定为一种"阅读假设"或"协调机制",即对于文本中的不一致,读者可以采取相应的阅读假设或协调机制加以解决。作为认知派的中坚力量,纽宁夫妇以其颇具创见的理论言说推动了认知研究方法走向深入。

两种研究路径各有利弊,立场的迥异导致两派学者在理论界产生激烈交锋。近来有不少学者试图调和这两种研究方法,甚至有学者提出应该将二者结合,采用"认知—修辞"的综合性方法。那么,二者能否综合?如果可以,在何种基础上综合?布鲁诺·泽维克作出了可贵的努力。2001年,他在《文体》(*Style*)上发表了题为《不可靠叙述的历史演变:虚构叙事中的不可靠性和文化话语》的文章,颇具创造性地提出了不可靠叙述研究的第二次转向——历史文化意识转向。

---

① W. C. Booth. *The Rhetoric of Fiction*. Chicago: University of Chicago Press, 1983, p. 158.

② Tamar Yacobi. *Fictional Reliability as a Communicative Problem*, Poetics Today, Vol. 2, Narratology Ⅲ: Narration and Perspective in Fiction. (Winter, 1981), p. 114.

这第二次转向是否成立尚待证明,然而,修辞派与认知派对历史文化动态发展的关注却是一种共同的趋向。文学与历史文化语境息息相关,只有将作品创作时期的意义和价值构成中的历史变化考虑进来,不可靠叙述研究才是富有成效的。

在国内,赵毅衡较早关注到不可靠叙述,在其专著《苦恼的叙述者》和《当说者被说的时候》中都设置了专章进行讨论。赵毅衡总体上比较认同布斯的不可靠叙述观,但也在细致的考察中修正了布斯的某些观念,从而推进了不可靠叙述理论走向深入。徐岱的《小说叙事学》、胡亚敏的《叙事学》也较早涉及不可靠叙述问题。此后,刘俐俐的《外国经典短篇小说文本分析》、李建军的《小说修辞研究》、谭君强的《叙事理论与审美文化》、祖国颂的《叙事的诗学》等论著均涉及对不可靠叙述,尤其是不可靠叙述者的分析、探讨。由于国内鲜见认知派不可靠叙述理论的介绍性文章,因而,对于不可靠叙述的理解基本还是处于修辞派理论框架下。近些年,不可靠叙述的最新研究成果,尤其是认知派理论逐步被介绍到国内,申丹、谭君强等学者也就不可靠叙述中的某些问题提出了不少富有创见的看法,比如,谭君强关于可靠性与不可靠性的可逆性的阐发就颇具洞见。

(二) 当前研究中存在的问题

经过半个多世纪的理论阐释和论争,不可靠叙述理论得到了长足发展。修辞方法和认知方法成为当前不可靠叙述理论中两种主要的研究路径,历史文化意识派也以其对历史文化维度的强调受到了学界的广泛认可。纵观中外不可靠叙述理论整个发展历程,我们在肯定现有理论成果的同时,也发现当前研究中还存在一些不足,主要表现为:

1. 理论家们颇为关注叙述不可靠性类型的划分,然而,对其形成机制的分析却鲜见于各类研究文章。其实,叙述声音和叙事模式等与叙述的可靠与否有着密切的联系,然而,对这方面的探讨却很少见。实际上,形成机制涉及对叙述可靠与否的判定,只有获得对不可靠叙述的判定,我们才能进一步探讨不可靠叙述所涉及的各种理论问题。因而,对形成机制的研究是不可靠叙述理论走向深入所不可或缺的。

2. 当前对于不可靠叙述伦理维度的研究,多陷于传统伦理批评的模式，忽视了叙事文本中伦理问题的独特性，而以理性伦理对叙事文本中的人物进行道德裁判。不可靠叙述容易引发道德混乱，这已成为一个不争的事实。尽管我们有必要从伦理维度对不可靠叙述文本进行审视，然而，在批评实践中也应该注意叙事文本中伦理问题的独特性，采取针对性和策略性的批评方法。因而，笔者从叙事伦理角度切入，尝试着提出五维度叙事伦理分析法，以期以符合叙事文本特质的方式，推进对不可靠叙述伦理维度的研究。

3. 当前对不可靠叙述的探讨基本上还是将其认定为"一种重要的叙事策略"。诚然，赘叙、省叙及同故事叙述等叙事技法的运用都是不可靠叙述文本策略的具体表现，不可靠叙述也往往通过种种策略传达出来。然而，纵观不可靠叙述理论的发展，我们发现，不可靠叙述已经具有了作为文学观念的独立品格（详见第一章第一节）。因而，将不可靠叙述认定为一种文学观念不仅有助于将不可靠叙述研究推向深入，而且也将能在更宽阔的视野中把握20世纪以来纷繁的文学思潮。

纽宁在一篇文章中谈道，在不可靠叙述研究中"至少还有六个重要领域还没有得到充分的发掘"[①]，其中提出应拓宽对不可靠叙述的跨学科、跨领域等方面的研究等看法。的确，不可靠叙述是一种覆盖面很强的理论，如果仅限于文学文本，甚至小说文本领域无法将其理论辐射力量充分展示出来。当然，对叙事文学作品中不可靠叙述的细致研究也是不可或缺的。这二者并不矛盾。笔者赞同这种理论前瞻，也将在结语中作进一步阐述。

三　研究目标及主要内容

（一）研究目标

基于不可靠叙述既有的研究现状和存在的问题，本书确定了如下研究目标：在对已有理论资源的清理中，揭示不可靠叙述的内涵，为

---

① ［美］詹姆斯·费伦、拉比诺维茨主编：《当代叙事理论指南》，申丹、马海良、宁一中等译，北京大学出版社2007年版，第105页。

研究对象划定边界；在此基础上，从类型研究、形成机制、艺术效果切入，对不可靠叙述进行整体性研究，进而将研究视界拓展到叙事伦理之中，打通由文本之内走向文本之外的研究路径，从而尽可能获得对不可靠叙述的全方位、立体式把握。

本书从20世纪整个大背景下观照不可靠叙述理论的历史演进，在对于前人理论阐释的评析中，明确不可靠叙述的理论内涵，并初步描述不可靠叙述的叙事交流情况。通过对已有叙述不可靠性类型研究成果的辨析，认为以叙述主体作为新的类型划分标准将更为合理，进而从叙述者—叙述的不可靠性、人物—叙述的不可靠性、隐含作者—叙述的不可靠性这三大类型进行具体阐述。对不可靠叙述形成机制进行研究，结合具体文本进行详尽阐发。探究不可靠叙述的艺术效果，主要针对反讽和含混两种效果展开论述。从叙事伦理的角度观照不可靠叙述，提出五维度叙事伦理分析法，并结合具体文本展现不可靠叙述中丰富的伦理交流场域。

"方法，是从研究客体运动规律性出发在实践上和理论上掌握现实的形式，是改造实践活动或认识理论活动的调节原则体系。在科学中，方法是研究和叙述材料的手段。"[1] 方法既是人们掌握现实的一种形式，又是人们认识与实践活动的原则指导体系。在对不可靠叙述的具体论述中，本书力图坚守以下几个原则：（1）对于基本理论著作及论文精读、细读。由于当前不可靠叙述研究的主要成果来自于西方学者，因而，论文大量采用第一手外文资料。（2）理论和实践相结合。不可靠叙述理论源于对20世纪以来叙事文学作品中大量的不可靠叙述这一不可规约文学现象的理论概括，因而，笔者在论述中，力图将不可靠叙述的理论阐释和文本分析紧密结合起来。本书的理论阐述根植于对大量叙事文本的具体的文本分析之中，这种将理论研究与文学实践相结合的思路，无疑能使理论探讨站在一个坚实的基点上。（3）采用类型研究法，以便使理论阐释明晰化，同时也要注重对类型划分的动态把握，强调其间的

---

[1] ［苏］Д. М. 阿尔汉格尔斯基主编：《伦理学研究方法论》，赵春福等译，中国广播电视出版社1992年版，第1页。

相互联系。(4) 采取历史唯物主义和辩证唯物主义的观点以及多层次、多角度的综合考察的方法及多学科研究的参证思路。我们既要看到西方近百年来社会历史演变的因素,也要看到文化、文学本身发展的趋势;既要注意社会环境等客观条件,又要注意作家方面的主观条件;既要重视社会关系的决定性影响,又不能忽视其他重要的偶然因素。不可靠叙述这一复杂的文学现象,它的成因绝不会是单一的,它必然是错综地渗透着各方面的交叉影响的。(5) 注重借鉴语言学、伦理学、阅读理论等相关领域的研究成果。

(二) 主要内容

不可靠叙述研究是当前国内外叙事理论研究中的一个前沿学术命题。本书以不可靠叙述为研究对象。这一研究对象的确立主要基于20世纪文学实践和叙事理论发展的整体现状。通过对不可靠叙述理论的系统梳理,首先明确"不可靠叙述"的内涵,进而从不可靠性的类型研究、不可靠叙述的形成机制和艺术效果等角度进行研究,并进一步从叙事伦理角度对不可靠叙述进行观照,以便从一个更为宽广的视域获得对不可靠叙述的深刻理解。

第一章将不可靠叙述置于整个叙事传统视野下,鉴于叙事传统的延续性,首先探讨可靠叙述叙事传统形成的原因,认为对于理性的追求、对于文艺社会功用说的推崇、作者权威的树立和注重"叙述什么"的传统叙事观念的影响,是可靠叙述何以能在两千多年的文学发展历程中一直成为默认的叙述模式的重要原因。由此进一步探讨了叙事观念从可靠叙述向不可靠叙述的转化,重点放在探究社会历史文化变迁及文学自身发展诸因素是如何促成不可靠叙述的生成。

第二章在对"不可靠"和"叙述"两个概念辨析的基础上,对不可靠叙述理论的发生、发展进行了详细评述:一方面,着力梳理和辨析了国外以修辞派、认知派和历史文化意识派这三派的不可靠叙述观;另一方面,关注到了国内叙事学蓬勃发展之下对于不可靠叙述理论的译介、本土化阐释以及相应的文学批评实践。

第三章着力对不可靠叙述的内涵进行阐发:当叙述者对于虚构世界的讲述、感知和价值判断,与隐含作者所可能提供的讲述及其价值规范之间形成冲突,从而引发读者对于叙述话语可靠性的怀疑,我们称之为不可靠叙述。作为20世纪以来一种重要的文学观念,不可靠叙述主要表现为种种文本机制引发的叙述话语的不可靠性,历史文化语境在文本叙述可靠性与否的判定中也会产生重大影响。最后结合具体作品,以可靠叙述作为对照,展示出不可靠叙述复杂的叙事交流情况。

第四章聚焦于叙述不可靠性的类型划分。学者已经从类型研究的角度对叙述不可靠性提出过各种划分办法,较具代表性的有:"轴线说"、"阅读假设"说、"明暗"说。通过对上述类型划分的评析与借鉴,本章提出以叙述主体为标准的新的类型划分。在阐明隐含作者、叙述者、人物都能在文本中成为叙述主体的基础上,阐述了重新进行类型划分的原因,从而确立叙述不可靠性的三种类型:叙述者—叙述的不可靠性、人物—叙述的不可靠性、隐含作者—叙述的不可靠性,进而分别对这三种类型展开具体分析。

第五章集中探讨不可靠叙述的形成机制,主要从有缺陷的叙述者、异常的叙述声音、同故事叙述、省叙和赘叙、二度叙事等方面展开具体分析。对于形成机制的探讨无疑会有助于我们对不可靠叙述的识别、判断,深化对文本的理解,使探讨站在一个更为客观的基点上,从而有效避免那种过于感性化、个人化的判断。

第六章论述了不可靠叙述的艺术效果。通过展示前人关于不可靠叙述的效果研究,本章将论述的焦点进一步集中到不可靠叙述的艺术效果,主要考察了两种艺术效果:反讽和含混。在探讨不可靠叙述的反讽效果时,依据反讽指向的不同,区别出两种反讽效果:指向人物和社会情境的反讽、指向叙述者的反讽。在探讨不可靠叙述的含混效果时,依据隐含作者对文本的控制情况,区分出两种含混效果:控制型含混和非控制型含混。不可靠叙述的艺术效果极大地激发了读者对于文本积极、主动的思考,呼唤读者参与到文本意义的建构中来。

第七章着力于对不可靠叙述所引发的伦理问题的探讨。面对不可靠叙述可能产生的道德混乱,本章提出从叙事伦理角度对不可靠叙述进行观照。首先,阐述叙事伦理是不可靠叙述的必要观照角度,主要探讨了以下问题：明确叙事伦理的内涵，认为相较于传统伦理批评，叙事伦理批评是更契合文本的伦理观照方式；论述了叙事伦理进入不可靠叙述的必要性及其适用性。其次，提出"五维度叙事伦理分析法"作为叙事伦理的具体观照方式，并结合第六章所论及的不可靠叙述的反讽和含混两种艺术效果，选取代表性文本进行分析。

　　结语是对全书的总结，简明陈述了本书的主要观点，从叙事学维度对不可靠叙述研究进行反思，进而指出不可靠叙述的研究仍然有着很大的拓展空间。

目 录

第一章 叙事观念的转变：从可靠叙述到不可靠叙述 …………（1）
 第一节 "可靠叙述"的叙事传统 ……………………………（4）
  一 对于理性的追求与文艺社会功用的推崇 ……………（6）
  二 中西叙事传统中"可靠性"观念的影响 ……………（9）
 第二节 不可靠叙述的生成语境 …………………………（13）
  一 社会历史文化环境的变化 ……………………………（14）
  二 文学审美旨趣、叙事策略与阅读理论的发展 ………（19）

第二章 不可靠叙述理论的发展 ………………………………（23）
 第一节 "不可靠叙述"词义辨析 ………………………（23）
 第二节 "不可靠叙述"的提出 …………………………（25）
 第三节 西方学界对"不可靠叙述"的研究 ……………（28）
  一 修辞派不可靠叙述观 …………………………………（28）
  二 认知派不可靠叙述观 …………………………………（36）
  三 历史文化意识派的不可靠叙述观 ……………………（40）
 第四节 国内叙事学蓬勃发展下的"不可靠叙述"研究 …（44）

第三章 不可靠叙述内涵 ………………………………………（57）
 第一节 文学虚构与不可靠叙述 …………………………（57）
 第二节 不可靠叙述的内涵 ………………………………（59）
  一 "不可靠"与"叙述"的含义 ………………………（60）
  二 不可靠叙述的内涵 ……………………………………（61）
 第三节 不可靠叙述的叙事交流情况 ……………………（70）

第四章 叙述不可靠性的类型研究 ……………………………（81）
 第一节 叙述不可靠性已有的类型划分 …………………（81）

一 "轴线"说……………………………………………（82）
　　二 "阅读假设"说 …………………………………（88）
　　三 "明暗"说 ………………………………………（92）
第二节 叙述主体作为叙述不可靠性的类型划分标准 ………（93）
　　一 叙述主体：隐含作者、叙述者、人物……………（94）
　　二 以叙述主体作为划分标准 ………………………（100）
　　三 叙述者—叙述的不可靠性 ………………………（102）
　　四 人物—叙述的不可靠性 …………………………（106）
　　五 隐含作者—叙述的不可靠性 ……………………（109）

第五章 不可靠叙述的形成机制 ……………………………（112）
　第一节 有缺陷的人物充当叙述者 ……………………（113）
　第二节 同故事叙述 ……………………………………（120）
　第三节 异常的叙述声音 ………………………………（125）
　第四节 省叙和赘叙 ……………………………………（129）
　第五节 二度叙事 ………………………………………（134）

第六章 不可靠叙述的美学效果 ……………………………（142）
　第一节 不可靠叙述的效果研究 ………………………（142）
　第二节 不可靠叙述的反讽效果 ………………………（151）
　　一 指向人物和社会情境的反讽 ……………………（154）
　　二 指向叙述者的反讽 ………………………………（156）
　第三节 不可靠叙述的含混效果 ………………………（163）
　　一 控制型含混 ………………………………………（166）
　　二 非控制型含混 ……………………………………（170）

第七章 不可靠叙述的伦理探求 ……………………………（176）
　第一节 叙事伦理：不可靠叙述的必要观照角度 ………（179）
　　一 从传统伦理批评到叙事伦理批评 ………………（180）
　　二 叙事伦理进入不可靠叙述研究的必要性 ………（190）
　　三 叙事伦理进入不可靠叙述研究的适用性 ………（194）
　第二节 不可靠叙述：丰富的伦理交流场域 …………（198）
　　一 不可靠叙述的伦理交流情况 ……………………（199）

二　不可靠叙述的五维度叙事伦理分析 …………………（200）
　第三节　不可靠叙述的文化伦理考察 ……………………（212）
结语 …………………………………………………………（215）

参考文献 ……………………………………………………（220）
后记 …………………………………………………………（236）

第一章

叙事观念的转变：从可靠叙述到不可靠叙述

"不可靠叙述"是一个看似简单、实际上颇为复杂的概念。在中外叙事文本中，不可靠叙述现象十分丰富。早在18世纪，《汤姆·琼斯》等文学作品中已经出现了不可靠叙述现象，在20世纪以来的中西方文学中，菲茨杰拉德的《了不起的盖茨比》、马克·吐温的《哈克贝利·费恩历险记》、威廉·福克纳的《喧哗与骚动》、纳博科夫的《洛丽塔》、康拉德《黑暗的心》、亨利·詹姆斯的《螺丝在拧紧》、鲁迅的《狂人日记》、阿来的《尘埃落定》等大批不可靠叙述文本涌现，以天真叙述、傻子叙述为代表的叙事文学作品数不胜数，不可靠叙述已成为一种非常重要的文学现象。尽管不可靠叙述现象的出现由来已久，而对其进行系统的理论探讨却是20世纪后期的事。1961年，布斯在《小说修辞学》中首次提出"不可靠叙述"这一概念，划分出可靠和不可靠叙述这对新的叙述类型，并对不可靠叙述者进行了较为系统的阐述。及至20世纪90年代末，西方文论界越来越关注文学作品中的不可靠叙述现象。近年来，这一话题在国内叙事研究界也日渐受到重视，对于不可靠叙述的理论探讨也逐渐成为国内外叙事学研究领域中的一个重要问题。

叙事是人类社会与生俱来的一种行为。在漫漫历史长河中，人类通过口头叙述、文字叙述甚至图像叙述传递信息、交流情感、传承文明。在某种程度上说，人类的历史就是一部叙述的历史。黑格尔曾说，"一种学问如果没有成为体系，就不称之为学问"。远古的先贤圣哲们通过语法、文学、修辞、逻辑来研究叙述的方式、方法、样式，却没有对其进行系统研究，生成一门叙述的学问。直到20世纪，在语言学转向的浪潮中，叙事学①脱颖而出。叙事学研究的范畴包括"叙"和"事"两方面，"叙"关注的是技巧方面，"事"关注的是内容方面，"叙"的最终目的是要把事件的意义充分表现出来。

小说蕴含着丰富的叙事现象，成为叙事学家一试身手的绝好对象。尽管在叙事学的初创期，理论家表现出囊括人类一切叙事形态的雄心壮志，后经典阶段，叙事学家们不断在影视、服装、广告等领域开疆拓土，安塞加尔·纽宁也曾指出："由于对不可靠叙述的文类范围还未做出恰当的界定和测量，所以不同文类、媒介和学科中的不可靠叙述问题便成为一个十分肥沃的研究领域。"② 然而，以小说文本为对象的叙事研究无论在深度还是广度上，都让其他研究对象难以望其项背。实际上，对于影视、广告、法律文本等叙事现象的研究往往是从小说叙事研究中汲取理论资源，运用已有的术语、概念、范畴进行理论阐释。不可靠叙述理论是在西方文学实践和文论语境下产生的。布斯在提出这一概念时，主要基于20世纪以来西方文学发展现状，即文本叙述的可靠性问题越来越值得怀疑，尤其是大量出现儿童、白痴等各种类型的不可靠叙述者。因而，本书将主要探讨以小说为代表的叙事性文学作品中的不可靠叙述。

不可靠叙述理论是在西方文学实践和文论语境下产生的。布斯在提出这一概念时，主要基于20世纪以来西方文学发展现状，即文本叙述的可靠性问题越来越值得怀疑，尤其是大量出现儿童、白痴等各种类型的不可靠叙述者。本书对于不可靠叙述的研究以20世纪以来的文学文本为主要样本。

1969年，托多罗夫在《〈十日谈〉语法》中写道："这部著作属于一门尚未存在的科学，我们暂且将这门科学取名为叙述学，即关于

---

① 国内将 narratology 译为"叙述学"或"叙事学"。一般说来，"叙述"一词仅指称文本中的叙述技巧、策略、方式，而"叙事"则涵盖了故事结构和叙述技巧两个方面。二者各有侧重，为了行文的一致性，本书统一采用"叙事学"一词。

② ［美］詹姆斯·费伦、J.拉比诺维茨主编：《当代叙事理论指南》，申丹、马海良、宁一中等译，北京大学出版社2007年版，第100页。

叙事作品的科学。"① 此后，关于叙事学的理论著作、研究文章纷纷涌现，开启了经典叙事学的辉煌。不可靠叙述这一概念产生于西方经典叙事学语境下。经典叙事学推崇对于叙事作品进行内在性和抽象性的研究，更多地采用纯描述或纯批判、纯否定的立场，尽管它能从语言本体的层面揭示作品的艺术价值形成机制，然而，经典叙事学的极端技巧化仅仅考虑到小说创作的形式层面，从而脱离了审美判断和价值判断。因而，尽管叙事理论家对故事、话语、节奏、频率、时间、视点等核心概念、范畴进行了细致的研究，然而，对不可靠叙述却很少谈及。赵毅衡指出："因为价值观的确立之难，法国派的叙述学研究者一般都拒绝深谈叙述的可靠性问题。"② 此话一语中的。经典叙事学家们对布斯的《小说修辞学》大为赞赏，对该书中叙事角度、叙述者类型、文本规范、隐含的作者等概念多有借鉴，但把布斯用力较多的"不可靠叙述"置于一边，就不难理解了。由此形成了一种奇特的局面：一方面，20世纪文学创作出现了大量不可靠叙述现象；另一方面，不可靠叙述却缺乏理论上的说明、概括和探讨。20世纪90年代以来，西方叙事理论呈现出由经典叙事学向后经典叙事学转化的趋向。对于语境、读者的关注，让后经典叙事学家们开始重视文本的价值判断，重拾"不可靠叙述"这一话题。"不可靠叙述"成为叙事学研究的热门话题，引发了"当下叙事学界最热烈的讨论"③。

笔者力图从繁杂的叙事观念中，考察可靠叙述如何向不可靠叙述位移，是何种原因使20世纪以来大量出现天真叙述、白痴叙述、含混叙述等不可靠叙述形式。可靠叙述的发展历程无疑是我们首先必须加以重点考察的问题。

---

① 转引自张寅德《叙述学研究·编选者序》，中国社会科学出版社1989年版，第1—2页。

② 赵毅衡：《当说者被说的时候》，中国人民大学出版社1998年版，第54页。

③ Per Krogh Hansen, *Reconsidering the Unreliable Narrator*, Semiotica 165 (2007), p. 227.

第一节 "可靠叙述"的叙事传统

"可靠叙述"（reliable narration）一词源于布斯的《小说修辞学》，是作为与"不可靠叙述"相对的一种叙述类型提出的。布斯认为，"当叙述者的讲述或行动与作品的思想规范（也即隐含作者的思想规范）相一致时，我将这类叙述者称为可靠的叙述者，反之则称为不可靠的叙述者"①。据此，布斯对菲尔丁的《汤姆·琼斯》、福楼拜的《包法利夫人》中作为潜在作者的戏剧化代言人的可靠叙述者进行分析。作为可靠叙述中一个极为重要的部分，布斯对可靠叙述者的理论阐述为我们理解可靠叙述提供了有益的启示。然而，由于布斯的理论旨趣主要在探讨 20 世纪以来的不可靠叙述现象，可靠叙述的讨论在他的论著中只是作为一个参照系，并未详加论述。

实际上，"可靠叙述"这一叙事观念及其文本表现早在古希腊时期的史诗、神话中就已经出现。那么，什么是可靠叙述？可靠叙述是否意味着所叙述内容的真实性？尽管可靠叙述与真实性之间有着一定的联系，然而，在本质上，它们分属于两个问题域。前者置于"一切文本皆是虚构"这一先在前提下，探讨文本叙述中隐含作者、叙述者、人物三重叙述主体及相应受述客体在信息传达、情感表述、价值判断等方面的整一性。后者则与"虚构性"处于同一层次，文论史上关于"真实观"的探讨都可视为对其的理论表达。鉴于叙事传统的延续性，笔者力图探讨叙事观念如何从可靠叙述转向不可靠叙述。

传统指世代相传的、从历史上传下来的风俗、文化、思想、道德、艺术以及行为方式等，它对人们的思维方式和社会行为有无形的影响作用，发扬传统就是要人们去肯定它、接受它。美国学者 E. 希尔斯认为传统"是世代相传的东西（traditum），即任何从过去延传至

---

① W. C. Booth. *The Rhetoric of Fiction*, Chicago: University of Chicago Press, 1983, p.158.

今或相传至今的东西。它不说明人们相传什么，相传之事物的特定组合如何，或者它是一种物质实体还是一种文化建构；它也不说明它已被相传多久，以何种方式相传，是口头的还是书面的。人们在创造、描述和接受它时进行了理性思考"①。传统作为一个持续性的实体，有着某种事实性的规范性的特点，E. 希尔斯认为"至少要持续三代人——无论长短——才能成为传统"，"传统宝库中的文学作品常常既包含文学形式和风格，又包含规范意图；它们赞扬某一类设置和观念，而企图揭示另一类的错误"②。要把握"可靠叙述"的叙事传统，我们可在中西方叙事传统的发展历程中去思考。国外的叙事研究可以追溯到古希腊时代，尽管当时并未形成体系，但已经开始了对"内容与形式"范畴的研究③。亚里士多德的《诗学》是西方"第一篇最重要的美学论文，也是迄今至前世纪末一切美学概念的根源"④，在与悲剧使用"动作摹仿"的方式对比中，亚里士多德论及史诗的客观叙述方式。在古希腊时期，史诗、戏剧、神话是当时主要的文艺样式。戏剧属于显示型艺术，而史诗和神话则可归为讲述型艺术。《荷马史诗》、维吉尔的史诗《埃涅阿斯纪》以及各种古希腊罗马神话无不展示出人类文明最初阶段叙事艺术的辉煌成就，此后，随着众多艺术大师对叙事方式的探讨和实践，优秀的叙事作品大量涌现。

20世纪以前，除了在部分讽刺作品中出现一些人物的不可靠话语，叙述可靠性问题几乎没有引起人们的关注。如19世纪英国文学史上早期和中期的小说很少使用不可靠叙述。叙述的可靠性已经成为作家创作、读者阅读的一个前在条件。泽维克认为，对社会的现实再现是不可靠叙述的历史前提，只有在叙事的现实主义范式背景下，不

---

① [美] E. 希尔斯：《论传统》，傅铿、吕乐译，上海人民出版社1991年版，第15页。

② 同上书，第20、32页。

③ 张传开：《古希腊哲学范畴的逻辑发展》，南京大学出版社1987年版，第256—260页。

④ [俄] 车尔尼雪夫斯基：《美学论文选》，周扬译，人民文学出版社1957年版，第124页。

可靠叙述才可能被辨别出来，因为不可靠叙述者的存在需要依赖其对立面——讲述虚构事件的可靠叙述者。① 那么，20世纪以前的文学文本为何几乎将叙述等同于可靠叙述？可靠叙述为何能在两千多年的文学发展历程中一直成为默认的叙述模式？不可靠叙述为何在如此长的历史进程中没有获得关注？在对整个西方社会思潮的流变、文学观念的演变进行整体把握的基础上，笔者试图从以下几方面探求个中因由。

一　对于理性的追求与文艺社会功用的推崇

自人类进入文明社会以来，便迈出了追寻理性的脚步。在《理想国》中，柏拉图在苏格拉底与格劳孔的对话过程中表达出城邦由三种人构成，而这三种人对应着三种灵魂，"一个是人们用以思考推理的，可以称之为灵魂的理性部分；另一个是人们用以感觉爱、饿、渴等等物欲之骚动的，可以称之为心灵的无理性部分或欲望部分，亦即种种满足和快乐的小伙伴……在灵魂里也这样地有一个第三者即激情呢（它是理智的天然辅助者，如果不被坏教育所败坏的话）"。② 在此，柏拉图把人的灵魂分为理性、意志、情欲，并认为理性是灵魂的主宰，意志和情欲等非理性的东西不过是灵魂的附属物。斯宾诺莎认为意志必须遵循理性的同时，又认为理性并不是绝对的，并试图把二者统一起来，但他并没有真正解决二者统一的矛盾。以康德、费希特、谢林、黑格尔为代表的德国古典哲学，更是强调理性具有至高无上的地位和权威，认为理性是人的本质，科学、理性能够解决人类所有的问题。直到20世纪，非理性主义才作为一股强大的思想潮流登上历史舞台。尽管各种关于理性内涵的阐述不尽相同，但有一点是共同的，即相信在纷繁复杂的事物运动背后，隐藏着一种不变的普适规律，理性通过对感性认识的加工，以达到把握感性对象本质的过程，

---

① Bruno Zerweck, *Historicizing Unreliable Narration：Unreliability and Cultural Discourse in Narrative Fiction*, Style 35（2001），pp.159-167.

② ［古希腊］柏拉图：《理想国》，郭斌、张竹明译，商务印书馆2015年版，第168—170页。

从而使人们在理论中依靠逻辑推理得到可靠结论。对于理性的寻求表现出人们认知客体、把握世界的自信,在文学作品中表现为对虚构世界的一种确定性把握,即多采用全知的叙述方式,以清晰的叙述语调再现虚构世界。这种理性主导的局面成为可靠叙述两千多年繁盛景况的思想基础。

中西方强调教育功能的价值理论传统分别从"教化"和"净化"开始。文艺社会功用说在西方文艺理论史上长期占据着重要位置。所谓文艺社会功用说,就是以社会道德功用判断文艺价值。古希腊时代,诗和文艺是各城邦国家公民教育的教材,特别是奴隶主民主派当权以后,十分重视运用悲剧、喜剧、诵诗等文艺形式对公民进行教育,这引起了柏拉图的极大关注。柏拉图是西方第一个明确地把道德功用视为文艺评价标准的哲学家。[①] 柏拉图从他的政治理想出发,对文艺进行严格的"审查""清理",提出将诗人赶出理想国。"柏拉图在'删诗'中表现出强烈的功利主义价值取向。这种价值取向是一种混合了政治、道德、实用、认知等多种功利向度的复合结构。柏拉图立意在政治,将道德视作实现政治意图的途径。"[②] 尽管在文艺社会作用问题上,亚里士多德与柏拉图的看法对立:柏拉图认为悲剧迎合了人们的哀怜癖,培养发育人性中低劣的部分,因而他要求"除掉颂神的和赞美好人的诗歌以外,不准一切诗歌闯入国境"[③],亚里士多德则认为悲剧能模仿引发恐惧和怜悯的事件,"诗人应该通过模仿使人产生怜悯和恐惧并从体验这些情感中得到快感"[④]。亚里士多德的"净化说"认为净化使人的心灵回到平衡状态,因而文艺能促使人得到健康发展,对人有认识教育作用。然而,二者都表现出文艺对社会、个体的巨大效用。此后,贺拉斯、薄伽丘、塞万提斯、锡德尼等文论

[①] 刘象愚主编:《外国文论简论》,北京大学出版社2005年版,第22页。

[②] 姜文振:《文学何为——中西传统文学价值观比较研究》,人民出版社2014年版,第108页。

[③] [古希腊]柏拉图:《文艺对话集》,朱光潜编译,人民文学出版社1963年版,第87页。

[④] [古希腊]亚里士多德:《诗学》,陈中梅译注,商务印书馆1996年版,第106页。

家、小说家都对文学的社会功用说进行强调。在谈到文艺的功用时，贺拉斯强调"寓教于乐"，主张教化与审美功能的统一；锡德尼在肯定寓教于乐的同时，更重视诗的教育作用。

文艺的社会功用说使文艺成为具有教化作用的一种方式，中外概莫能外。孔子《论语·阳货》："《诗》可以兴，可以观，可以群，可以怨。迩之事父，远之事君，多识于鸟兽草木之名。"就《诗》可以"群"而言：

> 所谓"群"，何晏《集解》引孔安国的话说是"群居相切磋"，朱熹《四书集注》说是"和而不流"，"诗可以群"就是指人们可以用诗歌来交流、沟通思想感情，起到协和群体的作用。在孔子的理论体系中，"群"的思想占有相当重要的地位，孔子主张君子要"群而不党"（《论语·卫灵公》），他不主张个人离群索居，《论语·微子》中说："鸟兽不可与同群，吾非斯人之徒与而谁与？"他非常强调人的社会性、集体性，强调人只有生活于社会伦理关系之中才能生存和发展，因此人必须结成群体共同生活，个人的意志需求应该建立在社会群体的情感、社会责任、社会行为的基础上，个体与群体和谐相处，协作团结，在儒家的理论体系中，人具有互相依存的社会性。"四海之内，皆兄弟也。"（《论语·颜渊》）儒学建构了以仁为核心，以血缘亲情关系推衍到社会集体乃至民族国家的思想体系。这是一种比较积极的人生态度和入世精神，表现出对人生、社会和集体的关注和积极的参与精神。儒家伦理学并不忽视个人价值，但相较而言，更重群体，这正是与道家那种高扬个性而超然物外、隐遁山林、逃避人生的态度绝不相同的。所以"诗可以群"反映出儒家对于文学艺术的某种需求，也就是通过文学艺术而达到上下和悦、互相仁爱、协作团结的特殊作用，这是儒家所提倡的"仁者爱人"即真诚互爱的仁爱精神在美学上的反映和要求。[①]

[①] 吴承学、何志军：《诗可以群——从魏晋南北朝诗歌创作形态考察其文学观念》，《中国社会科学》2001年第5期。

春秋战国时代的诸子百家著书立说，其目的不言而喻。尽管他们强调文艺社会功用性质的侧重点不尽相同，但都特别注重文学艺术作品的道德教化功能。这一传统已经延续到了当代，寓教于乐"既能满足广大群众的娱乐消费需求，同时又尽可能给人教益，努力提高大众的思想道德和文化艺术修养，这可以说是一种更高层次的要求。这里的意思是，肯定大众文艺的基本价值功能是审美娱乐，不应当导致只接受审美娱乐而排斥思想教育，而是可以把两者有机结合起来。教育与娱乐并不矛盾，更不是对立的，'寓教于乐'的古老命题所蕴含的思想智慧，值得我们去深刻领悟。对于大众文艺评论来说，应当努力去发现和褒扬此类优秀作品的意义价值，从而形成更加积极向上的评价导向"①。因此，文本叙述的明晰性、易理解性成为文学作品非常重要的特性，可靠叙述也就当然地成为人们共同推崇的叙述观念。含混、模糊则往往被作为创作的失误或缺陷加以指责。

二　中西叙事传统中"可靠性"观念的影响

如果说社会功用说赋予了作者叙述的权威性，那么各种形式的"灵感说"则是对作者权威的进一步确认，对作者权威的确认意味着对可靠叙述的观念的认可。德谟克利特十分重视作家、艺术家的天才、灵感和语言。他认为："没有一种心灵的火焰，没有一种疯狂式的灵感，就不能成为诗人。"② 作为古希腊早期"灵感说"的集大成者，柏拉图将"灵感"集中运用到文艺创作和欣赏方面，指出了灵感和理智、文艺创作和技艺制作的区别，对后世产生深远影响。贺拉斯、朗吉弩斯、薄伽丘、锡德尼、康德都从不同角度对灵感说进行发展。对于作者权威的确认，使文学文本作为"灵感"创作的物化结果自然而然具有了不容置疑的可靠性。作家的创作，无论是描摹现实还是传达某种理念，总是追求一种可靠的传达，希求获得读者与之共鸣的文学效果，这也使读

---

① 赖大仁：《坚守大众文艺评论的价值取向》，《中国社会科学报》2016年11月22日第5版。

② 朱光潜：《西方美学史》（上卷），人民文学出版社1979年版，第36页。

者形成了对文本自觉认同的阅读习惯,读者总是认同叙述者的叙述,甚至希望通过文学作品来认知世界,在这种情况下,显然难以形成对于文本叙述可靠性的怀疑。

在文学史上,在传统叙事观念中,作者更多注重"叙述什么",而非"如何叙述"。"叙"指作者对自身以外事物、事件即故事的描绘讲述,不管这描绘讲述是否完整、系统,其根本特征都是内容的客观性。叙述的对象是客观事物。人类社会的发展依赖于信息的准确可靠。首先,从结绳记事开始,人类就开始追求客观信息的准确性、可靠性。直到20世纪中期在一些少数民族地区还有结绳记事的做法。但是,尽管结绳记事会附加颜色、大小、形状等形式,但仍过于模糊,需要中间人的解释,如果缺少解释,会显得意义含混不清。因此,在人类文明发展到一定程度,逐渐出现了能精确表意的楔形文字、象形文字。纳西象形文字就是一种图画象形文字,共1300多字,有1000多年的历史,是目前世界上保留完整的象形文字,有"文字活化石"之称。汉民族的象形文字表意性强,部分延续到今天。"门"字是左右两扇门的形状,草的本字"艹"是两束草,而"日"字像一个圆形,中间有一点,像直视太阳时所看到的形态。而汉字中的"山石田土日门",在造型上也和实物极为相像,以至于至今仍是儿童认字识记的极好材料。而有些字由于和特定的偏旁相连而形成的具有类型色彩,如与女字有关的常常暗示卑贱或屈从,如妾、妇等。这种造字法特别强调形与意的结合,讲究信息的准确性与可靠性,这种观念慢慢渗透了人们行为方式的各个方面。其次,自古以来文史不分家。在波兰学者埃娃·多曼斯卡编的《邂逅——后现代主义之后的历史哲学》中,"汇集了十位著名历史学家对历史学与叙事之关系的看法,编者分别向十位被访者提问,一个经常的、核心的问题是:史学的本质和它与文学的关系(主要区别何在)。十位学者普遍承认历史著述是一种叙事,因此历史与文学结有不解之缘。但有人认为历史叙事与文学叙事有着本质的不同,应严加区分;也有人认为二者几乎没有什么差别,从根本上很难划清;……甚至有人认为离开文学便没有史学，文学比史学更伟大"①。就中华民族而言，"其事直，其文核，不虚美，不隐恶"的史传精神形成了"实录"的文学传统观念。《史记》作为第一部纪传体史书记载了三千多年的历史，塑造的人物形象栩栩如生，细节丰富传神，让人有身临其境之感，被鲁迅誉为"史家之绝唱，无韵之《离骚》"。尽管后世的人们把它当作史实对待，但刘勰《文心雕龙·史传》篇将这类历史著作纳入文学范畴来讨论。作为和《文心雕龙》一样的集大成之作，刘知几的《史通》"强调文史区别，重史轻文"②，但是"其内篇之《载言》、《载文》、《采撰》、《言语》、《浮词》、《叙事》、《书事》、《人物》、《因习》、《直书》、《曲笔》、《鉴识》，以及外篇的《疑古》、《惑经》、《申左》、《点烦》、《杂说》、《暗惑》等篇却与文学叙事存在着深浅不等的关系"③。《史记》在文末常常有"太史公曰"的表述，太史公是西汉武帝时期设立的官职名称，位在丞相上，是我国古代官方史料的专职记录者，"太史公"代表的不再是个人，而是一种集体，"太史公曰"的表述就是要增加叙述的客观性、可靠性。蒲松龄《聊斋志异》里记有许多怪异之事，不同于正史，称之为异史，在《聊斋志异》中标明"异史氏曰"的有190多篇，极有可能就是受了史传传统的影响。可靠叙述的文学传统观念也就在漫漫历史长河中形成了。文史不分家，体现的正是叙述的对象是客观世界，以及叙事的可靠。

尽管叙述可以虚构，但叙述的可靠性一直是叙述者的追求。在人们对叙述的可靠性追求过程中，形成了一些事实性叙述的文类，像历史、广告等基本上是可靠叙述，因为作者、隐含作者与叙述者都追求信息的可靠性与真相的披露。至于叙述者所述是否充分地报道了事实，则是另一个问题。费伦认为，可靠叙述的实质"是隐含作者透过一位与众不同的人物的滤镜，来讲述他所赞同的事物。作者之所以采

---

① [波兰]埃娃·多曼斯卡编：《邂逅——后现代主义之后的历史哲学》，彭刚译，北京大学出版社2007年版。转引自董乃斌主编《中国文学叙事传统研究》，中华书局2012年版，第93页。
② 王运熙、杨明：《隋唐五代文学批评史》，上海古籍出版社1994年版，第132页。
③ 董乃斌主编：《中国文学叙事传统研究》，中华书局2012年版，第91页。

用这类滤镜,是因为把报道、阐释、评价纳入故事世界中的一位行为者、讲述者的视角和经验之中,可以增进整个叙事在主题、情感、道德方面的力度和内涵。但是,并非所有的可靠叙述都会在人物叙述者的讲述功能及其人物功能之间建立同样的关系"[1]。赵毅衡认为,叙述不可靠是叙述者与隐含作者在意义与道德上的距离,而不是叙述与"客观事实"的距离。隐含作者是作者人格的替代,而事实性叙述的叙述者与隐含作者人格合一。因此,事实性叙述只可能不真实,或不可信,却不可能"不可靠"。[2] 20世纪以前,作者、隐含作者、叙述者的概念基本上是合而为一的。且不说作者与隐含作者之间的差异没有获得关注,作者与叙述者之间也基本处于混同的局面。由此,文学作品基本是由作者所塑造的可靠叙述者来进行叙述。不论读者是否能认同这种叙述所传达的内容,这些叙述者本身在文本虚构空间中的叙述呈现出整一性、一致性。换句话说,只要进入文本,叙述者的叙述就被视为可靠的、权威的。比如普希金的《驿站长》,"我"作为驿站长的忠实听讲人并转述他的故事,在整个故事中我实际上是一个局外人,因而叙述带有某种客观性而显得可靠,在这样一种可靠叙述中,逐步凸显当时社会人情风貌、官僚体制下的种种不幸与可悲之事,从而达到感染读者的目的。只有作为最低一级的人物叙述,在部分讽刺文本中会以一种"反向"的表述,表现出叙述主体间的不一致,但这种不一致并不导致对整个文本叙述可靠性的颠覆。这种叙述主体的整一性特质是生成可靠叙述至关重要的原因。现代小说理论开始区分作者、隐含作者、叙述者之间的不同,不可靠性才从这种主体不一致性中产生。此外,在传统文学创作中,基本上采取全知叙述模式。从荷马史诗到巴尔扎克的小说,大都是全知视角。即便像孟德斯鸠的书信体小说《波斯人信札》,也只能通过零星的故事来阐述人物对各种问题的议论和见解,"我"在故事中的出现极为有限。即便如

---

[1] [美]詹姆斯·费伦:《可靠、不可靠与不充分叙述——一种修辞诗学》,王浩译,《思想战线》2016年第2期。
[2] 赵毅衡:《新闻不可能是"不可靠叙述":一个符号修辞分析》,《福建师范大学学报》2013年第1期。

此，像这种形式的叙述方式在传统的小说中也不多见。一般说来，全知叙述者可以随意变换叙事眼光，透视人物的内心活动，其作用就在于让文本形成一种权威性（除非由于价值观迥异导致对整个文本的完全否定），读者一旦进入文本阅读，基本上是遵循着叙述者的思路前进的。

第二节 不可靠叙述的生成语境

"人们开始于一个多少有点任意的、由他们的历史情境设定的假设，……然后人们遵循以这个假定所划出的路线前进，或者按照支持或否定这个假设的事实修正它们。"① 对于不可靠叙述的研究也是如此。我们不仅要从逻辑上把握，也要从历史发生的角度把握。历史与逻辑乃是统一的，逻辑的演进必然寓于历史之中。尽管不可靠叙述这一概念生成于文学叙事性作品当中，但要对其进行深入探讨，应将其置于整个社会历史文化发展的大语境中。不可靠叙述现象的产生、发展乃至形成蔚为大观的局面，都与20世纪以来的思想文化语境这一外部影响相互关联。语境包括语言因素和非语言因素，空间、时间、上下文、情景、思潮等与语词使用有关的都是语境因素。文学现象根植于一定的语境，不可靠叙述现象亦然。文学研究都应围绕语境来展开，也就是说整个文本创作都必须放在一个具体的语境中去理解。詹姆逊认为，叙事作为社会的"象征性"行为，其"象征性"主要体现在它是对社会矛盾的"想象性解决"，换句话说，叙事形式所表达或"解决"的社会矛盾无论怎样被重构，都还是一种不在场的原因，它不可能被文本直接概念化，而只能通过将其重写为一种亚文本的象征揭示出来。"亚文本"其实就是文本自身之内所建构的现实或历史情境。②

---

① A. Hauser. *The Philosophy of Art History*, Routledge and Kegan Paul, Ltd, England, 1959, pp. 153-154.

② 吴琼：《走向一种辩证的批评》，上海三联书店2007年版，第109页。

20世纪以来,整个人类社会在社会生产模式、文化运作方式、文化心理等方面都发生了前所未有的、广泛而深刻的变化。鉴于本选题的论述对象和范畴,笔者不打算对20世纪以来的思想文化状况作全面、精细的论述,而试图从社会历史文化背景、思想环境、文学自身发展的维度切入,探究不可靠叙述形成、发展的动因所在。之所以从这些维度思考,原因在于:第一,文学是人学,是一种与人类生活实践密切相连的精神创造活动,是人的自我意识的体现,人类社会的许多问题都会在文学中呈现出来。反之,文学中所出现的问题往往都是人类社会生活的某种反映,与当时的社会生产模式、文化运作方式和文化心理的转变等紧密关联,因而,对于不可靠叙述的探讨应该深入到深层的社会结构中去,探究整个社会历史背景的变化、文化思想环境的变迁对不可靠叙述形成发展的影响与作用。第二,文学的自律发展也是无法忽视的。文学的发展固然受着诸多外部环境的影响,但根本的还是由文学自身的内驱力在起推动作用。任何文学现象的产生、发展总是与文学传统的变迁有着内在的联系。不可靠叙述的逐步形成,既涉及当时的社会思想文化语境,也涉及文学审美领域的变迁。"叙事的构成部分,包括人物叙述等特殊技巧,并不是叙事的核心内容,而是作者以某种方式而非其他方式用来实现其目的的途径或资源。从这个角度看,语境化的思想体系确实能够促进我们对叙事的理解,但它们更善于帮助我们洞悉叙事的资源而非叙事的目的。"① 因而,我们应从整个文学传统的演变,检视不可靠叙述生成的缘由,进而形成关于不可靠叙述较为准确的定位。

一 社会历史文化环境的变化

　　人类社会历史的发展,总会给人们的生活、思想带来巨大的变化。美国学者希尔斯认为当代社会的发展必然会形成对于既有传统的削弱乃至无视,"当代社会科学具有一个源远流长的传统,它可以追

---

① [美]詹姆斯·费伦:《可靠、不可靠与不充分叙述——一种修辞诗学》,王浩译,《思想战线》2016年第2期。

溯到古希腊—罗马，但是，启蒙运动的传统对它们的影响最大。它们从启蒙运动中接受了怀疑传统的态度和一个关于社会的概念，而这个概念是容不得传统的"①。

随着现代性的展开，根植于西方超验根源及其理性形而上学传统的虚无主义，从欧洲病症扩展为普遍的时代病症。海德格尔认为，"虚无主义乃是欧洲历史的基本运动。这种基本运动表明这样一种思想深度，即，它的展开只还能引起世界灾难。虚无主义乃是被拉入现代之权力范围中的全球诸民族的世界历史性的运动"②。在19世纪中叶，欧洲普遍存在时代的混乱和生存的焦虑。屠格涅夫、陀思妥耶夫斯基、尼采、克尔凯郭尔一直到20世纪的海德格尔，他们共同的地方是看到了上帝在基督教欧洲的死亡，从而对存在、不朽、道德、意义进行了全面的怀疑，以尼采的话来说，对一切价值重估。他们都不是虚无主义者，而只是以虚无主义的方式诊断时代，从而试图找到克服它们的道路。③ 现代西方哲学的诸多流派对虚无主义做过一定程度的批判与抵制：雅斯贝尔斯认为要通过挺立个体生存以克服虚无主义；海德格尔通过建构一种"天地神人"四根同一的"四方域"理论以克服虚无主义；列奥·施特劳斯认为虚无主义只存在"德国"形式，因而反对虚无主义的普遍化；被看成张扬虚无主义的后现代主义哲学家德里达，则认为其工作的全部目的就在于"清晰地和不厌倦地尝试反对虚无主义"④。虚无主义对人们价值观、文化观、历史观的侵蚀是巨大的，这必然会反映在作家的创作中。当下作家文学中的神圣感缺失是较为普遍的现象，作家们"到生活现场搜寻各类丑恶、肮脏的坏故事，渠道多的需要，稍微一用心就会大有收获。挑出可用部分，再根据所谓'文学书写的需要'，动用'坏想象'任意删削补缀、添油加醋，越是往极端处写，就越容易被认为是'挖掘到了人性

---

① [美] E. 希尔斯：《论传统》，傅铿、吕乐译，上海人民出版社1991年版，第9页。
② [德]《海德格尔选集》（下卷），上海三联书店1996年版，第772页。
③ 王广、周诗鹏、胡大平、刘贵祥：《虚无主义的起处·西方"现代性"在根子上包含着巨大的空洞》，《中国社会科学报》2016年9月6日第8版。
④ 同上。

的深层','表达了惊人的深刻'"。以至于"文学里没有了理想和信仰,没有了优雅、高贵和伟大。文学缺失了智慧光焰的烛照,被囚禁在精神昏暗里。文学对人间肯定性价值指向的拒绝,也同时意味着对人类积极情感的拒绝。……文学的情感世界变得冰冷、狭窄、昏暗、蛮横甚至无耻起来"[①]。

20世纪是人类社会发展的一个非常重要时期,人们的生活方式、思维方式乃至文化价值观念都发生了重大变化。20世纪初,现代物理学——主要是普朗克的量子论和爱因斯坦的相对论动摇了古典物理学的物质宇宙观,剧烈地改变了人们对物质世界的看法:从绝对的、静止的观点变到相对的、变化的观点。1927年,海森堡发表"测不准原理",认为粒子的速度和位置不能同时准确地测定。玻尔也在1927年提出与"测不准原理"相近的"互补原理"。科学的新发现表明世界是运动发展的,没有固定不变的现实。伴随着科技进步和社会现代化进程,人们的物质生活、精神生活产生了巨大的改变,首先表现在:不同于农业社会有基本趋同的价值观、密切的人际关系,现代工业社会,个人与社会的疏离感加剧、个体的孤独感和无所依靠的心境增强,人的自由度越来越低,异化程度越来越深,从而使西方人在精神上无所适从。两次世界大战进一步强化了这种危机感和幻灭感,人的精神也受到了无法愈合的创伤。人们对昔日一贯遵从的社会道德标准和价值观念产生了根本性的怀疑,对未来的命运和前途感到焦虑不安和悲观绝望。后现代主义文学兴起的直接导因就是第二次世界大战及战后动荡不安的社会生活。此后,知识爆炸和新的科技革命使人类陷入了更大的困境:环境问题、人口问题、核扩散问题等,对个人而言,科技已经成为不可控制的异己力量。人们面临更大的生存恐惧,人的精神世界和生存世界都处于不确定的、混乱的状态,多样化、无中心、不确定成为人类心理的一种认知。

人文研究领域也受到了极大的冲击,正如哈桑所指出的,"简而言之,相对性、不确定性、互补性和不完整性,都不仅是数学观念

---

① 李万武:《冷清主义:文学审美向度的缺失》,《文艺报》2007年5月8日第3版。

化；它们是开始构成我们的文化语言的概念"。① 人们的思维从绝对的固定的观点转变到相对的流动的观点，否定了理性主宰一切的想法，重视非理性因素的作用。随着这些因素在文学领域的渗透，作家对旧世界的价值观采取怀疑的态度，在创作上进行种种试验：不再那么注重正常理性的感受，而强调感官知觉因素、印象；不再讲究表层描绘的细致，而努力开掘深潜意识的感觉；不再专注于明朗直接的感受，而侧重隐晦的感触。面对这种复杂的社会情境，可靠叙述的文学传统显然难以为继，不可靠叙述的出现正是适应思维和感觉方式的变化而逐步发展起来的。相对于不可靠叙述的第一次范式转移"认知转向"而言，"历史文化转向"是不可靠叙述研究的第二次范式转移。对于叙述者不可靠性的理解涉及叙述策略的选择，也就是说，叙述者的不可靠性因此会随着历史文化的变动而发生改变。

20世纪也是一个思想家迭出、流派异彩纷呈的时期。西方现代非理性哲学、语言学等为不可靠叙述的形成、发展提供了丰富的思想资源。

首先，非理性主义思潮成为不可靠叙述生成的一个重要思想背景。非理性主义哲学肇始于德国唯意志主义哲学创始人叔本华和丹麦哲学家克尔凯郭尔，他们向传统的理性主义公开提出挑战，其主要特点是将全部哲学的出发点定位于人的情感、意志等非理性活动，并强调其对存在和认识有决定作用。此后，尼采宣称"上帝死了"，提出"重新估价一切价值"，将非理性主义推向高潮。尼采之后，法国哲学家柏格森的生命哲学对非理性主义和直觉主义作了最为系统和典型的论证。奥地利弗洛伊德创始的精神分析学说使人进一步认识到人性的分裂和人性卑微，同时也意识到人的自我内部的矛盾和冲突。以萨特、海德格尔为代表的存在主义哲学是对理性主义的进一步超越，存在主义哲学认为人的存在是个别的、非理性的，烦、畏、死是人生存的基本状态。海德格尔甚至向世人宣布："唯当我们已经体会到千百

---

① Ihab Hassan. *The Postmodern Turn: Essays in Postmodern Theory and Culture*. The Ohio State University Press, 1987, pp. 55-62.

年来人们颂扬不绝的理性乃是最冥顽的敌人,这时候,思想才能启程。"①

现代西方非理性主义思潮在后现代主义哲学中得到了延伸和发展。后现代主义哲学具有明显的非理性倾向。② 后现代哲学反对传统哲学的基础、本体、确定、单一,追求一种破碎性、不确定性、多元性、差异性、边缘性和流浪者式的思维方式的文化哲学观,它甚至不满意现代西方非理性主义对非理性的直觉方法和本体世界的承诺,并努力消解确定的本体世界和认识方法。非理性主义思潮不仅直接反映在哲学领域,而且也影响到现代西方文学、艺术、社会生活等各个方面,成为现代西方文化的思想根源和核心内容。非理性主义侧重于研究人的本能、情感、欲望、意志;颂扬神秘的直觉、内省甚至下意识;强调个体主义,强调人的个性、自由、能动性和创造性。这种由非理性主义思潮所浸染的对于传统价值观的怀疑精神,形成了不可靠叙述产生的思想基础。

其次,20世纪文论的语言学转向为不可靠叙述提供了支持。语言学转向是西方继认识论转向之后的又一次重大转向。语言学转向对20世纪文论发展具有极为重要的影响,正如布洛克曼所指出的:"首先就是语言学,要是离开了语言学,譬如说,无论是拉康的精神分析学还是罗兰·巴特的文学批评都是不可想象的。对于艺术、文学、哲学、心理学和社会科学等领域中结构主义所做的认识论的研究来说,现代语言学所起的作用,某种程度上相当于一种数学的作用。"③ 语言学的发展极大地推动了叙述技巧的发展,语言表达方式的丰富同时也推动了叙述表达方式的多样化,比如同故事叙述、省叙、赘叙等。此外,不可靠叙述形成的语言机制在很大程度上得益于语言学的发展,比如由自由间接引语所产生的双声话语往往导致叙述话语的不可靠。

---

① 孙周兴:《海德格尔选集》,生活·读书·新知三联书店1999年版,第819页。
② 胡敏中:《现代西方非理性主义思潮及其在后现代的发展》,《新视野》2000年第2期。
③ [比] J. M. 布洛克曼:《结构主义》,李幼蒸译,商务印书馆1980年版,第95页。

二 文学审美旨趣、叙事策略与阅读理论的发展

20世纪以来,在文学批评领域,文论家开始在学理意义上关注不可靠叙述现象,这绝非偶然。

第一,在由形式主义批评引发的文本之外转向文本之内的总体趋势下,对于文本的关注使作家不再执着于小说所传达的内容,而是对小说叙述方式的创新产生了浓厚的兴趣。自18世纪小说诞生到19世纪末,小说批评理论一般仅关注作品的社会道德意义而忽略其形式技巧。诚如斯坦泽尔所说,"在世纪之交,普鲁斯特、乔伊斯的小说之后,出现了新时代的黎明",现代小说的主要特征之一是"对叙述技巧和程序的试验"。① 哈桑也提出"不确定的内向性",他用这个词来说明这种"归于沉寂的文学"的"自我指涉""自我质疑"特性,因为这类文本的意义常常存在于文本自身,展示文本自身的形成过程,而不指涉文本外的现实世界。对于文本自身,尤其是文本形式的关注将文本从作家中心论、社会历史批评中解放出来,文本自身的审美观照成为新的关注点,这成为生成不可靠叙述的重要文论背景。

第二,审美旨趣的变化引发了叙述的不可靠性。20世纪以前,明确、清晰一直是人们的审美旨趣所在,即便是虚构性极强的文本,也非常重视内在情节的逻辑连接,文本叙述整体上是整一的、自洽的。这种审美追求逐步发生变化。早在新批评时期,布鲁克斯等对于含混的推崇其实就暗含着不可靠叙述的萌芽。含混即文本意义不明晰,文本意旨呈现一种模糊的审美景观。不可靠叙述就是让读者对叙述者的叙述产生疑窦,在紧密关注文本叙述进程中,发现蛛丝马迹,进而读解文字表层下的深意。审美旨趣的变化主要表现为:创作观念的变化和阅读观念的变化。现代主义、后现代主义文学不再追求传达的可靠性,而是有意识地运用各种叙事策略,从而产生独特的审美效果。可见,不可靠叙述常常是作者在创作观念上的有意为之,进而渗透在文

---

① [美]W. C. 布斯:《小说修辞学·译序》,华明等译,北京大学出版社1987年版,第2页。

本当中，通过各种叙事策略呈现出来。大量不可靠叙述文本的出现更新了读者的阅读观念，不可靠叙述所引发的不确定、颠覆式的叙事模式打破了传统的阅读期待，成为读者解读文本的一种重要方式，进而影响到读者对于经典文本的理解。艾米莉·勃朗特的《呼啸山庄》、菲茨杰拉德的《了不起的盖茨比》等文本的接受史，就经历了由可靠叙述向不可靠叙述的转化过程。

第三，叙事自觉促成叙事策略的多元化。长期以来，全知叙述模式一直占据着文学创作的主导地位。随着叙事自觉意识的觉醒，人们开始探讨叙述角度的变化会引发何种审美效果，并在创作中逐步尝试新的叙述方式。通过狂欢叙事、嵌套叙事等多重叙事手段，以此来呈现出意义多元的文本世界。自福楼拜和亨利·詹姆斯倡导作者隐退以来，现代小说理论均反对作者进行公开议论这一形式。第一人称叙述、第三人称意识中心等叙述方式日渐成为主导叙述模式，隐含作者、叙述者、人物等叙述主体之间的距离日渐拉大，不可靠叙述正是从这种主体声音之间的不一致中生发出来。有认知缺陷和道德缺陷的人物越来越多地占据叙述者的位置，这些叙述者往往在叙述中自觉或不自觉地表现出迥异于隐含作者的价值判断，从而形成不可靠叙述。多个叙述者的采用也成为常见的叙事方式，在这些叙述者相互拆解的叙述中，叙述的不可靠性清晰地呈现出来。此外，叙述声音的变化也获得空前关注，不少作者正是通过异常的叙述声音让读者直接感受到叙述的不可靠性。

第四，阅读理论等相关理论的发展对不可靠叙述起到了一定的推动作用。20世纪60年代后期到70年代，文学研究的重心开始转向对于读者阅读的研究，那种高扬作者权威的局面才有所转变，巴特在1968年发表的《作者之死》中甚至提出"作者死亡说"以颠覆传统的"作者权威说"，这是反对把作者当作掌握意义的上帝。值得一提的是，此前的文学理论并非完全不关注读者阅读在文学活动中的作用，但总体看来，读者只是被动的文学消费者，他们往往扮演着"被教化者""被净化者""文本符号的解码者"等角色，难以主动参与文本的建构。阅读理论扭转了这一局面，无论是以伊瑟尔和姚斯为代表的文学接受理论,还是以费希为代表的读者反应批评,都非常注重对文本接受过程中读者能动作用的考察。阅读理论启发作者在文本创作中注意与读者的交流。罗兰·巴特区别了作品和文本两个概念。他认为,作品和文本承载着不同的文学观念,作品在性质上等同于商品消费,后者则是面对文学的一种立场、态度和方法,它颠覆并超越以文学史为代表的文学等级制度,不相信有终极意义,所以它强调的是文学空间的开放性与无限性,各种话语的差异性与互文性,阅读实践的生产性与游戏性,等等。① 从作品到文本概念运用的变化,不仅仅是学术旨趣的转移,更是文学观念的变化,是对文字段落层中固定意义的消解。罗兰·巴特提出过"可写性文本",他指出:"为什么可写性文本是我们的价值呢?因为文学工作的赌注,是使读者不再成为消费者,而是成为文本的生产者。"② 相较传统的可读性文本,即读者只在阅读中追寻作者的意图,可写性文本是开放的、未完成的,能够吸引读者参与其中重新创造意义的文本。

  作者权威的解构、对读者阅读主动性的强调,直接推动了不可靠叙述的产生:一方面,作者自觉放弃传统"叙述者即作者观念的戏剧化代言人"的身份设置,不再妄图塑造集美德、智慧和学识于一体的"可靠"叙述者,而是有意识启用儿童、白痴、长于自我辩解的罪犯等有明显认知、道德缺陷的"不可靠"叙述者;另一方面,作者权威的解构释放了读者阅读的主体性,读者往往放弃对文本叙述的认同,以根植于具体社会情境所形成的个体价值规范去"归化"文本,进而认真甄别隐含作者、叙述者、人物等叙述主体的叙述,形成关于叙述可靠性与否的判断,从而产生对文本的个性化读解。也就是说,不可靠叙述要求读者调动自己的全部经验、全部感受去辨别文本的叙述,从而补充、丰富、发展和完善作家的虚构世界,自觉地参与对文本的创造性读解,给了读者共同著述、共同创造的乐趣。

---

① 车槿山:《从作品到文本——谈中外文学关系研究的一个维度》,《跨文化的文学理论研究》第 3 辑,北京大学出版社 2010 年版,第 259 页。
② [法]罗兰·巴特:《罗兰·巴特随笔选》,怀宇译,百花文艺出版社 1995 年版,第 154 页。

不可靠叙述本身和所涉及文化语境的复杂性，使对不可靠叙述的探讨并不是一个容易完成的学术命题。本章从整个叙事传统的发展中，考察可靠叙述向不可靠叙述转化的动因。对于这些问题的清理和挖掘，让我们看到不可靠叙述开创了一个新的批评空间，提供了一种新的观照文学的角度和方式。可以说，不可靠叙述研究是我们基于20世纪以来的文学创作的基本状况而采取的一种有针对性和策略性的批评实践。

第二章

不可靠叙述理论的发展

不可靠叙述现象的出现早于不可靠叙述理论的发展。这符合一般文论的发展规律。"以往文学批评理论，以及对应叙事性文本的叙事学理论，都是理论家对于优秀文学作品中艺术规律和手法的发现和概括。"① 20 世纪社会历史情境及文学传统的自身流变，共同筑就了颇为壮观的不可靠叙述景观。面对不可靠叙述这一不可规约的文学现实，需要理论家们立足于大量不可靠叙述文本，做出新的理论概括。

第一节 "不可靠叙述"词义辨析

"不可靠叙述"是出自西方的文论术语，20 世纪 80 年代末，随着《小说修辞学》的译介进入我国，90 年代末，"unreliable narration"成为西方文论研究的一个热门话题。尽管申丹、谭君强、胡亚敏等国内学者也进行了相应研究，但当前不可靠叙述研究的主要理论成果仍来自于西方学者。虽然国内基本采用"不可靠叙述"一说，然而，在国外叙事学家的文章中，"不可靠叙述"的表述可谓繁杂多样，比如 unreliable narration, undependable narration, fallible narration, incredible narration, discordant narration, 等等。不可靠叙述存在的"词语混用"现象，鲜明地呈现了其时内涵的复杂性和理论初创期的特征。我们有必要先对其进行词义辨析。

If an author wants to earn the reader's confusion, then unreliable narra-

---

① 刘俐俐：《中国现代经典短篇小说文本分析》，北京大学出版社 2006 年版，第 8 页。

tion may help him①。这是布斯在全书中唯一提及"Unreliable narration"之处。作为不可靠叙述研究的首倡者,布斯实际上并未就"不可靠叙述"进行明确阐述,而只是对"不可靠叙述者"作了清晰界定。"I have called a narrator reliable when he speaks for or acts in accordance with the norms of the work (which is to say, the implied author's norms), unreliable when he does not."② 这一定义对不可靠叙述研究产生了极大影响。无论费伦为代表的修辞派的"接着讲",还是雅可比领衔的认知派的"对着讲",无不是由此生发开去。也正因为此,国外学者多用"unreliable narration"一词作为"不可靠叙述"的对译方式。在各种表述中,"unreliable narration"一词的使用频率最高。③《牛津文学术语词典》就只采用了广受认可的 unreliable narrator。④ 其实,布斯论及叙述者的不可靠性时,在不同的场合下还使用了"untrustworthy""unconscious""fallible""undependable"等词,其中以"fallible"居多,故有些学者也常以"fallible narration"进行探讨。艾布拉姆斯所编撰的《简明文学术语词典》中就以 fallible narrator or unreliable narrator 作为"不可靠叙述者"的对译形态。⑤ 布斯意识到了"不可靠叙述"概念的复杂性,他试图通过使用不同的语词,对各种不可靠叙述进行更为细致的区分。多丽·库恩新近又提出"discordant narration"一说,旨在引起人们对另一种不可靠叙述的关注。国内学界在译介《小说修辞学》一书时,已经注意到了这一概念的复杂性,

---

① W. C. Booth. *The Rhetoric of Fiction*, Chicago: University of Chicago Press, 1983, p. 378.

② Ibid., pp. 158–159.

③ W. C. Booth. *The Rhetoric of Fiction*. Rimmon-Kenan, Shlomith, *Narrative Fiction: Contemporary Poetics* 和 James Phelan. *Narrative as Rhetoric* 为代表的绝大多数的叙事学英文论著论都采用"unreliable narration"一词。

④ Chris Baldick. *Oxford Concise Dictionary of Literary Terms*, Shanghai. Shanghai Foreign Language Education Press, 2000, p. 234.

⑤ M. H. Abrams. *A Glossary of Literary Terms*, Beijing. Foreign Language Teaching and Research Press, 2004, p. 235.

因而出现了"不可靠叙述者"与"不可信叙述者"两种译法。① 在相关论文中,"不可靠叙述"与"不可信叙述"也常常交替使用。

那么,如何面对这种"命名的焦虑"?是以不同的词汇去对应不同的不可靠叙述,还是以"不可靠叙述"(unreliable narration)命名,在内部进行细致区分呢?事实上,上述那些不同的表述有微殊而无迥异。"有些批评家仅仅将'不可靠'一词用于描述不可信赖的事件报道者,而另一些批评家则用它指任何形式的不可靠性。后来又有了另外一些术语,譬如'缺乏感知力'、'无知'和'欺骗'等等。基于以上分析,指出我们不妨用'不可靠叙述'这一术语指称所有的偏离,然后对各种不可靠性进一步区分,不必创造许多新术语。"② 费伦的看法很值得借鉴。我们不妨遵循通行的"不可靠叙述"(unreliable narration)一说,进而探究其内涵的丰富性和复杂性。

第二节 "不可靠叙述"的提出

"尽管韦恩·C. 布斯并不是对不值得信赖的叙述者的现象加以评论的第一人,但他在《小说修辞学》中对可靠和不可靠叙述的处理仍然是这一区别的主要来源。"③ "不可靠叙述"一词最早出现在布斯的《小说修辞学》(1961)中。里蒙—凯南对该书评价道:"这本书对叙事角度、叙述者类型、文本规范、隐含的作者概念等,作出了英美人最系统的贡献。"④ "不可靠叙述"就是布斯在叙述类型划分的基础上

---

① *The Rhetoric of Fiction* 在国内有两个译本。付礼军的译本通篇译为"不可信叙述者",而华明等人的译本则基本采用"不可靠叙述者"一词,在某些情况下也采用"不可信叙述者"一说。

② [美]戴卫·赫尔曼主编:《新叙事学》,马海良译,北京大学出版社2002年版,第41页。

③ James. Phelan. *Narrative as Rhetoric*, Columbus: Ohio State University Press, 1996, p. 110.

④ 转引自 W. C. 布斯《小说修辞学·译序》,华明等译,北京大学出版社1987年版,第2页。

提出的。在此有必要先对布斯的叙述类型观作大致介绍。传统上，我们总是把"视角"按照"人称"和全知程度划分出各种叙述类型。这种划分办法看上去似乎非常清晰，比如"我"对应着"第一人称叙述"，"他"则常常意味着"第三人称叙述"，"你"则对应着"第二人称叙述"。然而，这种看似简便的划分往往会引起很大的混乱。尤其当热奈特提出"谁看"与"谁说"，即叙述眼光与叙述声音的区分以后，这种划分愈加遭到质疑。布斯提出了几对"功能性区别"的叙述类型，其中"戏剧化与非戏剧化的叙述者""可靠与不可靠的叙述者"已被学界所接受。

"叙述的类型"是《小说修辞学》中极为重要的一章，这么说不仅是因为在该章提出了"隐含作者"（implied author）、"戏剧化与非戏剧化的叙述者"（dramatized and undramatized narration）、"场面与概述"（scene and summary）、"可靠的与不可靠的叙述者"（reliable and unreliable narrator）等颇具影响的概念，而且该章统摄了以下两篇（共七章）的论述。"小说中作者的声音""非人格化的叙述"这两篇都是结合具体文本在叙述类型划分基础上的理论展开，前者主要以《汤姆·琼斯》《爱玛》为分析样本，关注传统的作者声音介入所产生的可靠叙述，后者则通过以《螺丝在拧紧》《青年艺术家的肖像》《说谎者》为主要考察，将关注点集中到 20 世纪之后作者隐退所引起的不可靠叙述及其引发的伦理道德问题。由此可见，叙述可靠性与否是布斯极为关注的问题。

那么，布斯为何会提出"可靠与不可靠的叙述者"这一新的叙述类型呢？我们知道，在传统的叙事观念中，作者、隐含作者、叙述者基本处于三位一体的状态，这是可靠叙述之所以能绵延两千多年的一个重要原因。19 世纪末，福楼拜对于"客观性原则"的强调开启了"讲述"与"显示"两种小说表现方式的区分。在传统的"讲述"型文本中，作者的声音直接干预文本，作者、隐含作者、叙述者基本是同一的。"显示"型文本反对作者声音的直接进入，文本内叙述主体声音具有了更大的自主性。而且由于作者拒绝置评，文本的客观展开往往给读者打开了多种理解的可能，读者在阅读中所建构的"隐含作者"的差异性也逐渐拉大。布斯注意到了这种主体分化现象,"隐含作者"就是他为了区分现实中的作者与文本中的作者而提出的一个重要概念。虽然"隐含作者"这一概念引起了很大争议,但在面对具体文本时,这一概念的确有助于避免读者将文本中的价值规范与其作者在现实生活中奉行的价值规范生硬地对应起来。社会历史批评中就存在这种直接对应的流弊。"隐含作者"的提出打破了传统的三位一体的叙述模式,为叙述主体的分化、多层次叙述空间的营造提供了理论基础。为了说明这种分化,布斯引入了布洛的审美距离概念,意在说明作者、叙述者、人物和读者之间在不同方面的差距、区别等,是由作家选择特定修辞技巧所造成的,因而可以造成一些不同的文学阅读效果。"叙述者和第三人称反映者,他们和作者、读者以及其他小说人物在距离程度及类别上,有着显著不同,我们据此加以区分,而不用管他们是否作为代言人或当事者介入情节。任何阅读体验中都有着作者、叙述者、其他人物、读者四者之间的含蓄对话。"① 叙述间距的拉大赋予了每一层次叙述主体以更大的自主性,从而打破了传统叙述声音的单一性,各叙述主体的声音在虚构空间内不断碰撞,叙述可靠与否的问题由此产生。布斯提出,"对于实际批评而言,在这几类距离中,最重要的或许要算这样一种距离,即难免有误或不可靠的叙述者与隐含作者之间的距离,隐含作者让读者与他一起对叙述者进行评判。如果说讨论叙述观点的理由在于它如何与文学效果有关,那么,就我们的判断来说,叙述者的道德和理智显然比叙述者是否称之为'我'或'他'更重要,也比他是否为不受限制或有所限制的叙述者更为重要。如果发现叙述者是不可靠的,那他给我们传达的作品的整个效果也就改变了"②。

---

① W. C. Booth. *The Rhetoric of Fiction*, Chicago: University of Chicago Press, 1983, p. 155.

② Ibid., p. 158.

第三节　西方学界对"不可靠叙述"的研究

不可靠叙述已经引起了当今西方大部分主要叙事理论流派的热烈关注。从最初提出这一概念的修辞和伦理方法，到认知方法，甚至于女性主义、后殖民主义理论家，无不关注这一概念。恰如安塞加尔·纽宁所言，"不可靠叙述成为当代叙事理论中的一个中心问题"[①]。近年来，叙事理论在这个令人挠头的复杂问题上已经取得了很大的进展。这些理论成果构成了进一步探讨的"前理解"（pre-understanding），因而，爬梳不可靠叙述理论的流变史是十分必要的。

一　修辞派不可靠叙述观

无论从概念的命名还是理论的构建，布斯的《小说修辞学》都可谓不可靠叙述研究的奠基之作。前文已就"不可靠叙述"概念的提出作了简要介绍，在此不再赘述。当然，以是否出现"不可靠叙述"一词而认定不可靠叙述理论的生成，容易惑于名而乖于实。然而，布斯在《小说修辞学》中对于不可靠叙述的论述已然成为此后该问题探讨的逻辑起点。

除了对于可靠与不可靠叙述者的划分，布斯对可靠议论的运用、戏剧化的叙述者的可靠性问题、非人格化叙述中不可靠叙述者等相关问题的分析，已使不可靠叙述理论初具雏形。紧接着"叙述的类型"对"可靠叙述者与不可靠叙述者"的划分，第二编"小说中作者的声音"中，布斯以《爱玛》《汤姆·琼斯》等文本分析作者声音介入的积极影响，由此涉及对可靠叙述者指导作用的关注；第三编"非人格化的叙述"中，布斯论述了作者沉默的作用及其带来的负面影响，作者沉默的一大表征就是让叙述者独自站在前台，这时叙述者的可靠性

[①] [美] 詹姆斯·费伦、J. 拉比诺维茨主编：《当代叙事理论指南》，申丹、马海良、宁一中等译，北京大学出版社2007年版，第82页。

就很容易让人产生怀疑。布斯通过对《螺丝在拧紧》《说谎者》《青年艺术家的肖像》等文本的分析,既展示出不可靠叙述所带来的丰厚的美学效果,也对其潜在的负面影响,尤其是可能造成的道德困扰表示忧虑。在布斯所建构的不可靠叙述研究的整体框架下,对于"不可靠叙述者"的论述是最大的理论亮点。

"不可靠叙述者的出现已经有两百多年,然而对于它的明确界定却始于布斯的《小说修辞学》"①,"不可靠叙述者"的研究在不可靠叙述理论中占有极为重要的分量。或许也正因为此,当前的不可靠叙述研究几乎还囿于对不可靠叙述者的研究。"当叙述者的讲述或行动与作品的思想规范(也即隐含作者的思想规范)相一致时,我将这类叙述者称为可靠的叙述者,反之则称为不可靠的叙述者。"② 布斯这一界定对不可靠叙述理论产生了深远影响。"布斯的区分已经被广为接受,从而形成两个重要的阐释惯例:第一,人们往往把这种区别与同故事叙述相关联……第二,布斯的区分假定存在一种等同,或确切地说,是叙述者与人物之间的一种连续,因此,批评家希望以人物的功能来解释叙述者的功能,反之亦然。"③ 的确,布斯的理论阐发和文本分析实践让人们意识到:文学作品中同故事叙述的运用,与该作品不可靠叙述效果的生成之间有着密切关系。由于叙述者过多地介入故事中,同故事叙述往往容易由此产生叙述的不可靠性。比如,纳博科夫的《洛丽塔》、鲁迅的《伤逝》都采用了第一人称同故事叙述,整个故事通过主人公的追忆展开,亨伯特追述他与少女洛丽塔的不伦之恋,涓生伤怀自己与子君的爱情悲剧,主人公的价值立场不可避免地使整个叙述蒙上了一定程度的自辩色彩,事件讲述和评价的不可靠性由此产生。以色列叙事理论家什洛米斯·里蒙—凯南(Shlomith

---

① Philip Hobsbaum. *Unreliable Narrators Poor Things and its Paradigms* http://www.arts.gla.ac.uk/SESLL/STELLA/COMET/glasgrev/issue3/hobs.htm.

② W. C. Booth. *The Rhetoric of Fiction*, Chicago: University of Chicago Press, 1983, p. 158.

③ James. Phelan. *Narrative as Rhetoric*, Columbus: Ohio State University Press, 1996, p. 110.

Rimmon-Kenan）也将叙述者亲身卷入事件视为不可靠叙述产生的重要根源。①

其实，布斯还导致了另一种重要的阐释习惯，即将不可靠叙述和不可靠叙述者（主要是同故事叙述者）等同起来。由于将视界仅仅锁定在叙述者身上，不可靠叙述的理论阐释力度也深受限制。然而，不可靠叙述是不同于不可靠叙述者的概念。一方面，不可靠叙述者与不可靠叙述二者无法等同。不可靠叙述往往通过不可靠叙述者来呈现，然而，文本中的隐含作者、叙述者、人物都可能成为主体，其他主体也会造成叙述可靠与否的问题。另一方面，并非只有同故事叙述才会产生不可靠叙述。许多文本中的超故事或异故事叙述者的叙述依然极不可靠，比如《红楼梦》主要采用的是第三人称全知叙述，叙述者处于故事之外，其叙述却依然常常不可靠。《红楼梦》第三回中的叙述者对宝玉"纵然生得好皮囊，腹内原来草莽""天下无能第一，古今不肖无双"之类的评论就属于不可靠叙述。早期研究者已经发现此种不可靠叙述，有论者指出，这是一种"明贬实褒"的手法，戚蓼生在《石头记序》中也表明了同样的看法，"第观其蕴于心而抒于手也，注彼而写此，目送而手挥，似谲而正，似则而淫……"② 这些评论家们的眼光可谓锐利。显然，"注彼"与"写此"并非同一叙述主体而为。叙述者与隐含作者价值观的截然对立构成了反讽效果生成的因由。具体而言，叙述者的不可靠叙述产生反讽式评论，从而构成叙述话语的双声效果。读者正是在这种"所言非所指"中聆听到隐含作者的声音。《红楼梦》第三十回中王夫人打金钏儿的一段中，叙述者关于"王夫人固然是个宽仁慈厚的人"的评判，也属于此类不可靠叙述。

由于将视界仅仅锁定在叙述者身上，布斯对于不可靠叙述的理论阐释力度也深受限制。这种情况在其另一本重要著作《反讽的修辞》（A Rhetoric of Irony, 1974）中有所改观。布斯列出了五种反讽的具体

---

① Rimmon-Kenan S. *Narrative Fiction: Contemporary Poetics*, London and New York: Routledge, 2005, p.103.

② 曹雪芹：《戚蓼生序本石头记·序》，人民文学出版社1975年版。

形式：(1) 作者的直接提醒，比如具有反讽意味的标题；(2) 文本中呈现的众所周知的错误，如叙述者明显的语法、文体或历史知识方面的错误，以及文本直接提醒不要混淆叙述者与作者；(3) 文本中事实自身的内部冲突；(4) 文本所呈现的文体特征与读者期待不一致；(5) 该作品与作者其他作品中所宣称的价值规范不一致。[①] 布斯一直将不可靠叙述视为反讽功能，在对反讽形成机制的条分缕析中，布斯也展示出其对不可靠叙述形成机制的思考。反讽的五种形式其实也可视为不可靠叙述的五种生产策略。在此，布斯已不再限于对叙述者可靠性的探讨，而是将研究范围拓展到整个动态的文本运行系统，它既包括作者在创作观念上对叙述不可靠性的有意为之，也包括文本内在不一致所呈现的不可靠叙述，而且他还从文学传统的角度关注到读者阅读期待与文本相龃龉时产生的不可靠叙述读解。尽管这里的读者仍然还只是处于文学传统中的"假定读者"，但我们毕竟可以感受到布斯试图突破《小说修辞学》的局限，从更为宏阔的角度建构不可靠叙述理论的可贵努力。

这种研究思路的影响至今仍非常明显，叙事学界通常将"不可靠性"仅仅用于叙述者。诚然，"不可靠叙述者"的研究在不可靠叙述理论中占有极为重要的分量，然而也仅仅是其中的一个部分。"叙述的不可靠性是不同于不可靠叙述者的概念。"[②] 文本中隐含作者、叙述者、人物都可形成叙述主体，不可靠叙述往往通过不可靠叙述者呈现，然而，其他叙述主体也会造成可靠与否的问题，有学者就提到人物—叙述的不可靠性。[③] 无论在第一人称还是在第三人称叙述中，人物的眼光均可导致叙述话语的不可靠，《三国演义》、《水浒传》、康拉德的《黑暗的心》等文本均存在此种"不可靠叙述"，比如，《三国演义》第十六回中曹操在宛城受到张绣突袭，典韦为保护曹操，

[①] Booth Wayne C. *A Rhetoric of Irony*, Chicago and London: The University of Chicago Press, 1974, pp. 47-86.

[②] Gregory Currie. *Unreliability Refigured: Narrative in Literature and Film*, The Journal of Aesthetics and Art Criticism, Vol. 53, No. 1. (Winter, 1995): p. 19.

[③] Dan shen. *Unreliability and Characterization*, Style 23 (1988): pp. 300-311.

"韦身无片甲,上下被数十枪,兀自死战,刀砍缺不堪用,韦即弃刀,双手提着两个军人迎敌,击死者八九人。群贼不敢近,只远远以箭射之,箭如骤雨。韦犹死拒寨门,争奈寨后贼军已入,韦背上又中一枪,乃大叫数声,血流满地而死。"① 小说中曹操一直是被认定为"国贼",此句中的"群贼""贼军"用来指称张绣之师,显然是采用曹操和典韦的眼光进行叙述,引发话语层对人物判定的不一致,从而形成叙述的不可靠性。此外,隐含作者对整个文本的安排也会凸显叙述的不可靠性,比如芥川龙之介的《竹林中》,文本由七位不同的叙述者对同一事件的讲述共同组成,每一位叙述者在自己的逻辑内都是统一的,但他们所传达的信息却相互冲突,由此引发文本叙述的不可靠性,而这恰好是隐含作者整体安排的结果。可见,除了叙述者的不可靠叙述,人物—叙述的不可靠性、隐含作者—叙述的不可靠性都应该是不可靠叙述研究的题中应有之义。

布斯在《小说修辞学》中首倡不可靠叙述研究,同时也开创了对不可靠叙述的修辞性研究路径。修辞性研究方法将不可靠叙述看成文本的修辞策略,因而隐含作者的思想规范自然而然成为衡量叙述可靠与否的标准。"叙述者之所以会被认为是不可靠的,是由于叙述者与隐含作者之间的思想规范存在很大分歧;也就是说,叙述者的描述与作品其他部分的叙述有着较大冲突,从而让我们怀疑叙述者是否诚实或者对他讲述'事实'的能力存疑。不可靠叙述者与隐含作者之间有着本质冲突;否则叙述者的不可靠性也就难以形成。"② 同时,隐含作者思想规范的树立也使不可靠叙述往往与反讽联系起来,即作者成为效果的发出者,读者在对于作者心领神会的接受中,使叙述者成了共同嘲讽的对象。"布斯将不可靠叙述作为反讽功能,这种程式仍然是不可靠叙述的一种主导模式。"③

---

① 罗贯中:《三国演义》,凤凰出版社 2006 年版,第 83 页。

② Chatman, Seymour. *Story and Discourses: Narrative Structure in Fiction and Film*, Ithaca and London: Cornell University Press, 1978, p. 149.

③ Olson, Greta, *Reconsidering Unreliability: Fallible and Untrustworthy Narrators*, Narrative Vol. 11, No. 1. (January, 2003): pp. 93–109.

瑞甘（Riggan）与弗雷德尼克基本处于布斯的修辞学框架下，对不可靠叙述的类型作出了较为细致的划分。瑞甘拓展了布斯的概念，并且发展了叙述不可靠性的模式。其类型学划分包括四种不可靠叙述者：流浪汉、小丑、疯子和儿童。这种基于社会身份的分类有其优势，至少含蓄地承认了不可靠叙述作为一种紧密联结着价值系统和读者社会标准的现象。但瑞甘并没有系统地探讨文本特征和读者期待之间难以分辨的相互影响，因而对不可靠叙述的整个理论几乎无所助益。莫妮卡·弗雷德尼克则提出了不可靠性的三重模式。根据她的分析，叙述者的不可靠性可以由以下三种情况导致：叙述者报道的事实不准确、第一人称叙述者缺乏客观性以及叙述者价值规范的不可靠。[1]她的划分标准存在一定的问题：首先，关于事实报道的准确问题既可能是叙述者有意撒谎，也可能是无意误报，应加以区分；其次，第一人称叙述的确容易产生认识的限制性，然而同故事叙述未必就是不可靠的，而且她也没有区分同故事本身内在的局限与不可靠性的区别；最后，叙述者的行为和评价可能对于他自己是连贯的，那么叙述者价值规范判断的标准何在，弗雷德尼克对此显得比较含混。

格里高利·库瑞（Gregory Currie）在修辞路径上对布斯的理论有所发展：一方面，他依然坚守隐含作者的价值规范的权威性，"在叙事中，如果不诉诸隐含作者的概念，不可靠性将毫无意义"[2]；另一方面，库瑞突破了布斯将不可靠叙述等同于不可靠叙述者的理论限定，他并不仅仅局限于考察隐含作者与叙述者的差异，而且将不可靠叙述看作是隐含作者复杂意图的呈现。"根据归因于隐含作者的复杂意图来界定不可靠叙述，这允许我们将叙事看作是不可靠的，即使我们将其视为不可靠性来源的叙述者并不存在。"[3]他明确提出"叙述者的

---

[1] Olson, Greta. *Reconsidering Unreliability*: *Fallible and Untrustworthy Narrators*, Narrative Vol. 11, No. 1. (January, 2003): p. 100.

[2] Gregory Currie. *Unreliability Refigured*: *Narrative in Literature and Film*, The Journal of Aesthetics and Art Criticism, Vol. 53, No. 1. (Winter, 1995): p. 20.

[3] Ibid., p. 23.

不可靠性只是不可靠性的一种方式"①，进一步拓展了不可靠叙述的研究空间。

詹姆斯·费伦是当今修辞派的主要代表人物。他借鉴认知派的某些观点，批判地继承布斯的思想，从以下几方面丰富了不可靠叙述理论：第一，对经典方法中认定人物功能和叙述者功能密合无间的看法提出质疑，指出"标准方法中存在一个严重局限，它未能见出同故事叙述的一个重要特点：即使现实主义作品中的同故事叙述，也无法要求甚至不可能要求人物兼叙述者的双重角色之间保持完全一致"②。第二，拓展了布斯对不可靠叙述类型的划分，将不可靠性从事实/事件轴和价值/判断轴扩展到知识/感知轴，费伦提出"依据不可靠性轴的提法，可以进一步对不可靠性的类型进行区分：在事实/事件轴上产生的不可靠报道，在价值/判断轴上产生的不可靠评价和在知识/感知轴上产生的不可靠读解"③。在此基础上，费伦注意到三个轴之间可能出现的对照和对立，强调这种分类并非凝固不变，从而打破了通常将可靠与不可靠视为二元对立的看法，"使我们认识到叙述者处于介于可靠性与不可靠性之间的一个广阔空间"。④第三，费伦注重对叙事动态进程的研究，认为叙事在时间维度上的运动对于读者的阐释经验有至关重要的影响，因此他比布斯更为关注叙述者的不可靠程度在叙事进程中的变化。这种对不可靠叙述的动态观察有利于更好地把握这一叙事策略的主题意义和修辞效果。第四，费伦加强了对现实读者阅读活动的观照。布斯对读者的探讨始终带有理想化色彩，缺乏对个体读者阅读的关注，这也是其广受诟病的原因所在。费伦吸纳了伦理批评的理论资源，"将形式和技巧问题与作者的读者以及现实中读者之间

---

① Gregory Currie. *Unreliability Refigured*: *Narrative in Literature and Film*, The Journal of Aesthetics and Art Criticism, Vol. 53, No. 1. (Winter, 1995): p. 27.

② David Herman. *Narratologies*: *New Perspectives on Narrative Analysis*, Columbus: Ohio State University Press, 1999, p. 92.

③ Herman D. Narratologies: New Perspectives on Narrative Analysis, Columbus: The Ohio State University Press, 1999, p. 92.

④ David Herman. *Narratologies*: *New Perspectives on Narrative Analysis*, Columbus: Ohio State University Press, 1999, p. 96.

的回应联系起来",① 提出"伦理取位"的研究方法。在叙事研究中,修辞方法关注作者、叙述者与读者之间的关系。虚构或非虚构文本中的人物叙述对这种关系产生的作用,会对读者施加相应的情感和伦理影响。人物的可靠叙述与不可靠叙述、不充分叙述均不存在二元对立关系,将这三种叙述类型及其亚类型排列在一个从非常可靠到很不可靠的谱段之上,则既能够对人物叙述予以清晰的描述,又能为内容更为广泛的叙事研究提供理论支撑。② 虽然在诸多方面发展了不可靠叙述理论,但他还是在同故事叙述模式中进行探讨,从而在某种程度上削弱了其理论的概括力。

各位修辞派理论家的表述中有一个共同点:认为不可靠叙述来源于叙述者与隐含作者价值规范的差异。也就是说,隐含作者是判断叙述可靠与否的标尺。"隐含作者"虽然备受争议,但已普遍被学界接受。布斯的隐含作者不仅仅是读者基于作品文本而推断出来的构想物,还是一个行为者,一个稳定的人格化的实体,因为他"有意无意地选择了我们阅读的东西",布斯因此称其为"作者的第二自我"。因此,作为一套支持叙述全文的价值观,它是由作者置于文本中的。这么说,并非意味着可以用现实作者的价值规范去衡量文本,而是认为文本中隐含作者的价值规范是相对稳定的,可以成为文本意义的来源。布斯为了调和新批评派与新亚里士多德派关于是否需要作者的问题而提出隐含作者,可谓用心良苦。那么,隐含作者的价值规范如何确定? 这一问题布斯没有给出答案,或者说,这个问题实际上是没有答案的。作为一个人格化的实体,隐含作者是整个文本的叙述者,它既无处不在,又无迹可循。我们只能通过对于文本的叙述话语去推断。这就涉及读者的理解,当然,在修辞派的视界内,读者实际上就是指隐含的读者,是能够完全领会隐含作者意旨的理想读者。这种理论构想的读者实际上并不能为确定隐含作者的价值规范提供任何

---

① David Herman. *Narratologies: New Perspectives on Narrative Analysis*, Columbus: Ohio State University Press, 1999, p. 89.

② [美]詹姆斯·费伦:《可靠、不可靠与不充分叙述——一种修辞诗学》,王浩编译,《思想战线》2016 年第 2 期。

二 认知派不可靠叙述观

"在每一种理论之内，无论或显或隐，总是存在着来自另一个理论角度的反对之声。一个理论家的思想是被别的理论家的思想引发的，他们两人相对的竞技场就是理论之间的实际空间，这一空间完整地构成批评的语境。"① 随着20世纪中后期认知科学的勃兴，作为一个跨学科的新兴领域，认知叙事学也在20世纪70年代萌芽，到90年代进入蓬勃发展时期，成为叙事学从经典向后经典转向的一股重要推动力，也成为不可靠叙述理论研究路径由修辞型向认知型转向的重要理论背景和方法论依据。"认知叙事学关注作品的阐释和接受过程，它将注意力从经典叙事学的文本研究转向文本与读者之间的关系研究，即在文本线索的作用下，对读者认知过程和阐释心理过程的研究。"②

雅可比首创的认知研究方法成为当前不可靠叙述理论研究中另一主要研究路径，认知转向也就成为不可靠叙述理论研究中一次重要的范式转换。1981年，塔马·雅可比在《论交流中的虚构叙事可靠性问题》一文中，首次对修辞派不可靠叙述理论进行诘难。该文一反布斯所树立的隐含作者的权威，从读者阅读的角度来看不可靠性，明确提出，面对文本中的难以解释的细节或种种不一致之处，读者有权拥有广泛的调解和综合解决策略。③ 也就是说，雅可比并不将不可靠性看作是文本自身的特征，而是视为读者理解的产物。实际上，将不可靠叙述的裁决权交给读者并非雅可比首创。里蒙—凯南在《叙事虚构作品》中已经提出，"可靠叙述者的标志在于，他对故事所进行的描述、评论总是被读者视为对虚构的真实世界所作的权威描写。不可靠

---

① [美]华莱士·马丁：《当代叙事学》，伍晓明译，北京大学出版社1990年版，第4页。

② 张万敏：《认知叙事学研究》，中国社会科学出版社2012年版，第4页。

③ Tamar Yacobi. *Fictional Reliability as a Communicative Problem*, Poetics Today, Vol. 2, Narratology III: Narration and Perspective in Fiction. (Winter, 1981): p. 114.

叙述者的标志则恰恰与此相反，即他对故事所作的描述、评论使读者有理由产生怀疑"[1]。同样强调读者在不可靠叙述判断中的作用，里蒙—凯南与雅可比却有很大的不同：雅可比认为不可靠性外在于文本，是读者理解的产物；里蒙—凯南则将不可靠性置于文本之内，需要读者进行识别。里蒙—凯南注重读者对于文本叙述中不可靠性标志的识别，"读者如何知道他该不该相信叙述者的讲述呢？文本中存在什么标志可以使读者决定相信或者不相信呢？"为此，她提出不可靠叙述的主要根源在于：叙述者的知识有限、叙述者自身卷入事件中以及叙述者的价值体系存在问题。[2] 可见，虽然里蒙—凯南强调读者的判断，但她的看法显然更接近布斯的修辞学路径。

雅可比以布斯的反对者姿态出现举起了认知派的大旗，安塞加尔·纽宁夫妇则以颇具创见的理论表述推动了认知研究方法走向深入。安塞加尔·纽宁是不可靠叙述理论研究认知派的领军人物，也是当今德国最杰出的认知叙事学代表人物之一，《不可靠，相对什么而言？——不可靠叙述的认知研究前提及假设》《不可靠叙述概念再定义及其文类视野》等认知叙事学力作，有力地推动了不可靠叙述理论研究范式的认知转向。认知派从隐含作者的批判入手开始建构自己的不可靠叙述观。可见，不可靠叙述研究修辞方法与认知方法的分歧主要在于：判断不可靠叙述究竟是以隐含作者的观念为标准，还是以读者的规范为参照？

安塞加尔·纽宁受雅可比的影响，聚焦于读者的阐释框架，断言"不可靠性与其说是叙述者的性格特征，不如说是读者的阐释策略"，[3] 薇拉·纽宁也认为，"对于读者来说，给定文本的意义不能完全由文本自身决定，那么在一个既定的阅读过程中所建构的价值规范体系就得依靠读者及其自身的知识、态度和规范"。"因而，将叙述者

---

[1] Rimmon - Kenan, Shlomith. *Narrative Fiction: Contemporary Poetics*. Florence, KY, USA: Routledge, 1983, p.100.

[2] Ibid..

[3] Ansgar Nünning.*Deconstructing and Reconceptualizing the Implied author*, inAnglistik.Organ des Verbandes Deutscher Anglisten8 (1997): pp.95-116.

区分为可靠的或不可靠的是依靠读者对于价值和规范系统的双重感受。"① 安塞加尔·纽宁吸收了乔纳森·卡勒的"归化"思想，在《不可靠叙述概念再定义及其文类视野》一文中，与布斯就不可靠叙述的定义进行争论。他认为布斯关于不可靠叙述者的模式化定义已经导致了对该概念的不精确使用，并且产生了将不可靠性和可靠性作为二元对立的两极的取向，而且也缺乏对不可靠性如何运作的考察。② 故此，他从认知角度重新界定了不可靠叙述："我认为，对于不可靠叙述的认识可以通过戏剧反讽或意识差异来加以解释。当出现不可靠叙述时，叙述者的意图及价值规范与读者规范之间的差异会产生戏剧反讽。就读者而言，叙述者的不可靠性就表现为叙述者话语的内部矛盾或叙述者与读者的看法之间的冲突。"③ 在此，安塞加尔·纽宁将读者的规范作为叙述不可靠性衡量的标准。尽管他一再提及文本的规范与读者规范之间的交互作用，然而，他既然已经将文本的规范视为读者决定的产物，那么，文本规范充其量也只是读者规范的另一种表现形式。

从双方的论述中，我们可以见出，修辞方法与认知方法的分歧主要在于判断不可靠叙述究竟是以隐含作者的观念为标准，还是以读者的规范为参照。认知派发现了隐含作者在不可靠叙述判断中的尴尬境遇，从批判隐含作者这一概念入手开始建构自己的不可靠叙述观。安塞加尔·纽宁采用"总体结构"（the structural whole）来替代"隐含作者"。在安塞加尔·纽宁看来，总体结构并非存在于作品之内，而是由读者建构的。面对同一作品，不同读者很可能会建构出大相径庭

---

① Vera Nunning. Unreliable Narration and the Historical Variability of Values and Norm: the Vicar of Wakefield as a Test Case of a Culutural-Historical Narratology, style, Vol. 38, No. 2. (summer, 2004).

② Ansagr Nunning. *Reconceptualizing the Theory and Generic Scope of Unreliable Narration*. In Reconceptualizing Trends in Narratological Research, edited by John Pier, Tours: Tours Univ. Press, 1999, pp. 63–84.

③ Ansagr Nuuning. *Unreliable Compared to What: Towards a Cognitive Theory of Unreliable Narration Prolegomena and Hypotheses*, In Transcending Boundaries Narratology in Context edited by Walter Vrunzweig and Andreas Solbach, Tubingen, Gunther Narr Vertag, 1999, p. 58.

的作品"总体结构"。认知派由此将叙述可靠与否的判断权交给了读者,"通过这种从文本到读者认知过程的转向,安塞加尔·纽宁质疑了几乎所有以前的不可靠叙述概念,这些概念都是建立在布斯的经典定义之上的"①。既然隐含作者是读者的构建,那么不同的读者自然可以推导出不同的隐含作者,这样,隐含作者的规范在他们那里被读者规范所取代。安塞加尔·纽宁明确将不可靠性界定为一种读者的"阅读假设"(reading-hypothesis)。②

雅可比和安塞加尔·纽宁都认为自己的模式优于布斯创立的修辞模式,因为它不仅可操作性强,且能说明读者对同一文本的不同解读。不少西方学者也认为以雅可比和安塞加尔·纽宁为代表的认知方法优于修辞方法,前者应取代后者。其实,认知派理论也存在一定问题。一方面,他们将文本的不可靠叙述归结于文本接受而非文本现象,而另一方面又试图通过列举出能标示出不可靠性的文本符号来证明叙述者的不可靠。他们对于文本符号的列举旨在证明相对于历史文化语境中的读者(与布斯的"假想的读者"相对),叙述者看上去是不可靠的。然而,问题在于,如果将对不可靠性功能的探测视为个体读者回应的特征,那么,稳定的文本符号又如何能存在,从而标示不可靠现象?尽管认知派理论仍有不少值得商榷之处,然而,认知方法的确可以清晰地展示出不同读者的不同阐释框架,说明同一文本为何会出现多种不同甚至截然相对的阐释。这恰好是修辞派没有予以关注的。由于过分倚重读者的阐释框架,叙述的可靠性问题就会由于不同读者的不同阐释框架而摇摆不定,从而陷入相对主义,此外,如果一味肯定读者规范的权威性,就很有可能会歪曲,甚至完全背离作者或作品的价值规范。值得注意的是,他们在理论阐述中有时将不可靠叙述与文学的虚构性相混同,这样实际上取消了不可靠叙述讨论的

---

① Per Krogh Hansen. *Unreliable narration between authorial intention and cognitive strategy Narrative*, Cognition and Linguistics In University of Southern Denmark Kolding, Nov 9 – 10th, 2006.

② [美]詹姆斯·费伦、J. 拉比诺维茨主编:《当代叙事理论指南》,申丹、马海良、宁一中等译,北京大学出版社 2007 年版,第 109 页。

价值。

三 历史文化意识派的不可靠叙述观

近来不少学者试图调和这两种研究方法,甚至有学者提出应该将二者结合,采用"认知—修辞"的综合性方法。格雷塔·奥尔森在《重新审视不可靠性:错误的和不可信的叙述者》一文中,提出安塞加尔·纽宁与布斯模式具有相当的一致性,因而将二者进行综合有着合理的理论立足点。这种一致性表现为二者的模式都包含同样的三重结构:(1)能识别不一致的读者;(2)人格化的叙述者的感知和表达;(3)隐含作者(或文本符号)。[1] 奥尔森的这种理解显然是有偏误的:第一,两个模式中读者的内涵不同,布斯的读者是"假定的读者",接近于"隐含的读者",与隐含作者相对,安塞加尔·纽宁的读者则指现实读者,也即"有血有肉的读者";第二,对于不可靠叙述的衡量标准的认识迥异,布斯衡量不可靠叙述的标准是"隐含作者"的规范,即隐含作者通过文本传达出来的伦理、信念、情感、艺术等各方面的标准,而安塞加尔·纽宁的"隐含作者"只是由读者建构,读者的阐释框架才是判定叙述可靠与否的标准。奥尔森试图将二者综合起来的努力显然没有获得预期的效果,但他所提出的将"不可靠的"概念区分为"错误的"与"不可信的"倒是颇能给人以启示。兰瑟很早就提出,应该区分不可靠叙述者(unreliable narrator)与不可信叙述者(untrustworthy narrator)。他认为,对于前者,读者有理由怀疑其讲故事的方式,而后者的评论与通常所想的健全判断不一致。[2] 这种研究思路被费伦很好地整合进了他就叙述不可靠性提出的"三轴线说"。2006 年 11 月,南丹麦大学举办了题为"叙事、认知和语言"的国际学术会议,克洛格·汉森提交的《不可靠叙述:在作者意图和认知策略之间》一文是综合研究法的另一次努力。汉森认为在虚构作

---

[1] Olson, Greta. Reconsidering Unreliability: Fallible and Untrustworthy Narrators, Narrative Vol. 11, No. 1. (January, 2003): p. 93.

[2] S. S. Lanser. *The Narrative Act: Point of View in Prose Fiction*, Princeton, NJ: Princeton University Press, 1981, pp. 170-171.

品中不可靠叙述的研究不能不考虑读者的认知能力,如果过分倚重以隐含作者为主的参考框架,那么不可靠叙述现象所具有的意义将大为削弱。同时,他又提出作者意图也是无法完全忽略的。他试图以认知路径为基础,进而强调应结合修辞派中的某些研究思路。然而,在具体论述中,他基本还是处于认知派的理论框架中。作为认知派理论的代表安塞加尔·纽宁"主要是为了在解释读者和批评家如何直觉地将叙述者划入不可靠叙述之列的复杂问题上引发重新思考和进一步论争",也尝试着提出"把认知方法与修辞方法综合起来"。① 他一方面对修辞方法和认知方法的片面性分别加以了批评:修辞方法聚焦于叙述者和隐含作者之间的关系,无法解释不可靠叙述在读者身上产生的"语用效果";另一方面,认知方法仅仅考虑读者的阐释框架,忽略了作者的作用。在他看来,这种"综合"方法所关心的问题是:有何文本和语境因素向读者暗示叙述者可能不可靠?隐含作者如何在叙述者的话语和文本里留下线索,从而引导读者辨认出不可靠叙述者?这实际上又回到了修辞学路径上。

有学者指出,修辞派和认知派"涉及两种难以调和的阅读位置,对'不可靠叙述'的界定互为冲突","由于两者相互之间的排他性,不仅认知(建构)方法难以取代修辞方法,而且任何综合两者的努力也注定徒劳无力"②。"认知—修辞"的综合性方法是否可行尚待探讨,然而,对二者进行综合的思路是值得借鉴的。费伦和纽宁这两位"掌门人"在不断的交流对话中,相互吸取对方理论所长,并纳入自己的研究框架中,这一点从他们最近的研究成果可以看出来。费伦和玛汀在对《人约黄昏后》的文本解读中,充分展现出修辞派对于现实读者阅读的关注。他们提出"伦理取位"的方法,"该术语既指叙事技巧和结构决定读者对于叙事所处位置的方式,也指个体读者将不可避免地从某一特定位置进行阅读。由此,我们指出,文本通过向作者的读者发送信息,收到预期的某种具体的伦理回应,而读者个体的伦

---

① [美]詹姆斯·费伦、J.拉比诺维茨主编:《当代叙事理论指南》,申丹、马海良、宁一中等译,北京大学出版社2007年版,第100页。

② 申丹:《何为"不可靠叙述"?》,《外国文学评论》2006年第4期。

理回应则有赖于那些预期目标与读者自身的特定价值以及信念之间的互动关系"①，在对依施古罗的叙事高潮的分析中，费伦和玛汀并不追求意见的一致，而是呈现出他们各自的伦理回应。安塞加尔·纽宁也在试图调和自己的激进立场，更多显示出对修辞路径的认同，在2005年发表于《叙事理论指南》的一篇文章中，安塞加尔·纽宁在对修辞方法和认知方法审视之后提出了综合性的"认知—修辞方法"。颇值得玩味的是，他对于综合方法的阐述基本遵循了修辞派的研究路径。薇拉·纽宁也表达了对曾经激进的读者立场的反思，"当读者评价与通行的世界观相矛盾的叙述者时，文本的总体结构似乎也产生极为重要的作用。当我们感到叙述者的感知与文本的价值观一致时，我们认为叙述者是可靠的。他或她关于世界的阐释是可信的，即便这种阐释与读者的世界观和价值观不一致"②。

那么，二者能否综合？如果可以，在何种基础上综合？布鲁诺·泽维克作出了可贵的探索。2001年，他发表了题为《不可靠叙述的历史演变：虚构叙事中的不可靠性和文化话语》一文，颇具创造性地提出了不可靠叙述研究的第二次转向——历史文化转向。"文学是文化整体不可分割的一部分，不能脱离文化的完整语境去研究文学。不可把文学同其他文化割裂开来，也不可把文学直接地（越过文化）与社会、经济等其他因素联系起来。这些因素作用于文化的整体，而且只有通过文化并与文化一起再作用于文学。文学过程是文化过程不可割裂的一部分。"③ 泽维克首先肯定了以安塞加尔·纽宁为代表的认知转向对于不可靠叙述理论的创造性发展，"这样一种认知转向代表了不可靠叙述理论的首次范式转换。认知派研究对叙述不可靠性的整个

---

① David Herman. *Narratologies: New Perspectives on Narrative Analysis*. Columbus: Ohio State University Press, 1999, p. 88.

② Vera Nunning. *Unreliable Narration and the Historical Variability of Values and Norm: the Vicar of Wakefield as a Test Case of a Culutural-Historical Narratology*, style, Vol. 38, No. 2. (summer, 2004).

③ ［俄］巴赫金：《文本·对话与人文》，白春仁等译，河北教育出版社1998年版，第403页。

概念进行了根本性再思考。叙述不可靠性问题的研究不再依赖于隐含作者和以文本为中心进行分析的机制，它可以在框架理论和读者认知策略的语境下被再定义"①。他接着也对其不足进行了评析，提出了历史文化转向的问题，"叙述不可靠性的文化依存感，对于理解不可靠叙述的不同方式和功能非常重要"，"叙述不可靠性的阐述很大程度上有赖于，诸如价值、规范、真实世界的模式、文学能力和惯例等情境性历史因素的混合，甚至有赖于何为文学的文化阐释。我们不能将这些因素与他们的历史背景分离出来，恰如《威克菲尔德牧师》中所展示的，他们决定着叙事的归化"②。

社会历史文化意识派突出强调了社会历史文化因素对于叙述可靠与否的影响。引入社会历史文化这一维度去观照不可靠叙述无疑有着十分重要的意义。一方面，考察文本产生以及阅读语境的社会历史文化因素，有助于读者尽可能准确地建立文本中隐含作者的价值规范。我们不能直接将现实中的作者和文本中的作者等同起来，但是，现实作者的价值规范显然会有意无意地渗透进文本当中，既可能是正面的影响，也可能是负面的渗入，这些都可以通过对于文本生成时的社会历史文化因素的考察得到一个较为客观的解答。另一方面，对于社会历史文化语境的强调，既注重对于现实读者感受的重视，又避免了现实读者文本理解的个体性偏差。其实，我们对于文本的理解，所形成的共识往往大于差异，而这种共识（文本叙述可靠与否）的形成也只有进入到具体的社会历史文化语境中才能得到解答。此外，修辞派和认知派都过于执着对单个文本可靠与否的解读，尽管他们能在细腻的分析中各出新见，却不能从宏观的角度看待不可靠叙述研究中存在的一系列问题，比如不可靠叙述与文学传统的关系、不可靠叙述现象的历史流变等。即便是对于单个文本，这种就具体文本可靠与否的探讨只是一种共时性研究，无法以历时的眼光动态把握文本叙述可靠性的演变，比如，为什么《螺丝在拧紧》中的女家庭教师开始被认为是可

---

① Bruno Zerweck. *Historicizing Unreliable Narration*: *Unreliability and Cultural Discourse in Narrative Fiction* Style, Vol. 35, No. 1. (2001, Spring): p. 151.

② Ibid., pp. 151-178.

靠的叙述者，而现在几乎都将其视为不可靠叙述者？文本意义实际上是面向效果历史开放的，因此，对于在文本接受中每一阶段社会历史文化语境的考察，可以见出文本叙述可靠性转变的因由。历史文化意识派试图构建一种充满动态感历史感的不可靠叙述观，但也只是一些理论设想，并未呈现出清晰的可操作性的理论架构。

修辞派与认知派的共同趋向是对历史文化动态发展的关注。薇拉·纽宁也强调，"价值规范的历史文化变迁不仅在对不可靠叙述所进行的叙事学理论分析中，而且在更为宽泛意义上的文学研究中，都是必须加以考虑的因素"①。价值规范的历史变化成为影响不可靠叙述评判的重要因素，这是毋庸置疑的。只有将作品创作时期的意义和价值构成中的历史变化考虑进来，不可靠叙述研究才更有意义和更为有效。

第四节　国内叙事学蓬勃发展下的"不可靠叙述"研究

要回顾国内的不可靠叙述研究，需在向西方引进叙事理论的背景下进行。国外叙事理论发展迅速，"在过去的15年间，叙事理论已经取代小说理论而成为文学研究所主要关心的一个论题"。② 中国古代的叙事理论散见于各种评点、序跋和笔记中。西方叙事学的引入为中国的小说理论建设提供了有益的理论参照，作为一门独立的学科，中国叙事学是在西方叙事学的影响下逐步发展起来的。20世纪80年代末90年代初，中国小说理论的研究思路开始逐步脱离小说美学的框架，转向叙事学这一新的理论视角。

1985年，《美学文艺学方法论》收录了罗兰·巴特的《叙事作品

---

① Vera Nünning. *Unreliable Narration and the Historical Variability of Values and Norm: the Vicar of Wakefield as a Test Case of a Culutural-Historical Narratology*, style, Vol. 38, No. 2. (summer, 2004).

② [美] 华莱士·马丁：《当代叙事学》，北京大学出版社1990年版，第1页。

结构分析导论》和兹韦坦·托多罗夫的《叙事作为话语》，这是我国对于西方叙事学理论的最早翻译。1987年，广西人民出版社和北京大学出版社先后推出了被誉为"小说理论的里程碑"的《小说修辞学》。该书提出的许多观点和概念具有独创性和开拓性，它上承传统小说理论，对后来在结构主义思潮中发展起来的叙事学，甚至90年代以来的后经典叙事学产生了重大影响，标志着西方小说理论从小说美学向叙事学的过渡。另一部具有过渡性质的书是弗莱的《批评的剖析》，这部著作发展了叙事宏观结构和情节类型学的理论，对后来的批评理论，尤其是叙事理论产生了深远的影响。1987年，加拿大学者高辛勇的《形名学与叙事理论：结构主义的小说分析法》出版，该书对结构主义叙事理论进行了较为系统的介绍，并且首次明确提出以叙事理论来分析中国小说的思路。1989年，王泰来组织编译了《叙事美学》，选译了法、德、英三国的叙事论文，勾勒出叙事学的大致轮廓。1989年，张寅德编选的《叙述学研究》出版，里面几乎涉及了法国六七十年代以来最具影响的叙事学成果。同年，生活·读书·新知三联书店出版了里蒙—凯南的《叙事虚构作品：当代诗学》，该书第一次向国人系统地展现了叙事理论。90年代后，华莱士·马丁的《当代叙事学》（1990）、热拉尔·热奈特的《叙事话语 新叙事话语》（1990）、罗杰·福勒的《语言学与小说》（1991）、乔纳森·卡勒的《结构主义诗学》（1991）、米克·巴尔的《叙述学：叙事理论导论》（1995）、尤瑟夫·库尔泰德《叙述学与话语符号学》（2001）、格雷马斯的《结构语义学》（2001）、保尔·科利的《虚构叙事中时间的塑形：时间与叙事》（2003）、贝尔纳·瓦莱特的《小说——文学分析的现代方法与技巧》（2003）等叙事学专著相继翻译出版。此时，许多期刊上也刊发了大量译介叙事学的论文。1979年，袁可嘉发表在《世界文学》上的《结构主义文学理论述评》一文，对结构主义文论进行了介绍，在当时产生了广泛的影响。此后，各类对于叙事学介绍的文章经常见于各类期刊。

西方经典叙事学关注文本内部，向国内学界展示了对于小说进行"解剖式"研究的可能性，对小说艺术价值的探讨提供了富于启发性的思路。经典叙事学推崇对于叙事作品进行内在性和抽象性的研究，更多地采用纯描述或纯批判、纯否定的立场，它从语言本体的层面揭示作品的艺术价值形成机制，然而，经典叙事学的极端技巧化仅仅考虑到小说创作的形式层面，从而脱离了审美判断和价值判断。

随着西方叙事学源源不断地引入，中国学界不仅出现了一批译介和阐发叙事理论的论文论著，而且还掀起了应用叙事理论来研究中国文学的热潮。且不说有关论文已遍布于各类期刊，就是颇具分量的学术专著也大量涌现，大致可以分为三类：第一类是在西方叙事学理论的基础上"接着讲"，在本体论层面上对于叙事学的范畴、术语、概念、命题乃至其学科本质、研究对象、研究方法等展开探讨，主要有徐岱的《小说叙事学》（1992）、傅修延的《讲故事的奥秘——文学叙述论》（1993）、罗钢的《叙事学导论》（1994）、胡亚敏的《叙事学》（1994）、申丹的《叙述学与小说文体学研究》（1998）、赵毅衡的《当说者被说的时候——比较叙述学导论》（1998）、刘世剑的《小说叙事艺术》（1999）、董小英的《叙述学》（2001）、吴效刚的《小说叙述艺术》（2001）、王阳的《小说艺术形式分析：叙事学研究》（2002）、李建军的《小说修辞学》（2003）、申丹、韩加明、王丽亚的《英美小说叙事理论研究》（2005）、赵毅衡的《广义叙述学》（2013）等。这些著作超越了介绍评述层次，而上升到建立独立的叙事学理论体系的高度。第二类是以西方叙事学为参照"对着讲"，叙事学界出现了还原本土叙事立场的倾向，开始注重发掘中国叙事传统。陈平原的《中国小说叙事模式的转变》（1988）是国内最早应用叙事理论的专著，该书借鉴托多罗夫的叙事理论，从叙事时间、叙事角度、叙事结构三个方面，将叙事学研究与小说社会学研究结合起来，探讨晚清至"五四"这个特定历史阶段中国小说叙事模式的嬗变。此类著作还有赵毅衡的《苦恼的叙述者　中国小说的叙述形式与中国文化》（1994）、董乃斌的《中国古典小说的文体独立》（1994）、杨义的《中国叙事学》（1995）、王铁的《小说的模式与叙事艺术》（1999）、傅修延的《先秦叙事研究：关于中国叙事传统的形成》（1999）、贾越的《中国小说叙事艺术论》（2001）、王平的

《中国古代小说叙事研究》（2001）等等。这些论著中贯穿着强烈的本土意识，力图通过对中国叙事理论的清理乃至文化史的考察，建构独特的中国叙事学。第三类则以将叙事理论应用于小说研究为指归。90年代以来，国内的小说研究和评论发生了明显的变化：无论是对古典小说，还是对现当代小说甚至国外小说，研究者都试图贯穿以叙事学理论或借叙事学的观念予以审视。对小说的叙事结构和叙述模式的分析成了小说分析的一种独具创新的解读方式。孟繁华的《叙事的艺术》（1989）、李庆信的《跨时代的超越——〈红楼梦〉叙事艺术新论》（1995）、张柠的《叙事的智慧》（1997）、谭君强的《叙事的力量——鲁迅小说叙事研究》（1998）、杨义的《中国古典小说史论》（1998）、王彬的《红楼梦叙事》（1998）、张世君的《〈红楼梦〉的空间叙事》（1999）、郑铁生的《三国演义叙事艺术》（2000）、胡日佳的《俄国文学与西方——审美叙事模式比较研究》（1999）、黄子平的《"灰阑"中的叙述》（2001）、张明亮的《槐荫下的幻境：论〈围城〉的叙事与虚构》（2001）、胡全生的《英美后现代主义小说叙述结构研究》（2002）、吴培显的《当代小说叙事话语范式初探》（2003）、格非的《小说叙事研究》（2002）、刘俐俐的《外国经典短篇小说文本分析》（2004）等叙事批评著作相继问世。这些批评著作的作品观照面相当宽，在对古今中外作品的解读中，展现出叙事学在小说批评中独具的理论魅力。

中国小说理论历来注重对文本意义的追问，注重价值判断，有着"文以载道"的传统有关，即重思想层面的探究而轻艺术层面的审美欣赏，缺乏对于文本形式的细致把握、精细分析，缺乏将小说作为叙事作品来探讨其建构规律和叙述机制的研究，而西方经典叙事学恰好补了此缺。西方经典叙事学所建构的小说叙事结构和叙述模式，使我们能深入小说形式本身，发掘其内蕴的意味。叙事学的科学性使我们能进一步探讨文学作品的艺术价值形成机制。

经典叙事学体大周密的系统使文本封闭在一个狭窄的范围内，对于价值判断的忽视使文本的意义追寻变得不可能。

90年代以来，西方叙事理论主要呈现出由经典叙事学向后经典叙事学转化的趋向。2002年,北京大学出版社以"新叙事理论译丛"为名,推出了J.希利斯·米勒的《解读叙事》、苏姗·S.兰瑟的《虚构的权威》、詹姆斯·费伦的《作为修辞的叙事》、马克·柯里德《后现代叙事来理论》和戴卫·赫尔曼主编的《新叙事学》,向国内展示了西方后经典叙事理论的重要成果。西方叙事学的引入促进了中国小说理论的建构。但中国小说理论建设并没有完全遵循西方从经典叙事学转向后经典叙事学的发展模式,而是在对小说美学和叙事学的兼收并蓄中,一直自觉不自觉地走着西方后经典叙事学的路子。一方面,文学是语言的艺术,语言研究是文学研究、叙事学研究的基础。文学研究中的语言学的转向是必然的。"从学术思想背景来看,对叙事学的形成影响最大的是来自语言学,主要是结构主义语言学的巨大的思想推动力。"[①] 作为现代意义上的语言学的共同鼻祖的结构主义,该学派理论的代表性论著的中译本(包括索绪尔的《普通语言学教》),基本都是1980年以后问世的,而国内语言学界对于叙事语法的研究还是80年代以来的事情。语言学准备的不足,在很大程度上限制了国内叙事学界对于叙事模式的深入研究,而叙事模式的建构恰恰是经典叙事学的精华所在。因而,虽然国内对于经典叙事学的介绍、阐发甚至运用蔚为大观,却没有走上经典叙事学的道路。另一方面,如前所述,中国传统文论"文以载道"的传统,往往遮蔽了对小说自身艺术价值的关注,虽然经典叙事学对于形式本身价值的过分强调,能对传统小说理论起到纠偏的作用,但是,传统小说理论的强大惯性也使叙事学界不可能弃置传统,完全照搬经典叙事学的模式。再次,尽管叙事学理论因其注重文本形式、可操作性强等特点,投合了学界在社会历史批评模式的长期笼罩之下转而思变的期待心理,然而面对小说美学和叙事学双重理论资源,中国的叙事学理论建构不可能偏执一端。中国叙事学的开风气之作——《中国小说叙事模式的转变》,就鲜明地提出要"把纯形式的叙事学研究与注意文化背景的小

[①] 罗钢:《叙事学导论》,云南人民出版社1994年版,第3页。

说社会学研究结合起来"①。除了少部分专注于形式研究的论著,如董小英的《叙述学》指出,"叙述学要做的是纯形式的研究,是最大限度地探讨叙述方式的可能性"②,中国绝大部分叙事理论著作都自觉不自觉地采取后经典立场。

随着西方后经典叙事学的进入,国内出现了一系列的理论专著。陈顺馨的《中国当代文学的叙事与性别》(1995)、孙先科的《颂祷与自诉——新时期小说的叙述特征与文化意识》(1997)、南帆的《文学的维度》(1998)、王德威的《想象中国的方法:历史·小说·叙事》(1998)、刘成纪的《欲望的倾向:叙事中的女性及其文化》(1999)、高小康的《市民、士人与故事:中国近古社会文化中的叙事》(2001)等论著中就强烈贯穿着将叙事与审美综合考虑的思路。耿占春在《叙事美学——探索一种百科全书式的小说》(2002)中明确提出叙事与美学的结合;谭君强的《叙事理论与审美文化》(2002)倡导建立审美文化叙事学,旨在从审美意义上对众多的文化产品进行叙事学研究,从而使小说研究走上一种融合形式层面、社会历史层面、精神心理层面和文化积淀层面的综合性研究;祖国颂在《叙事的诗学》(2003)一书中也指出,该书的写作"不是从形式主义的理论出发来研究艺术形式,而是把小说的叙事文本视为一个大的表意结构,着力于探寻不同叙述程式、结构、手法所体现的文学性及其意义生成与显现的特点,着力于思考表达方式的含义,关注意义是怎样产生的","即寻找叙述形式和意义的关联是本书的重要内容"③。这种研究思路兼顾小说美学和叙事学的理论所长,在专注于形式研究的同时,又避免了叙事学家往往带有的片面性——忽视文学的审美特性,机械地将语言学的方法与分析模式应用于文学研究之中。这种趋向在文学批评实践中也得到了体现。刘俐俐在其专著《外国经典短篇小说文本分析》中,将经典叙事学和后经典叙事学结合起来,将形式分析和审美判断融合在一起,她提出"在自觉地运用文本系统的诸如

---

① 陈平原:《中国小说叙事模式的转变》,上海人民出版社1988年版,第2页。
② 董小英:《叙述学》,社会科学文献出版社2001年版,第9页。
③ 祖国颂:《叙事的诗学》,安徽大学出版社2003年版,第2页。

形式主义、结构主义和叙事学批评等方法的基础上,探索如何从文本之内的分析走向文本之外,即走向文本产生的语境,从而获得对文学作品更为深刻的理解"①,这是颇具启发意义的。从本体论意义上看,后经典叙事学不再将小说文本看成一个封闭的结构,而是将其视为一个开放性体系,探求文本与读者、作者之间的交流关系;从方法论的角度看,它以经典叙事学对叙事法则的研究为基础,进一步融合了女性主义、新历史主义等各种批评方法,从而获得对叙事文本更为深刻的理解。

随着叙事学研究不断走向深入,不可靠叙述也日渐引起国内学界的重视。经典叙事学对以人称为主的各种叙述类型需考察细致,由于尽量回避价值观问题,更兼较少关注读者、文化语境等文本外因素,因而总体而言,不可靠叙述未受到学界重视。"由于政治文化氛围的不同和文学评论发展道路的相异,国内的叙事学研究相对于西方学界呈现出反走向,经典叙事学研究经久不衰,后经典叙事学研究却迟迟未得到足够的重视。有关译著和论著往往局限于20世纪80年代中以前的西方经典叙事学,在很大程度上忽略了90年代以来西方的后经典叙事学。"② 20世纪90年代,国内更多关注话语、故事、叙述者等经典叙事学的研究范畴,这一时期甚至没有出版国外叙事学研究的最新译著。由于尽量回避价值观问题,更兼较少关注读者、文化语境等文本外因素,尽管有不少研究者意识到不可靠叙述理论问题研究的重要性,并对其进行了一定程度的探讨,但总体而言,对于不可靠叙述的理论探讨并未受到国内学界的重视。

赵毅衡先生较早关注到不可靠叙述,在其专著《苦恼的叙述者》《当说者被说的时候》《广义叙述学》中都设置了专章进行讨论。赵毅衡总体上认同布斯的不可靠叙述观,"叙述的可靠性主要衡量标志,是叙述者隐指作者的距离,也就是叙述者的价值观与隐指作者所体现的全文价值观之间的差距"③,但他也在细致的考察中修正了布斯的某

---

① 刘俐俐:《外国经典短篇小说文本分析》,北京大学出版社2004年版,第6页。
② 申丹:《叙事学研究在中国与西方》,《外国文学研究》2005年第4期。
③ 赵毅衡:《当说者被说的时候》,中国人民大学出版社1998年版,第54页。

些观念，主要表现为：第一，他提出，"像布斯这样把叙述的不可靠性完全归因于叙述者兼人物的性格上的缺点是不合适的"①。在此，他颇具眼光地指出了布斯将不可靠叙述归咎于不可靠叙述者的局限性。第二，他所提出的"不可靠叙述产生于主体各组成部分之间的特殊关系"也很有见地，"只有当我们试图把一个文本的主体各成分总结成一个合一的主体意识时，这种冲突才会发生。这时我们会发现有的叙述者是'可靠的'，有的则'不可靠'"②。第三，他指出，"叙述者表明的意义导向完全不能作为释义依据，叙述文本字面义与确切义（隐指作者体现的意义）明显相反。这样就出现了文本诱导而生的不可靠叙述，即反讽叙述。此类叙述以炫耀不可靠取得某些意义效果。此种明指的不可靠性并不依赖于读者对叙述文本价值判断的总结，不随释读而转移，这是一种'内在的'不可靠叙述"③。尽管他在此的提法还不甚确切，但毕竟对读者阐释在不可靠叙述理论中的积极作用给予了某种肯定。赵毅衡在修辞研究的总体框架下与布斯进行对话，推进了不可靠叙述理论走向深入。

徐岱也较早意识到叙述的不可靠性问题，他指出"在所有各种划分中，区别'可靠叙述者'与'不可靠叙述者'显得比其他的划分更为重要"，"能否有效地介入到文本之中去对作品作出完整的把握与理解，在很大程度上取决于接受主体，能否准确地判别故事中的这位叙述者同其背后的叙事主体的关系。换言之，也即确定他究竟是否'可靠叙述者'"④。显然，他的方法更接近认知派研究模式。胡亚敏也是在阅读理论的整体框架下看待不可靠叙述的。"有些作品的叙述者却并非完全可靠，他们或言辞偏颇，或口是心非，若读者信以为真，就会受骗上当。这类叙述者属于不可靠的叙述者，在阅读中尤其要注意分辨。"⑤理论的不断深入总是呈现在具体的文本分析中。在一

---

① 赵毅衡：《当说者被说的时候》，中国人民大学出版社1998年版，第54页。
② 赵毅衡：《苦恼的叙述者》，北京十月文艺出版社1994年版，第68页。
③ 同上书，第69—70页。
④ 徐岱：《小说叙事学》，中国社会科学出版社1992年版，第109页。
⑤ 胡亚敏：《叙事学》，华中师范大学出版社2004年版，第213—214页。

系列将不可靠叙述理论运用于文本分析的文章中,有部分仅仅是套用经典、后经典的理论模式,使作品成为理论的注解。当然也有相当一些文本分析在具体的理论运用中,让文本呈现出前人未发现的艺术价值。刘俐俐的《多重不可靠叙述的艺术魅力》就颇见功力。作者在具体分析中渗透了不可靠叙述在经典与后经典中不同内涵的比较,最终跳出文本,进入语境式的研究,从而很好地展现出《竹林中》的艺术价值形成机制。①

2002年,北京大学出版社翻译出版了《新叙事理论译丛》,这是国外后经典叙事理论成果的首次集中呈现。关注文本的历史文化语境,具有开阔视野的后经典叙事学,迅速引起了国内学界关注。2004年12月9日,"全国首届叙事学学术研讨会"在福建漳州召开,与会代表们就经典叙事学与后经典叙事学之间的关系,以及如何推进后经典叙事学在国内的发展等问题展开了热烈探讨。随着国内叙事学研究从经典向后经典转化这一整体语境变化,由于既关涉文本表征,也涉及文本的交流特性,不可靠叙述成为了一个极富生命力的概念,成了国内叙事学研究的一个中心论题。对于不可靠叙述国外最新研究成果的译介也日趋增多。

2013年,赵毅衡的《广义叙述学》出版,作为符号学丛书之一种,它在符号学背景下探讨不可靠叙述,提出纪实性叙述的可靠性问题、全局不可靠以及局部不可靠的问题。他认为,叙述可靠性是读者读出文本意义过程的关键一步。为此,引入"解释社群"理论来讨论读者问题,"解释社群理论"之所以比较合理,是因为它摆脱了作者意向,也摆脱了"文本意义"的绝对地位,更摆脱了完全依靠个人解释的无政府主义式的相对主义。② 赵毅衡认为,在纪实性叙述中,一个无能或无德的新闻记者写的报道,叙述者或隐含作者两者,至多会体现出"缺乏观察力",但也不可能不可靠。在他看来,尽管无能的作者会导致作品不可信、无德的作者写出的文本不可取,但隐含作者

---

① 刘俐俐:《外国经典短篇小说文本分析》,北京大学出版社2004年版,第108—116页。

② 赵毅衡:《广义叙述学》,四川大学出版社2013年版,第231页。

和叙述者都不可能发生冲突,叙述是可靠的,因为叙述的意义价值与意图是一致的。全局不可靠则是整个符号文本不可靠,再现文本往往是违反读者理解的根本原则。全局性不可靠,无法用文本各部分对比来判断,而必须靠接受者的认知决定其不可靠性。认知的标准,是文化训练给"解释社群"的一套价值规约,由此可以把全局性不可靠分成几种:叙述者非常人;各部分互相冲突,似乎都不可靠,却找不到纠正点;文本中最后出现不可靠,但是纠正无力。局部不可靠性指的是在文本整体的可靠性中个别词语、个别段落、文本的个别地方与隐含作者价值观不一致,具体表现为以下三方面:一是评论不可靠;二是文本各部分意义价值互相冲突,但只要某个部分可靠,就能成为纠正点;三是局部不可靠,最后是得到强力纠正的不可靠。[1]

在各类期刊杂志上也出现了一批关于不可靠叙述研究的文章,大都是在布斯修辞模式之下探讨,当然,也有部分学者对不可靠叙述进行了深入的研究。早在1988年,申丹就提出了人物—叙述的不可靠性问题。[2] 随着后经典叙事理论的引入,国内对不可靠叙述的理论探讨基本与国外同步。西方叙事学家们最为关注的"修辞派"与"认知派"研究方法是否可以综合,不可靠叙述理论应朝着何种方向推进等问题,也引起了国内学者关注和讨论。陈俊松在《再论"不可靠叙述"》一文中指出,摒除强调作者的修辞学派和强调读者的认知学派的片面性,对这两种研究路径进行综合是不可靠叙述理论发展的方向,他尤其认可费伦的做法,"费伦后来提出的'不可靠叙述'中'叙述者'、'隐含作者/文本'和'读者'三方组成结构模式比较接近修辞派和认知派的综合,不失为今后继续努力的一个方向"[3]。关于这两种研究方法是否能综合,申丹的观点代表了另一种声音。2006年,申丹在《外国文学评论》第4期发表的《何为"不可靠叙述"?》一文系统阐述了不可靠叙述这一概念的内涵,以及西方在这一问题上的"修辞方法"和"认知(建构)方法"之争,她认为二者"涉及

---

[1] 详见赵毅衡《广义叙述学》,四川大学出版社2013年版,第235—241页。
[2] Dan shen. *Unreliability and Characterization*, Style 23 (1988): pp. 300-311.
[3] 陈俊松:《再论"不可靠叙述"》,《天津外国语学院学报》2010年第1期。

两种难以调和的阅读位置,对'不可靠叙述'的界定互为冲突","由于两者相互之间的排他性,不仅认知(建构)方法难以取代修辞方法,而且任何综合两者的努力也注定徒劳无功"。申丹从二者理论出发点的不可调和,否定了综合两派理论的可能,但她仍然肯定了这两种研究方法在某一具体的文学文本分析中共存所具有的批评价值,"在分析作品时,若能同时采用这两种方法,就能对不可靠叙述这一作者创造的叙事策略和其产生的各种语用效果达到较为全面的了解"①。该文通过厘清"不可靠叙述"的各种内涵和实际价值,为更好地把握与运用这一概念提供了理论参照。尚必武的《对修辞方法的挑战与整合——"不可靠叙述"研究的认知方法述评》一文也认为两种方法难以整合,"综合的结果使得一种方法压倒了另一种方法,最终导致整合的努力归于失败",但也提出两种方法之间具有互补性,"可以进一步从文本内外两个方面更好地把握和理解不可靠叙述"②。

谭君强也就不可靠叙述理论发表了多篇文章。他指出"不能将这一基于二元对立基础上的区分简单化与绝对化","在可靠与不可靠叙述者两级之间,存在着一条变化的轴线,存在着两者之间动态变化的关系"③。诚然,可靠叙述与不可靠叙述这一建立在二元对立基础上的概念被赋予了明晰的特点,有利于人们从相互对立的不同层面对叙述者加以思考,而且在对作品叙述者进行总体把握时,也可使读者对作品所显现出来的价值、道德判断、伦理、习俗、事实等方面做出较为合理的评价。然而,以往人们往往过多强调了二者的对立和不可调和性,谭君强则跳出了仅仅关注可靠性与不可靠性的二元对立思维模式,强调了不可靠叙述探讨中的动态因素,富有启发性。在此基础上,他还提出了可靠与不可靠之间的可逆性的命题④,应关注对于现

---

① 申丹:《何为"不可靠叙述"?》,《外国文学评论》2006年第4期。
② 尚必武:《对修辞方法的挑战与整合——"不可靠叙述"研究的认知方法述评》,《国外文学》2010年第1期。
③ 谭君强:《论叙事作品中叙述者的可靠与不可靠性》,《思想战线》2005年第6期。
④ 谭君强:《叙述者可靠与不可靠性的可逆性:以鲁迅小说〈伤逝〉为例》,《名作欣赏》2006年第15期。

实读者的伦理诉求,都极具后经典色彩。

谭光辉从中国古代的言意关系出发,考察不可靠叙述研究,认为不可靠叙述的主要问题是对隐含作者和叙述者的双重人格化理解偏误。叙述者是叙述框架的叙述功能面的比喻,隐含作者是该框架的人格功能面的比喻,不可靠叙述的根源是叙述框架的叙述功能与人格功能之间的差异,该差异由作者、读者、文本程式等共同赋予。"言"与"意"的关系严格地按文化程式的规约展开,是非文学性叙述;"意"总是试图突破"言"的文化程式束缚,从而使"言"显得不可靠,就是文学叙述永远的追求。在这个意义上,一切文学化的叙述都是不可靠叙述。① 文一茗从叙述主体与接受主体的构建方式来审视叙述学中对不可靠叙述的理解。认为不可靠性作为一种叙述策略,其本身意义的呈现,以及对不可靠叙述的判断和全面理解,都离不开受述者的介入及其针对叙述主体所展开的种种形式的对话;而这种对话实质是受述者的阐释策略,它在信息两端双方的互动过程中呈现出来。作为信息重构者的阐释主体和信息发出者的叙述主体,这二者之间的互动,使"不可靠"本身显得有意义。②

20世纪以来,现代主义和后现代主义小说中出现大量的不可靠叙述,对叙述不可靠性问题的研究已成为文学研究者们无法回避的问题。经过半个多世纪的理论阐释和论争,不可靠叙述理论得到了长足发展。纵观中外不可靠叙述理论的发展历程,在肯定现有理论成果的同时,我们也发现,"关于不可靠叙述的讨论,在国际叙述学界已汗牛充栋,但说清楚的实在不多"③。造成这一尴尬局面的原因,很大程度在于各派理论家们对"不可靠叙述"这一概念总是语焉不详。因而,本书的首要任务是直面概念本身,厘清"不可靠叙述"的内涵。

本章主要对不可靠叙述理论生成、发展情况进行梳理和探讨。经过半个多世纪的理论阐释和论争,不可靠叙述理论得到了长足发展。

---

① 谭光辉:《从言意关系看什么是不可靠叙述——论叙述框架的叙述功能与人格功能的关系》,《福建论坛》2015年第10期。

② 文一茗:《不可靠叙述的符号研究》,《符号与传媒》2012年第1期。

③ 赵毅衡:《当说者被说的时候》,中国人民大学出版社1998年版,第54页。

修辞方法与认知方法是当前不可靠叙述研究中两种主要的研究方式，而关于两种研究方式是否可以调和以及如何调和，又催生了历史文化意识派不可靠叙述观的形成。随着国外不可靠叙述理论的多维发展，以及国内叙事学研究不断走向深入，不可靠叙述也逐渐引起国内学界的重视：一方面，关于不可靠叙述的研究成果得以译介；另一方面，国内学者对于不可靠叙述理论的探讨和相应的文学批评实践日渐增多。尽管有不少研究者意识到不可靠叙述理论问题研究的重要性，并对其进行了一定程度的探讨，但总体而言，绝大部分关于不可靠叙述的讨论，都聚焦于对中外文学文本中不可靠叙述现象的发现和分析，对于不可靠叙述的理论探讨还有待推进。

第三章

不可靠叙述内涵

如果不讨论隐含作者与不可靠叙述这两个概念，实际上叙述学就不能推进。法语叙述学此后进展较少，不得不说与此态度大有关系。而德国与北欧叙述学界成为"后经典叙述学"的重镇，至少原因之一在于他们重视这两个问题。①足见不可靠叙述概念对于叙述学研究的重要意义。我们该如何将不可靠叙述研究推向深入？不可靠叙述的叙事交流情况有着怎样的特性？不可靠叙述的艺术价值形成机制何在，能生成何种独特的艺术效果？只有明确"不可靠叙述"这一核心概念，我们才能获得对这些理论问题的解答。

第一节 文学虚构与不可靠叙述

人类社会有着追求信息可靠性的传统，它必然并已经影响到了文学叙事。尽管如此，在强调史传精神的中国古代历史著述就已经开启了文学虚构的先河。主要的做法就是隐晦、曲笔的运用，以及表达著者态度的褒贬叙事干预。刘勰拥护为尊者、贤者和亲者隐讳的"尼父圣旨"，更欣赏"春秋一字褒扬"的叙事干预，这就实际上为史家主观意识在叙述中渗入，为史著叙事的非绝对真实、非绝对实录化，开启了一扇门户，而这扇看似窄窄的门户一旦打开，却是一条通向文学的大道！②也就是说，"为尊者贤者亲者讳"等曲笔原则已经开始逃

---

① 赵毅衡：《广义叙述学》，四川大学出版社2013年版，第227页。
② 董乃斌主编：《中国文学叙事传统研究》，中华书局2012年版，第75页。

离真实，造成了虚构的可能。

不少人总是很容易将不可靠叙述与文学虚构等同起来。认知派代表人物雅可比就是其中一位。她将不可靠性界定为一种"阅读假设"，也就是说，当面对文本中的难以解释的细节或种种不一致之处，读者会采取某种阅读假设或协调机制来加以解决。在她所列举的五种阅读假设中，第一种就是存在机制（the existential mechanism），即将文本的不可靠叙述归结为虚构世界，尤其是归因于偏离现实的可然性原则。为此，她将童话故事、神话传奇、科幻小说等一切营造虚构世界的文本都视为不可靠叙述。那么，是否不可靠叙述就是指小说的虚构性呢？

虚构性是文学的基本属性之一，这一点已基本获得学界的认可。韦勒克、沃伦就曾明确地把文学的突出特征和核心性质规定为虚构性，认为"小说、诗歌或戏剧中所陈述的，从字面来说都是不真实的，它们不是逻辑上的命题"①。所有的小说，无论它看起来多么具有现实性，谁也不能认为它就是现实，因为它总是包含某种偏离现实的成分，即使是确有真人真事的历史小说，或是现实主义大师巴尔扎克以逼真性著称的作品。更不用说那些奇特怪异、荒诞不经的神话般的科幻小说了：西方人称科幻小说的文学类型起源于古希腊小说中的幻想旅行作品，是基于"空间旅行"及由此推论出的"时间旅行"，两者合成为"奇异旅行"的支脉；另一支脉为"关于技术的故事"，旅行需要一系列复杂技术，诸如航船、远距离离岸补给等，由此"奇异旅行"中的技术这一内嵌元素发展而独立为"技术故事"支脉。②而不可靠叙述主要是对20世纪以来大量偏离规约的局部文学现象的理论概括。"不可靠"并非指向文本内容的真实性与否，而是特指由文本叙述话语所体现的事实陈述、主体感知、价值判断等方面的不一致，从而引发读者对于叙述者，甚至整个文本叙述可靠性的怀疑，进

---

① [美]韦勒克、沃伦：《文学理论》，刘象愚等译，生活·读书·新知三联书店1984年版，第13页。

② 刘俐俐：《科幻小说：文学理论创新的重要机遇》，《社会科学报》2016年10月13日第5版。

而在阅读中重组事件、重建判断。像纪实性文本即便是内容不可靠，甚至隐含作者有意撒谎虚构内容导致信息不可信，但它与隐含作者的判断、意图还是一致的。有些广告作品，采用正话反说，比如，某辣椒酱广告宣称产品太辣人们不要轻易尝试，最后点出某辣椒品牌，其目的当然还是宣传辣得够味，最后暴露自己的宣传目的，因而也是可靠的。也就是说，虚构性是文本的本质特性，而不可靠叙述则是文本叙述的一种表现形式与叙述策略。承认小说的虚构性本质是探讨文本叙述可靠性与否的前提条件。只有在这一前提下，文本内部考虑叙述话语是否一致、相符，这才涉及叙述可靠性问题。

不可靠叙述可以进一步推进人们对于小说虚构性的认识。尽管人们早就承认小说是虚构的，但古典小说却总是试图掩盖其虚构性，力争求得似真性的阅读效果。随着叙述者与作者的分离，叙述者开始以"自己"独特的视野观照故事，叙述者也被塑造为一个性格化的人物，这种趋向使力图把虚假的故事真实地传递给读者的努力化为泡影。小说中的故事只是那个未必与作者有多少一致性的叙述者所叙述的，作者没必要也不可能保证它的真实与否。不可靠的叙述者将叙述者与作者的分离之路走到了极致，那个与作者（隐含作者）同床异梦的叙述者在那里滔滔地叙说着他所知道的故事，这更是在叙述层面上明目张胆地宣告了虚构性是小说与生俱来的特性。

第二节　不可靠叙述的内涵

黑格尔在《美学》中写道："对对象来说，每门学科一开始就要研究两个问题：首先，这个对象是存在的；其次，这个对象究竟是什么。"[1] 这一思想方法同样适用于对不可靠叙述的研究。不可靠叙述已成为20世纪颇为普遍的文学现象，这一点是毋庸置疑的。那么，到底什么是"不可靠叙述"呢？造成对"不可靠叙述"理解的巨大差

---

[1] ［德］黑格尔：《美学》（第1卷），朱光潜译，商务印书馆1979年版，第29页。

异，除了理论切入点的不同，很大程度上是由于对"不可靠"和"叙述"概念的理解混乱。在此，我们先弄清"不可靠"和"叙述"这两个词的内涵。

一 "不可靠"与"叙述"的含义

"不可靠"是否意味着叙述主体的话语都是错误的？"错误的叙述"（fallible narration）的确可以称为不可靠叙述，这是一种绝对的不可靠，即叙述主体对于事件的描述、认识和评价基本上都是错误的。但这仅仅是不可靠叙述的表现之一。"根据叙述者是否可靠，我们能区别出两种截然不同的类型：在这一边，我们发现其每一判断都可疑的叙述者（《理发》中的理发师；《喧哗与骚动》中的杰生），而另一边则是几乎无法与无所不知的作者相区分的叙述者（康拉德笔下的马洛），那些混淆不清、各式各样、多少有点可靠的叙述者则居于二者的中间地带，这些叙述者中的多数处于令人困惑的可靠与不可靠相混合的状态。"[①]实际上，绝对的不可靠叙述文本并不多见，占据主导地位的是一些叙述者介于可靠与不可靠之间的文本。

从古希腊文论到西方当代文论，"叙述"（narration）一词历经演变，语义内涵非常丰富。它是"西方叙事理论中历史最长、用法变化最大、含义最为繁杂的术语之一"，"就叙事作品而言，它有或宽或窄的各种意思，既可以指涉表达故事（或某种故事成分）的一种特定形式，又可以指涉整个表达层，还可以特指讲故事的行为本身。在体裁分类中，narration 指称与'描写'、'阐述'、'论证'、'评论'等相对照的'记叙体'。该词还可以指涉电影、广播、音乐演奏过程中的口头讲解等"[②]。在叙事理论中对于叙事作品层次的划分主要有两种思路：一种是由传统文学批评而来的"故事"与"话语"的二分法，法国结构主义叙述学家托多洛夫在 1966 年提出"故事"与"话语"

---

① W. C. Booth. *The Rhetoric of Fiction*, Chicago: University of Chicago Press, 1983, pp. 273-274.

② 赵一凡、张中载、李德恩主编：《西方文论关键词》，外语教学与研究出版社 2006 年版，第 736 页。

两个概念来区分叙事作品的素材与表达形式,叙述指涉的就是读者所接触的文本的话语层;另一种是热奈特等理论家所倡导的三分法,热奈特 1972 年在《辞格之三》中将"话语"进一步分成了"话语"与"产生它的行为"这两个不同的层次,从而提出故事、叙述话语、叙述行为的"三分法"。里蒙—凯南在《叙事虚构作品》中区分了故事、文本及叙述行为这三个层次,米克·巴尔在《叙述学:叙事理论导论》中也提出应区分素材、故事和文本三个层次。这三位理论家都试图将叙述话语与叙述行为区分开来。三分法的确突出了叙述行为的重要性,然而也容易造成种种混乱。"我们认为在研究文学中的叙事作品时,没有必要区分'叙述话语'和'产生它的行为或过程',因为读者能接触到的只是叙述话语(即文本)。"① 实际上,"叙述话语"和"产生它的行为或过程"通常是难以分离的。因此,本书采用"故事"与"话语"两分法,认为"不可靠叙述"中的"叙述"特指文本中的叙述话语。

二 不可靠叙述的内涵

什么是不可靠叙述?面对这一非常复杂的概念,要对它的内涵做出精练的概括颇为困难。尽管各派理论家们对不可靠叙述颇为津津乐道,但基本上都回避直面概念本身,而是从不同角度阐发对于不可靠叙述的理解,或者直接分析文本中存在的不可靠叙述现象及其背后的文本意蕴。

布斯认为,"当叙述者的讲述或行动与作品的思想规范(也即隐含作者的思想规范)相一致时,我将这类叙述者称为可靠的叙述者,反之则称为不可靠的叙述者"②。这一定义除了涵盖面过窄(将不可靠叙述等同于不可靠叙述者),还存在一个明显的问题,即仅仅将价值规范是否一致作为判定叙述者可靠与否的标准。在《小说修辞学》中,除了对伦理/价值轴线的关注,布斯还讨论了事实/事件、知识/

---

① 申丹:《叙述学与小说文体学研究》,北京大学出版社 2005 年版,第 19 页。

② W. C. Booth. *The Rhetoric of Fiction*, Chicago: University of Chicago Press, 1983, p. 158.

感知轴线上的不可靠叙述，这些基本没有在它的定义中体现出来。这与布斯对于文本的价值判断的极大关注有着密切的关系，叙述者对于事实的报道和读解尽管有其独立性，但也总是渗透其价值取向的。费伦意识到了这一点并进行了拓展，他提出"可靠叙述是指叙述者对事实的报道和其判断的表述与隐含作者的观点既规范一致。不可靠叙述指叙述者对于事实的报道不同于隐含作者的报道，或者叙述者关于事件或人物的判断不同于隐含作者的判断，第二种不可靠性更为常见"[1]。里蒙—凯南也是从不可靠叙述者的角度进行界定，"可靠叙述者的标识在于，其对故事所进行的描述、评论往往被读者视为对文学作品中所虚构的真实世界所作的权威描写，而不可靠叙述者的标识则恰恰与之相反，即叙述者对故事所进行的描述、评论使读者有理由对之产生怀疑"[2]。在此，尽管里蒙—凯南是从读者角度出发，探讨叙述者的可靠与否问题，然而，由于过多强调对于文本标示的识别，里蒙—凯南的"读者"实际上相当于"隐含读者"，他对于不可靠叙述者的判定与布斯的经典定义实际上是相通的。

　　认知派则从真实的读者个体的角度看待不可靠叙述。在1999年发表的《不可靠，与什么相比？》一文中，安塞加尔·纽宁对不可靠叙述进行重新界定，"与查特曼和很多其他相信隐含作者的学者不同，我认为不可靠叙述的结构可用戏剧反讽或意识差异来解释。叙述者的意图和价值体系与读者的预知和规范之间存在差异，当不可靠叙述产生时，这种差异会产生戏剧反讽。对读者来说，叙述者话语的内部矛盾，或者叙述者的视角与读者自己的看法之间的冲突，往往意味着叙述者的不可靠"[3]。尽管安塞加尔·纽宁也一再提到文本规范与读者规

---

[1] 詹姆斯·费伦：《作为修辞的叙事》，陈永国译，北京大学出版社2002年版，第173页。

[2] Rimmon-Kenan, Shlomith. *Narrative Fiction: Contemporary Poetics*. Florence, KY, USA: Routledge, 1983, p. 100.

[3] Ansgar Nünning, "*Unreliable, Compared to What: Towards a Cognitive Theory of Unreliable Narration: Prolegomena and Hypotheses*," in Transcending Boundaries: Narratology in Context, edited by Walter Grunzweig and Andreas Solbach, Tubingen: Gunther Narr Verlag, 1999. 58.

范之间的交互作用,但他既然将文本的总体结构视为读者决定的产物,那么,此处的文本规范实际上已经脱离了文本的规约,已然被置换为读者规范。申丹在肯定认知派不可靠叙述观的某些长处时,也指出其不足,"一位叙述者的(不)可靠性也就会随着不同读者的不同阐释框架而摇摆不定。不难看出,若以读者为标准,就有可能会模糊、遮蔽甚或颠倒作者或作品的规范"①。这一看法很有见地。尽管笔者不否认不同的真实读者判断叙述可靠与否会存在很大的差异,然而,对于不可靠叙述的识别和判定必然要以文本迹象为标尺。因此,笔者认为,以修辞派的方式为基准,融合认知派对于读者的关注,是我们界定"不可靠叙述"的一个基本原则。

由此,笔者对不可靠叙述进行如下界定:当叙述者对于虚构世界的讲述、感知和价值判断,与隐含作者所可能提供的讲述及其价值规范之间形成冲突,从而引发读者对于叙述话语可靠性的怀疑,我们称之为不可靠叙述。值得注意的是,这里的"读者"并不完全等同于认知派的真实的个体读者,而是"类读者",即不可靠叙述不是某一读者的偶然判断,而是在某种特定的历史文化情境中众多读者作出的共同判断。

为了更好地理解不可靠叙述的内涵,笔者进一步从以下三方面进行阐述。

第一,不可靠叙述主要表现为种种文本机制引发的叙述话语的不可靠性。

不可靠叙述绝不是一种完全没有文本依据的个人判断,而是与相应的叙述策略相关。叙述话语的不可靠性正是通过各种叙述策略得以实现。作者(隐含作者)总是通过相应的叙述技巧实现对于叙述者可靠性的质疑、否定。布斯曾从作者修辞的角度,提及形成不可靠叙述的叙事策略:利用含混不清的观察者、神秘化、蓄意混淆读者对基本真实的认识等。② 费伦也认为同故事叙述、省叙/赘叙等策略的运用也

---

① 申丹:《何为"不可靠叙述"?》,《外国文学评论》2006 年第 4 期。
② W. C. Booth. *The Rhetoric of Fiction*. Chicago: University of Chicago Press, 1983, p. 284.

会引发读者对于叙述可靠性的怀疑。从众多不可靠叙述文本中，我们可以归纳出一些常见的旨在颠覆叙述可靠性的策略，运用最多的恐怕是采用有缺陷的叙述者和同故事叙述两种方式。在传统可靠文本中，叙述者常常集智慧、美德、善良等优秀品质于一身，其叙述多能体现出对事物的客观表述和判断。20世纪以来，作家大量采用各种在智力、道德、心理等方面有缺陷的人物充当叙述者，比如马克·吐温的《哈克贝利·费恩历险记》中的少年哈克、福克纳的《喧哗与骚动》中的白痴班吉以及极端利己主义者杰生、塞林格的《麦田守望者》中的不良少年霍尔顿、纳博科夫的《洛丽塔》中的恋童癖患者亨伯特·亨伯特、亨利·詹姆斯的《说谎者》中的嫉妒狂莱昂、爱伦·坡的《泄密的心》中的偏执狂"我"等。这些叙述者或在叙述声音上就显出其叙述的不可靠，比如儿童的幼稚、偏执狂的偏激、白痴的无序表达；或在价值观上迥异于社会价值规范，比如杰生表现出的自私残忍、亨伯特对于女童的性取向。同故事叙述也是作家们常常采用的彰显叙述者不可靠性的手段。里蒙—凯南就把叙述者亲身卷入了事件作为不可靠的主要根源之一。[①] 由于叙述者处于故事之内，常常容易受个人主观情绪的影响，无法形成正确的判断，比如，福克纳的《押沙龙，押沙龙!》中罗莎的叙述、康拉德的《黑暗的心》中马洛的叙述、麦尔维尔的《白鲸》中以实玛利的叙述、鲁迅的《伤逝》中涓生的叙述等。此外，有缺陷的叙述者、同故事叙述、自由间接引语的运用、二度叙事、多个叙述者的采用等等，都是不可靠叙述的具体策略。我们试以自由间接引语的运用为例。

自由间接引语是一种十分特殊的话语模式，同时也是一种新型的、富有表现力的叙述技巧。对于自由间接引语的内涵，许多理论家都表达过不同看法，胡亚敏在对其发展历程进行梳理的基础上，提出"自由间接引语是一种以第三人称从人物的视角叙述人物的语言、感受、思想的话语模式。它呈现的是客观叙述的形式，表现为叙述者的

[①] Rimmon-Kenan, Shlomith. *Narrative Fiction: Contemporary Poetics*. Florence, KY, USA: Routledge, 1983, p. 100.

描述，但在读者心中唤起的是人物的声音、动作和心境"①。这个表述颇为准确：其一，清楚地指出了自由间接引语的构成形式，叙述者省掉引导词以第三人称模仿人物对话和内心独白，呈现出"客观叙述的形式"；其二，表明了人物的声音与叙述者的声音在叙述话语中共存的复杂情形，也就是说人物与叙述者成为同一层面的叙述主体，看似客观的叙述形式中实际上交织着双重主体的"声音"。因此，叙述者与人物的融合是自由间接引语这一模式的实质。前者涉及的是话语形式，后者则关涉话语效果。那么，自由间接引语的运用是如何颠覆叙述可靠性的呢？自由间接引语的叙述特征包容了叙述者和人物两种声音。它尽管在整体上保留了叙述者的语气，但在表达人物的话语和思想时却自身置于人物的经历之中，在时间和位置上接受了人物的视角，这样，人物的声音就进入了叙述层，从而容易引发叙述的不可靠性，比如王鲁彦的《一个危险的人物》，叙述者的不可靠性与自由间接引语的使用有着很密切的关系，试看其中一段："惠明先生一肚子的气愤。烟越吸越急，怒气也愈加增长起来。自己家里隐藏着一个这样危险的人，他如做梦似的，到现在才知道。林家塘人的观察是多么真确。问他知道吗？——知道。而且非常的详细。他几十年心血所争来的名声，眼见得要被这畜生破坏了！报告，捉了去是要枪毙的。他毕竟是自己的侄子。不报告，生贵说过，隐藏共产党的人家是一样要枪毙的。这事情两难。"② 这段话交替使用自由直接引语和自由间接引语，表达封建卫道士惠明的内心感受。"自己家里隐藏着一个这样危险的人"等自由直接引语，尽管也是对子平的不可靠评价，然而，由于抹去了叙述者的声音，这种只是人物话语的不可靠，并不影响叙述层的可靠与否。"他如做梦似的，到现在才知道"，"他几十年心血所争来的名声，眼见得要被这畜生破坏了！"等自由间接引语，人物的声音进入了叙述层，呈现为叙述者的叙述，进而强化了子平是"一个危险的人物"的错误判断，从而形成叙述的不可靠性。这些叙述策略

---

① 胡亚敏：《叙事学》，华中师范大学出版社 2004 年版，第 97 页。
② 王鲁彦：《黄金》，江西人民出版社 1983 年版，第 62—63 页。

所形成的文本标识有助于引导读者形成对文本叙述不可靠性的判断，从而读解出作者（隐含作者）寄寓于文本中的"真意"。

第二，不可靠叙述与历史文化语境息息相关。

不可靠叙述不仅与各种文本机制有关，而且还与历史文化语境的变化有着极为密切的关系。奥利弗·哥尔斯密的《威克菲尔德牧师传》、亨利·詹姆斯的《螺丝在拧紧》等文本在产生初期，都被人们视为可靠叙述文本，而现在却普遍认为是不可靠叙述文本，原因何在？认知学派学者认为，不同读者的阐释框架导致了这种变化。那么，为什么读者对于可靠性与否判断的差异会呈现阶段性的一致呢？认知派学者没有回答这一问题。雅可比等认知派学者只聚焦于不同个体读者认知过程之间的差异，发掘和解释造成这些差异的原因，并不关注同一文本在不同时期可靠性的变化。以泽维克为代表的历史文化意识派很好地解答了这一问题。泽维克认为，不可靠叙述不仅是一个文化决定现象，而且是一种历史决定现象。"如果不可靠叙述取决于读者的阐释策略和文化决定模式，诸如个性理论或者普遍可接受的价值规范，那么，我们不可能排除对于置身于叙事文本阅读的文化语境的文本的不可靠性的分析。"① 这些文本从可靠叙述向不可靠叙述的转变，并不是在文本内部完成，而是因为不同历史文化语境下的读者分享不同的阐释框架，价值规范等方面的差异导致了人们以不同的方式归化文本，从而形成对于叙述可靠与否截然不同的判断。比如，奥利弗·哥尔斯密的《威克菲尔德牧师传》，自产生到20世纪60年代，其叙述者牧师普里姆罗斯博士一直被普遍认为是代表美德和庄重的模范，并且被认为是一个显然的可靠叙述者，但是到了20世纪60年代末至70年代，随着人们接触到越来越多的反讽文本，批评家开始逐步将《威克菲尔德牧师传》阐释为反讽的和讽刺的，罗纳德·保尔逊认为《威克菲尔德牧师传》"是早期小说中第一本将一个冷嘲热讽的叙述者与讽刺行为中的主角融于一身的小说——这个人既是讽刺他人

---

① Bruno Zerweck. *Historicizing unreliable narration: unreliability and cultural discourse in narrative fiction*, Style, spring, 2001.

的人，也是受他人嘲讽的对象"。① 这样，叙述者普里姆罗斯开始被认为是伪善的和高度不可靠的。

不仅时代的变迁会产生这种对于叙述可靠性判断的差异，同一时代不同文化环境也会形成这种偏差，比如萨曼·拉什代的《午夜的孩子》包含了大量西方读者可以寻找出叙述者的不可靠性的因素，而印度的读者则普遍认为这是可靠叙述文本；马尔克斯为代表的拉美魔幻现实主义派作家的文本也存在这种情况。叙述可靠性与否的判断在很大程度上依赖于各种因素的综合，诸如价值规范、阅读习惯、文学能力和文化传统等。在对于"文化逼真性"的阐述中，乔纳森·卡勒强调，读者正是借用一系列的文化范式或公认的常识来对文本进行归化。也就是说，随着历史文化语境的变更，人们对于文本价值规范的判断也随之变化，对于叙述者所秉持的价值规范的判断及对叙述方式的理解也会发生相应的改变。由此，我们不难理解《螺丝在拧紧》《一个危险的人物》《伤逝》等文本为何会在产生初期被认为是可靠叙述，而当前又普遍被看作是不可靠叙述。可见，导致将叙述者归化为不可靠的个体文化决定阐释策略，与文本产生和接受的历史情景和语境密切相关。所有读者赖以归化文本的参考语境框架都是与某一特定的历史文化情境密切关联的，"在文学阐释中，起作用的期待心理甚至是由更为复杂的社会和文化经验的总和所决定的"②。

第三，不可靠叙述是 20 世纪以来一种非常重要的文学观念。

纵观不可靠叙述理论的整个发展历程，对于不可靠叙述的探讨基本上还是将其认定为一种重要的叙事策略。这与不可靠叙述的初创者布斯的理论定位有着密切关系。布斯对于不可靠叙述的重视是置于将小说视为一个大的修辞这一整体框架下，即将小说创作视为作家对于读者的修辞行为。不可靠叙述的提出和分析，更多是为了展现 20 世纪以来以天真叙述、傻子叙述为代表的叙事性文学作品所具有的独特

---

① Hopkins, Robert H. *The True Genius of Oliver Goldsmith*, Baltimore: The John Hopkins Press, 1969, pp. 183–184.

② [美] 乔纳森·卡勒：《结构主义诗学》，盛宁译，中国社会科学出版社 1991 年版，第 231 页。

的修辞效果。可见,布斯关注的重心在于作家通过不可靠叙述达成何种审美回应和伦理期待,这显然是将不可靠叙述定位于叙事策略。尽管修辞派开始关注读者和语境因素,但更关注不可靠叙述的文本特征,其中,对于不可靠叙述类型的细化,使得对不可靠叙述叙事策略的分析更为精致,强化了对于不可靠叙述作为叙事策略的理解。"我们需要做更多的工作,才能理解自布斯的早期著作以来一直置于不可靠叙述范畴内的一整套复杂的叙事策略",安塞加尔·纽宁的评价可谓一语中的,他接着谈道,"'不可靠叙述'这一叙事技巧的发展史有待写出"[1]。可见,尽管在研究方法上存在较大差异,但在对不可靠叙述理论性质的定位上,他们基本将其置于叙事策略层面。叙事策略是作家在文学创作中为达到特定的艺术效果而有意为之的。诚然,自由间接引语等话语方式及省叙、赘叙等叙事技法的运用都是不可靠叙述的文本策略,不可靠叙述也经常是通过种种叙事技巧传达出来。然而,如果将不可靠叙述仅仅定位为叙事策略,我们将无法解释某些经典文学文本为何在文学史上从可靠叙述的认定转向不可靠叙述的判定。布斯在最初提出不可靠叙述概念时,是将其定位于一种修辞性的叙事策略。当前对于不可靠叙述的探讨基本上还停留在叙事策略、阅读框架等技术性层面,而没有从文学观念这一更高的理论立足点进行把握。

纵观不可靠叙述现象生成的社会历史文化背景和不可靠叙述理论的发展,我们发现,不可靠叙述已经具有了作为文学观念的独立品格。不可靠叙述的生成不仅仅具有叙事技巧革新的意义,其对于传统的文学观念也构成了挑战。叙事策略只是从作家创作和文本分析的角度,文学观念则涵盖了叙事策略,它既作用于作者、文本及文本所生成和接受的世界,也作用于不同历史文化语境下的读者。不可靠叙述经常是作者有意为之,成为一种重要的创作观念,进而渗透在文本当中,通过各种叙事策略呈现,大量不可靠叙述文本蜂拥而出,白痴叙

---

[1] Nünning A. Deconstructing and Reconceptualizing the "Implied author": The Resurrection of an Aunthropomorphized Passepartout or the Obituary of a Critical Phantom? [J]. Anglistik. Organ des Verbandes Deutscher Anglisten, 1997 (8): 95-116.

述、天真叙述、含混叙述等叙述形式共同构筑了现代文学的不可靠叙述景观。既有的研究已经关注到了不可靠叙述与整个文学活动之间的关系，尤其是与读者阅读的关系。安塞加尔·纽宁就意识到："与其说不可靠叙述是叙述者的一种性格特征，还不如说它是读者的一种阐释策略"，"判定一个叙述者可靠与否，最为关键的是关注作品自身所呈现出来的作家设定的结构与规范，以及读者的知识背景、心理状况及其所秉持的价值规范"。① 随着20世纪以来中西方文学不可靠叙述景观的出现，这种异于传统可靠叙述的叙事方式更新了读者的阅读感受，强化了对于文本叙述方式的关注。不可靠叙述已逐渐成为读者解读文本的一种重要方式，这种阅读感受的更新，反过来使读者获得了一种新的看待文学文本的方式，由此形成对文学传统中某些文本叙述可靠性的质疑，比如《呼啸山庄》《威克菲尔德牧师传》《螺丝在拧紧》《了不起的盖茨比》等文本的接受史，就经历了由可靠叙述向不可靠叙述的转化过程。

让-弗朗索瓦·利奥塔（Jean Francois Lyotard）在《后现代状况：关于知识的报告》一书中曾提出"泛叙述论"，他将人类的知识分为科学知识（scientific knowledge）和叙事知识（narrative knowledge）两大类，他认为"有关叙事知识模式的言辞行为，是由说话者（speaker）、聆听者（listener）和言辞中提及的指涉物（referent）共同完成的"②。可见，在利奥塔看来，所有人文社科知识的本质都是叙述性的。"近二十年在各种人文和社会科学中出现了'叙述转向'，社会生活中各种表意活动（例如法律、政治、教育、娱乐、游戏、心理治疗）所包含的叙述性越来越彰显。"③ 随着人文科学泛叙述观的兴起，不可靠叙述作为一种重要文学观念的意义也日益凸显。叙述的概念越

---

① Nünning, A. *Deconstructing and Reconceptualizing the "Implied author"*: *The Resurrection of an Aunthropomorphized Passepartout or the Obituary of a Critical Phantom*? . Anglistik. Organ des Verbandes Deutscher Anglisten, 1997 (8), p. 115.

② Lyotard, Jean-F., *The Postmodern Condition*: *A Report on Knowledge*. Manchester: Manchester University Press, 1984, p. 21.

③ 赵毅衡：《广义叙述学》，四川大学出版社2013年版，第12页。

来越宽泛，电视、网络等各种媒介叙事都被囊括进来。不可靠叙述已日益走出小说文本，进入戏剧文本、音乐文本、影视文本、电子文本等其他文本类型中，"不可靠叙述普遍存在于现代和后现代小说里，这一事实对每一个批评家以及我们对不可靠叙述者的通常定义都提出了很大的挑战。最后但十分重要的一点是，不可靠叙述并非只限于虚构叙事，而是在各种文类、媒介和不同学科中普遍存在的一种现象"[1]。拉比诺维茨就提出过音乐中的不可靠叙述问题。戏剧文学中的不可靠叙述也引起了学界关注，"不可靠叙述不仅具有反讽的功能，更有助于营造出独特的戏剧幽默和戏剧气氛"[2]。当然，就目前看来，叙事性文学作品中的不可靠叙述研究发展得最为充分，对其他文学和媒介类型中的不可靠叙述研究有着重要的借鉴意义。因而，将不可靠叙述认定为一种文学观念不仅有助于将不可靠叙述研究推向深入，而且也将能在更宽阔的视野中把握20世纪以来纷繁的文学思潮。[3]

第三节　不可靠叙述的叙事交流情况

不可靠叙述文本内部是如何进行叙事交流的呢？根据文本世界的相对独立性特征，我们可以将叙事交流活动大体分为文本内、外两大交流层次。文本外层面，即文学活动层面，作者通过叙事文本向读者发送信息，读者通过文本阅读达成与作者的交流；文本内层面，即文本内部由隐含作者、叙述者、受述者、隐含读者共同构成的交流空间。当然，内外之说只是为了论述的方便所作的大致区分，在具体论述中，我们应当注意两个层面之间的相互联系。查特曼在《故事与话

---

[1] ［美］詹姆斯·费伦、拉比诺维茨主编：《当代叙事理论指南》，申丹等译，北京大学出版社2007年版，第82页。

[2] 刘江：《莎士比亚〈第十二夜〉中的叙述不可靠性解读》，《重庆交通大学学报》2007年第2期。

[3] 参见陈志华《不可靠叙述：从叙事策略到叙事观念》，《兰州大学学报》2015年第4期。

语》中给出如下图示：①

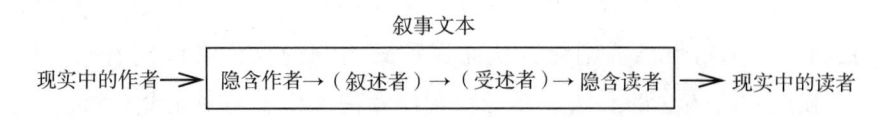

```
                          叙事文本
现实中的作者 → │ 隐含作者 → （叙述者）→ （受述者）→ 隐含读者 │ → 现实中的读者
```

这一图示是对叙事信息发送过程的形象概括。申丹将其理解为对"叙事交流活动"的图解②，并指出查特曼的理论缺陷在于"作者与读者均被排斥在交流情景之外"。这一批评可谓一语中的，连查特曼自己也认识到，作者与读者"在最终的实际意义上仍是不可缺少的"。因此，图中的实线框有必要改成虚线框。毕竟，在文学活动中，作者、文本、读者间并非泾渭分明，而是相互交融。然而，"叙事交流活动"一说却颇为值得推敲。图中的箭头仅显示了叙事交流活动中叙事信息的发送过程，这种单向度传递只是叙事交流活动形式的一种。可以说，此图示主要是对可靠叙述这一传统叙述方式的叙事交流关系的总结，并不足以形象化表达不可靠叙述中作者、文本、读者间叙事交流的复杂性。

那么，为什么说可靠叙述体现为单向度的叙事交流特性呢？从文本内层面看，可靠叙述确保了叙述者与隐含作者的价值、认知、审美、道德等方面基本等同，即便存在某些距离，也不至于颠覆叙述者的可靠性。二者距离的接近使隐含作者在文本中"隐含而不露"，读者无法从叙述者的叙述中识别出隐含作者的声音。如果一定要追寻，聆听到的也只能是隐含作者对叙述者的肯定。我们看看《悲惨世界》中的两段话："社会必须正视这些事，因为这些事是它自己制造出来的。我们已经说过，冉阿让只是个无知识的人，并不是个愚蠢的人，他心里生来就燃着性灵的光。""沙威凶，但绝不下贱。正直、真诚、老实、自信、忠于职务，这些品质在被曲解时是可以变成丑恶的。不过，即使丑恶，也还有它的伟大；它们的威严是人类的良知所特有

---

① S. Chatman. *Story and Discourse*, Ithaca: Cornell University. Press, 1978, p.151.
② 申丹：《叙述学与小说文体学研究》，北京大学出版社 2005 年版，第 219 页。

的，所以在丑恶之中依然存在。"① 这是全知叙述者对冉阿让和沙威的评论，并由此生发对社会、人的品质的一些议论。尽管全知叙述者因"我们"一词将自己戏剧化，从而在形式上与隐含作者区别看来，然而，叙述者所传达的看法显然与隐含作者甚至作者雨果完全一致。

由于隐含作者的授权或认同，叙述者常常占据着道德、智力、审美等制高点，以俯视角对人物、事件进行品评，或褒扬，或讽刺，表现出很强的优越感，其叙述的权威性不容置疑。因此，文本往往突出体现为叙述者的独语状态。也就是说，由于叙述可靠性的确立，隐含作者与叙述者的声音合一，即便有时由于自由间接引语的运用等原因，人物的声音跃入了话语层面，却依然会被叙述者的声音所覆盖（赞同或修正）。

从文本外层面看，作者对于可靠叙述的运用，使叙述者不仅与隐含作者达成一致，而且也成为作者的戏剧化代言人。在可靠叙述文本中，经常会出现像菲尔丁那样非常爱发议论的作者身影。塞万提斯在《堂吉诃德》的写作过程中为自己确立了消除骑士小说在人们中间的流弊的主旨，我们再对照一下文本内叙述者希德·哈梅特的叙述："我的愿望只有一个，那就是：让人们厌弃骑士小说中的那些胡编乱造的故事。这类东西已经正在受到我的真正的堂吉诃德的故事的冲击而且最后必定会全军覆没。"② 二者何其相似。可以说，这是塞万提斯在借人物希德·哈梅特在文本中表达自己的创作意图。

同故事叙述往往因叙述者过多介入故事而产生叙述的不可靠性。当然，当叙述者与作者不存在明显的认知、意识形态等方面的差异时，其叙述仍然是可靠的。作者通过塑造一位与自己共享思想规范的可靠叙述者传达叙事意图，《远大前程》中的同故事叙述者"我"（即老年皮普）就是一位可靠的叙述者，"我"与真实作者狄更斯之间没有明显的意识形态差异，因此，读者一直可以依靠他的叙述来获

---

① [法]雨果：《悲惨世界》（上），李丹、方于译，人民文学出版社1992年版，第91、293页。

② [西班牙]塞万提斯：《堂吉诃德》，张广森译，上海译文出版社2006年版，第807页。

得对人物和事件的准确认知。

可靠叙述文本往往体现出作者明显而直接的修辞目的。作者经常通过"发现的文稿"等多种方法来维持叙述者叙述信息来源的可靠性和权威性。而且叙述者还常常以读者的朋友身份自居,以亲切的叙述语调、一以贯之的叙述声音获得读者的信任,有效促成作者对于叙事意旨的传达。因而,可靠叙述基本体现为读者不断纠正自己对故事的理解,逐渐向叙述者靠近并部分地或最终达成统一的运动关系。叙事的结果是读者获得对人物及事件的全新认识,理解作者寄寓于文本中的叙事意图。"净化""共鸣"等概念很好地体现出读者在可靠叙述的单向度叙事交流中的阅读体验。可靠叙述这种单向传递的叙事交流特征,对读者文本读解能力的要求也相应较低。

不可靠叙述的叙事交流情况则复杂得多。它打破了叙事信息传递的单向性,增强了文本的交流对话特性,我们可以从以下几方面来看。

第一,不可靠叙述凸显出文本内各主体间的距离,从而使文本呈现各主体声音相互交织的特征。

隐含作者收回了可靠叙述中赋予叙述者的权威,尽管叙述者处于前景,占据着有利的表达位置,然而,隐含作者对文本结构的整体安排往往造成对叙述者声音的否定,并由此发出自己的声音。文本标题就是隐含作者凸显叙述者不可靠的一种极为常见的标示,并常常寄寓了反讽的意味,比如鲁迅的《狂人日记》、王鲁彦的《一个危险的人物》、福特·麦多克斯·福特的《好兵》等。此外,叙述者可靠性的消解使人物的声音在话语层面中获得了相对独立性,甚至构成对叙述者的否定,比如,芥川龙之介的《地狱变》,叙述者是一位跟随堀川殿下多年的老仆人,心地也不坏,叙述者情感思想上的局限性让他看不到堀川殿下仁慈外表下的残忍。他引述众人对堀川殿下的种种"非议",并加以辩护,反而凸显出众人的议论、说法所代表的另一种真实、客观的声音。这种不同于叙述者"我"的个人主观化、情感化的声音,恰恰构成对隐含作者的积极回应,或者说,隐含作者通过让叙述者对众人声音的不可靠评价,曲折地传达出对叙述者的否定。尽管人物对叙述者的否定大多来源于隐含作者的安排，然而，当作者所建构的隐含作者放弃意义控制时，人物声音的这种作用往往需要在读者以个体的价值观念介入文本后才能产生，当然，读者个体的价值观念常常是以通常意义上的社会共同规范为背景的。

隐含作者、叙述者、人物的不同声音让文本呈现出多音共鸣的效果。我们不妨以拉德纳的《理发》为例，进行综合分析。理发师是一位浑浑噩噩、不辨是非、狭隘而自私的不可靠叙述者。理发师这种形象的确立既有赖于隐含作者的文本安排，比如理发师不自觉地自我暴露，也得益于斯泰尔医生等人物声音、行为的对比。我们先看这么两段话：

> 后来流传开一种说法，说是斯泰太尔医生的女朋友甩了他，是个宾夕法尼亚州北边那儿的姑娘，他之所以来这儿，是想让自己躲得远远的，好忘掉这件事。他本人说他觉得在像我们这里，根本没啥综合医疗服务，正好可以让一个好的全科医生来这儿开业，所以他来了。
>
> 不管怎么样，很快他就挣得能糊住口，不过别人告诉我他从来不跟人讨账。这儿的人没说的，有欠账的习惯，连我这行也是。要是我能收齐单单是刮脸的欠账，我就能去卡特维尔的默瑟旅馆住一星期，每天晚上看电影呢。例如，有个叫乔治·珀迪的家伙——可是我想我不该说闲话。①

尽管理发师占据着叙述的有利位置，然而他颇为得意的叙述却恰恰暴露出自己人性的诸多缺陷。理发师一边认为"我还是不应当说人家闲话"，一边却津津乐道于讲述吉姆如何恶作剧地逗弄斯泰尔医生、朱莉。而且理发师完全无视当事者的痛苦，讲述中透出一种"看热闹"的心态，"我敢打赌，在全美国这样大小的镇上，数咱们这儿的

---

① [美] 林·拉德纳：《有人喜欢冷冰冰》，孙仲旭译，上海人民出版社2007年版，第30页。

乐子最多"。隐含作者虽没有给读者提供任何对叙述者的直接评论，却巧妙地让叙述者自我暴露却不自知。读者正是通过叙述者不自觉的自我否定，与隐含作者产生共谋交流。正如布斯所说："我们和沉默的作者进行交流，好比从后面观察处于前面的叙述者，观察其幽默的、或不光彩的、或滑稽可笑的、或不正当的冲动等行为举止，尽管他们可能具有某种心灵或感情上的补偿性。作者可以做出种种暗示，但是不能说话。读者可以表示同情或哀叹，但是决不会将叙述者视为自己所信赖的向导。"[①] 叙述者是文本的语言主体，读者只能从理发师的叙述中获得对斯泰尔医生、保尔、朱莉等人物的了解。然而，理发师的叙述并不能遮蔽人物的声音，他转述人物话语的本意在于强化自己的声音，实际上却让人物的声音成为一面镜子，映照出自身的可笑和可厌。第一段是理发师对于斯泰尔医生来到小镇原因的叙述。"他自个儿说，他认为，要把一个人锻炼成一个全面的好医生，没有什么比到咱们这地方来当普通医生更好了。"间接引语的运用使人物斯泰尔医生的声音进入了话语层面，我们可以感受到斯泰尔善良、充满爱心、满怀理想的内心世界，对于人物声音的识别反过来深化了读者对于叙述者麻木、随波逐流个性的认知。"他自个儿说，他认为"这种强调，可以见出理发师无法理解斯泰尔医生高尚的内心世界，虽然他貌似客观地摆出两种说法，但实际上他更愿意相信第一种解释，他的叙述所建构起来的个体形象为这一判断提供了充分的依据，比如第二段中斯泰尔与他关于欠账截然不同的态度。

与《理发》类似，福克纳的《喧哗与骚动》《押沙龙，押沙龙!》、马克·吐温的《哈克贝利·费恩历险记》、塞林格的《麦田里的守望者》、马丁·艾米斯的《金钱》、朱利安·巴恩斯的《好好商量》、麦克尤恩的《他们死于来时》、芥川龙之介的《地狱变》、康拉德的《黑暗的心》等文本都由于叙述者不自觉的不可靠叙述，隐含作者、叙述者、人物等主体的声音共同构成了文本空间。不自觉的叙述

[①] W. C. Booth. *The Rhetoric of Fiction*, Chicago: University of Chicago Press, 1983, p. 300.

者似乎意识不到自己正在思考叙述，因而很容易在叙述中暴露自己在认知、道德、审美等方面的不足。傻子、儿童是典型的不自觉的叙述者，仅从叙述声音就足以使读者对其叙述保持警惕。理发师、杰生、马洛等叙述者都是一些自我主义者和独白者，他们毫不掩饰自身观念上的缺陷，或者说，他们根本认识不到自身存在的问题。面对不自觉的叙述者，读者可以在细读中依据文本线索进行推断，比如，他们自身言行的前后矛盾、其他叙述者或人物对他们的否定声音，从而领会隐含作者的叙事意旨。当遇上自觉的不可靠叙述者时，情况就更为复杂，仅叙述者的声音就由自审与自辩交错而成。这类叙述者往往对自己有着清醒的认识，能意识到自身的问题所在，他们常常以反省的姿态、忏悔的语气形成可靠叙述的表象，以期获得读者的信任。不少缺乏经验的读者很容易为其所打动，在谅解其行为过失的同时，不自觉地与其价值规范达成完全一致。我们不否认这类叙述者的真诚，却应该对其保持高度的警惕，即要仔细辨析其修辞目的何在。

《伤逝》中涓生以其沉痛的自我忏悔赢得了不少读者的谅解，由此常常被人们视为可靠的叙述者，并与涓生关于"第一，便是生活。人必生活着，爱才有所附丽"的看法产生共鸣。没有话语权的子君，尽管在涓生的忏悔中赢得了人们的同情，却也不由自主地在读者心中形成了"为爱情而不顾生活要义"的形象。实际上，涓生的叙述带有很强的自我辩解色彩，是一位典型的、具有很强迷惑性的、自觉的不可靠叙述者。"管了家务连谈天的功夫也没有，何况读书和散步。我们常说，我们总还得雇一个女工。"从涓生的叙述中，我们可以见出，生活的清贫使子君不得不整日操持繁忙的家务，而雇女工一说表明子君也很想从家务中抽离，去"读书和散步"。失业之后，涓生将情绪都发泄到子君身上，"她早已什么书也不看，已不知道人的生活的第一着是求生"。这种对子君的故意"误读"随处可见。文末，涓生叙述道："我活着，我总得向着新的生路跨出去，那一步，——却不过是写下我的悔恨和悲哀，为子君，为自己。"实质上，为子君只不过是为自己的一个幌子，这种忏悔虽不乏真诚，却有着强烈的修辞目的，忏悔并非为着子君，而是为着自救。萨克雷的《巴里·林顿》、纳博科夫的《洛丽塔》、玛格丽特·阿特伍德的《盲刺客》《强盗新娘》等文本与其相似，以自觉的不可靠叙述淆乱人们的视听。

第二，不可靠叙述强化了作者与读者之间的交流。

不可靠叙述文本中各主体的丰富声音，对作者和读者构成了有利的挑战。不可靠叙述对于作者和读者之间的交流合作关系提出了更高的要求。

从作者角度看，由于不可靠叙述的运用，作者无法直接介入文本，不可靠叙述者不但无法传递准确的叙事信息、进行正确的伦理判断，反而常常以各种方式干扰读者对于事件的认知、理解。一味地不可靠只会让读者敬而远之，只有在含而不露的文本编排中，才能激发读者探寻的热情，获得独特的审美体验。作者在设置不可靠叙述者时，需要调动各种叙述策略，留下可供读者理解的文本痕迹。那么，对于叙事人称、角度等方面的选择就不仅仅是策略问题，而且事关能否与读者实现有效交流的根本问题。这就要求作者既要有高超的叙述技巧，更要注重对读者多方面的了解，比如读者可能的认知方式、阅读惯例、文化背景等。

从读者角度看，不可靠叙述使读者无法依仗表层的叙述话语获得对文本的理解，也就是说，文本在读者面前并非一览无余，这就需要读者以积极主动的方式去关注，甚至参与叙事进程的发展。读者只有仔细地判断、识别交织于文本中的隐含作者、叙述者、人物等主体的声音，才能在绕过叙述者的阻拒性叙述后获得对事件的全新认识。可靠叙述的明晰特性使读者往往能越过作者直接从文本获得理解，比如，我们对于《巴黎圣母院》《悲惨世界》的把握基本不需要借助于雨果对文本的阐释。不可靠叙述文本，尤其是呈现为含混特质的文本，则往往需要回到作者。评论家在研究亨利·詹姆斯的作品时，往往引述他关于文本创作时的笔记，很大一部分原因就在于他大量运用不可靠叙述者。而实际上，有时不可靠的情况过于复杂，甚至超出了作家的创作预想，比如亨利·詹姆斯的《螺丝在拧紧》《说谎者》《圣泉》等。詹姆斯在创作《螺丝在拧紧》时，将家庭女教师定位为可靠的叙述者，"表现这个人物，必须做到完全清晰，符合逻辑，效果单一。为此我不得不取消她本身主观上的复杂性——语气的变化，等等；要使她保持非人格，除了最明显和最不可少的一点简洁、坚决而大胆的口气外——没有这个她便无所依傍"。在笔记中，詹姆斯写道："故事的叙述——还比较清楚——由一个外部观察者来承担。"①"完全清晰"、"效果单一"、一个"外部的观察者"、"非人格化的"，詹姆斯的意图非常清晰，树立家庭女教师叙述的权威性。而事实上，这个故事对读者产生的影响非常不清楚。许多批评家已经指出女家庭教师是完全不可信赖的。②

第三，文本内外主体之间的交流得到强化。

我们分别从叙事交流链条的两端进行分析：作者、隐含作者及叙述者处于信息发送一端，叙事读者、隐含读者及真实读者处于信息接收一端。在可靠叙述文本中，文本内外主体之间的交流并不明显。从信息发送角度看，作者、隐含作者、叙述者长期处于三位一体的状态，尤其当叙述者采用全知叙述时，这种一致性表现得更为清晰。即便当可靠叙述者以"我""我们"将自己戏剧化，读者除了能从形式上辨析这种主体的层次性，基本无法从价值规范、伦理观念等意义层面将三者区分开来。这些可靠叙述作品中，叙述者往往带有强烈的作家个体特征，比如菲尔丁、海明威等作家的作品。从信息接收角度看，叙事读者、隐含读者与真实读者之间也更多地表现出同一性关系。在不可靠叙述中，两端主体间表现出更多异质性，在信息发送一端，作者与隐含作者分别在文本内外否定了叙述者的可靠性。更为复杂的是，在一些具有含混效果的不可靠叙述文本中，作者对于文本意义指向自觉不自觉地放弃，使隐含作者的形象难以把握，这样，读者在隐含作者的建构时由于无法获得作者的"意旨"，更多地渗入了个体判断，隐含作者与作者也产生主体分化。这样，作者、隐含作者与

---

① W. C. Booth. *The Rhetoric of Fiction*, Chicago: University of Chicago Press, 1983, p. 312.

② 利昂·埃代尔、埃德蒙·威尔逊、杜比·奥斯本·安德烈亚斯、瑞贝卡·韦斯特等批评家都认为女家庭教师是不可靠的叙述者。详见 W. C. Booth. *The Rhetoric of Fiction*, Chicago: University of Chicago Press, 1983, p. 314。

叙述者的差异使文本意义在发出时就处于一种主体间交流状态，从而对读者理解文本构成了相当的挑战。

拉比诺维茨提出每位读者身上都同时采取四种立场，身兼四种读者的身份：（1）实际的或有血有肉的读者（the actual and fresh-and-blood audience）——特性各异的你和我，我们的由社会构成的身份；（2）作者的读者（the authorial audience）——假设的理想读者、作者就是为这种读者构思作品的，包括对这种读者的知识和信仰的假设；（3）叙事读者（the narrative audience）——叙述者为之写作的想象的读者，即叙述者把一组信仰和一个知识整体投射在这种读者身上；（4）理想的叙事读者（the ideal narrative audience）——叙述者希望为之写作的读者，这种读者认为叙述者的每一句话都是真实可靠的。① 理想的叙事读者与叙事读者差别过于细微，笔者暂且忽略不计，将二者合称"叙事读者"。无论叙述者是否可靠，读者只能通过叙述者的叙述去获得对故事的认知，因此，只有首先信赖叙述者才能使阅读继续下去。因而，"叙事读者"都是将一切叙述者，包括不可靠叙述者，都视为可靠的。在可靠叙述文本当中，这种信赖关系会一直持续，三种读者身份在读者身上基本是合一的，属于同一系统中的修正、扩展关系。在不可靠叙述文本中，叙事读者与另外两种读者身份是完全背离的。随着叙事进程的推移，叙述者的不可靠性日益明显，真实读者和隐含读者不断从深度和广度上纠正叙事读者对故事的理解，甚至构成对叙事读者的完全否定：撇开不可靠叙述者，重建可靠的叙述。值得注意的是，真实作者对于意义控制有意无意地放弃，往往呈现出隐含作者对于不可靠叙述者的暧昧态度，此时，真实读者与隐含读者之间也容易产生分离，这时，读者的个体价值规范对文本的进入就显得尤为重要。一方面，某些轻信的真实读者将不可靠的叙述视为可靠的，从而接受不可靠叙述者所秉持的价值规范，这样，真实读者与叙事读者达成一致，从而远离了隐含读者的位置；另一方面，部分读者

---

① Rabinowitz, Peter J. *Truth in Fiction: A Reexamination of Audiences.* Critical Inquiry 4 (1976): pp. 121-141.

能识别出叙述者的不可靠,真实读者进入隐含读者的位置,构成对叙事读者的否定。

本章主要探讨不可靠叙述的内涵。在借鉴前人研究的基础上,对"不可靠叙述"这一核心概念进行界定:当叙述者对于虚构世界的讲述、感知和价值判断,与隐含作者所可能提供的讲述及其价值规范之间形成冲突,从而引发读者对于叙述话语可靠性的怀疑,我们称之为不可靠叙述。此后,笔者进一步从文学观念、叙事策略、历史文化语境三个方面展开论述,不可靠叙述主要表现为种种文本机制引发的叙述话语的不可靠性。

不可靠叙述的叙事交流情况则复杂得多。它打破了叙事信息传递的单向性,增强了文本的交流对话特性,并以可靠叙述为参照,细致地勾勒出不可靠叙述的叙事交流情境。

第四章

叙述不可靠性的类型研究

不可靠叙述在文本中的具体存在样态非常复杂，仅仅以"不可靠"对文本叙述进行判定显然过于笼统，难以传达出不可靠叙述丰富的韵味。实际上，很少有文本会表现出纯粹的叙述不可靠性，文本大都处于叙述可靠性与不可靠性相互交织的状态。辨识文本叙述复杂的不可靠性，是我们理解不可靠叙述文本的必要条件。许多理论家已经注意到了这一点，并从各自的理论视角对叙述的不可靠性进行类型研究。类型研究是一种颇为古老的研究方法，早在亚里士多德的《诗学》中已经存在，历经漫长的文论发展史，类型研究方法依然不失为一种有效的研究方式。叙述不可靠性的类型研究，无疑会有助于深化对不可靠叙述的理解。

本章力图在前人研究基础上推进对叙述不可靠性的类型研究。第一节对已有的几种主要的叙述不可靠性类型划分进行评述；第二节以叙述主体为标准，划分出新的叙述不可靠性类型：叙述者—叙述的不可靠性、人物—叙述的不可靠性、隐含作者—叙述的不可靠性，进而分别对这三种类型展开具体分析。

第一节 叙述不可靠性已有的类型划分

20世纪以来，类型学这一"最古老的文艺学的问题直接地被推进科学兴趣的中心"[①]。A. 福勒指出："尽管文学已经远离旧的类型，但

[①] [瑞士]沃尔夫冈·凯塞尔：《语言的艺术作品》，陈铨译，上海译文出版社1984年版，第440页。

是除非中止文学（创作和批评），否则无法完全抛弃类型。"① 面对复杂的研究对象——叙述的不可靠性，类型研究有助于研究者通过对各个类型的具体考察，实现对叙述的不可靠性的整体把握。

一 "轴线"说

对于叙述不可靠性的类型研究在布斯的《小说修辞学》中已初见端倪。布斯认为，当叙述者的讲述或行动与作品的思想规范一致时，这类叙述者便可称为可靠的叙述者，反之则称为不可靠的叙述者。讲述，即对于事件的报道；行动，即按照一定的价值规范行动。虽然布斯没有对叙述不可靠性进行较为明确的类型区分，但从他对"不可靠叙述者"的界定中可以看出，布斯主要将叙述不可靠性分为两大类型：事件报道的不可靠性和价值判断的不可靠性。布斯将论述的重心放在了后一类型上，这与其关注文本的道德立场不无关系。"大多数非常可靠的叙述者喜欢进行大量附带的冷嘲热讽，因而，就其存在着潜在的欺骗而言，他们是'不可靠的'。"② 在此，"大多数非常可靠的叙述者"是指这些叙述者还是能对事实进行客观而公正的描述，然而，他们往往在展示事件的同时表达自己的看法，这种看法往往会影响读者对于事件的判断，因而，由于叙述者"冷嘲热讽"地干扰，即便面对真实的事件，读者也常常不能对事件进行客观评价。从这个意义上看，这就是布斯所谓的"潜在的欺骗"，由此认为他们是"不可靠的"。此处，布斯表达了这么一种看法，叙述者对于事件报道的不可靠性和价值判断的不可靠性是可以分离的，即或许在事件报道上非常可靠，但在价值判断上可能会完全不可靠。嘲讽是一种带有强烈个人倾向的言说方式，它对于事件的表达显然会浸透个人的主观情绪在内，那么，这种言说所呈现出来的事件的可靠性就非常值得怀疑。说谎更是一种显而易见的遮蔽事实真相的方式，说谎者对事件描述的不

---

① Alastair Fowler. *Kinds of Literature: An Introduction to the Theory of Genres and Modes*. Cambridge, Mass: Harvard University Press, 1982, p. 278.

② W. C. Booth. *The Rhetoric of Fiction*, Chicago: University of Chicago Press, 1983, p. 158.

可靠性是毋庸置疑的。然而，嘲讽和说谎却并不意味着叙述者就一定不可靠。布斯在此表述了问题的另一方面，即事件报道的不可靠性并不意味着价值判断的不可靠性。由此，布斯辩证地分析了两大类型之间的关系。这种研究思路启发了他的学生——当今修辞学研究的领军人物詹姆斯·费伦。有感于不可靠叙述判定的复杂性，詹姆斯·费伦提出了"三轴线六类型说"：事实/事件轴上的误报、不充分报道；知识/感知轴上的误读、不充分读解；伦理/评价轴上的误评、不充分评价。按照费伦的说法，他试图"拓宽布斯最初的定义，扩展到事实轴和价值轴之外"①，即加进了知识/感知轴。

其实，布斯并非没有注意到这条轴线，他甚至还对知识/感知轴上的不可靠性进行了区分："叙述者是错的，或者他相信自己具有作家所要否定的品质，这常常就是詹姆斯所说的不知不觉的问题。或者，像《哈克贝利·费恩历险记》中，叙述者声称要自然而然地变邪恶，而作者却在他身后默不作声地赞扬他的美德。"②《哈克贝利·费恩历险记》是天真叙述的代表性作品，哈克作为一个尚未成年的叙述者，其对于事实/事件的描述基本上是准确而可靠的，尽管他凭着其天性认识到了黑奴制度的不平等，然而，由于社会价值规范的强大影响，他尚未形成自己独立的价值观，始终处于矛盾之中，并按照当时社会的价值规范不断地否定自己的行为。这是典型的位于知识/感知轴上的不可靠叙述，从而引发伦理/评价轴上的误评和不充分评价。遗憾的是，布斯并未将这种理解纳入"不可靠叙述者"的界定当中。布斯涉及了三条轴线上的不可靠叙述，但未对这种文本现象进行抽象的理论概括，这项工作在费伦这里得以完成。布斯对于叙述不可靠性类型的阐发深深地打上"保护作者"的烙印。布斯将作者、叙述者、人物和读者之间的关系视为一种修辞关系，即作者通过修辞手段的运用，构成了与叙述者、人物和读者的某种特殊关系，由此产生某种特

---

① [美] 戴卫·赫尔曼主编：《新叙事学》，马海良译，北京大学出版社 2002 年版，第 41 页。

② W. C. Booth. *The Rhetoric of Fiction*, Chicago: University of Chicago Press, 1983, p. 159.

殊的效果。作为"新亚里士多德学派"的传人，布斯将研究作者叙述技巧的选择与文学阅读效果之间的联系，主要视为"隐含作者"对于读者的控制和诱导。在这种大的理论预设下，布斯在论及叙述不可靠性类型时，将关注点置于隐含作者与叙述者之间就不难理解了。值得一提的是，布斯在稍后推出的《反讽的修辞》《与我们相伴》两本著作中，开始关注读者这一维在整个修辞关系中的作用，尽管这种拓展比较有限。在《反讽的修辞》中，布斯将读者由单个文本的"假定读者"拓展到文类读者，开始将文化历史的变动因素渗透到对读者的考察中。《我们相伴》则进一步展示出布斯对现实读者的阅读考察。在具体论述中，尽管他不断强调文本的交流性质，但其所谓的"互引"仍然更多具有单向度的传递色彩。

　　费伦关于叙述不可靠性的类型理论，一方面明确界定和区分了三条轴线，从而引导我们对不可靠叙述进行更为全面而系统的探讨；另一方面，费伦还非常注意三条轴线之间的动态变化。他提出，"一个特定叙述者的不可靠性可以表现为各种方式，可以表现在其叙述过程中的不同时刻。我们也看到，在叙述过程中的任何时刻，叙述者的不可靠性都可以表现为一种以上的方式。其次，不可靠性在开头时似乎只表现为一种（只发生于一条轴上），但是当作者的读者对叙述者的不可靠性与其他人物角色之间的关系作出推断时，不可靠性就会呈现出多面性。再次，在许多情况下，不可靠性诸类型之间的界限，尤其是同一序列的两种类型（例如误报和不充分报道）之间的界限，并非凝固不变，而是松动模糊的。由于这些原因，不应把分类看作一套强求一律的新工具。而是看作一种启发手段，使我们能够敏锐地感知个体的不可靠叙述行为。而且认识到这些不同的不可靠性类型，可以使我们认识到叙述者栖居于可靠性与不可靠性之间的一个宽阔地带，有些叙述在所有轴上都是完全可靠的，有些在所有轴上都是不可靠的，还有些在一两个轴上是可靠的，而在其他轴上则是不可靠的；这就使我们抛弃了那种通常的假设，即认为可靠性和不可靠性是二元对立的一对，只要发现不可靠性，所有的叙述就成了可疑对象"①。费伦对于三条轴线之间动态变化的强调颇能给人以启示。然而，从他的论述及对于《人约黄昏时》的解读中，我们可以发现，费伦仅仅关注了三条轴线之间的平行关系，没有对三条轴线之间的关系进行考察。同一序列的两种类型（例如误报和不充分报道）不可靠性的边界是松动模糊的，三条轴线之间的边界也并不总是泾渭分明。比如，当叙述者在客观报道一个事件的时候，他为什么选择这个角度而非那个角度，这其中往往隐含着他的判断，而对于事件的陈述只能尽可能地还原，却无法真正还原。可见，事件的描述常常会带入叙述者的个体感知。正是这三条轴线之间富于变化的交叉使文本的读解更富意味。笔者认为，除了并列关系、因果关系，它们之间还可能呈现为递进、对比、转折等诸种关系。递进关系表现为"误报"的连续性使叙述者产生一种似非而是的错觉，在这种基础上进行"误读"，强化了对于所歪曲事件的体认，最终形成"误评"。对比关系多出现在"天真叙述"和"白痴叙述"等由有认知缺陷的叙述者进行叙述的文本中。一方面，叙述者对自己的"误读"越深，其所谓的"误评"的价值规范就越符合隐含作者和读者的标准。这种评价也就显得更为可靠。比如《狂人日记》中最后那声"救救孩子"的呐喊，从精神病学看，其类偏执狂病越来越严重，然而从社会文化学看，狂人对于当时社会的认识则是越来越清醒，也越来越绝望，而绝望的最强音恰恰在清醒的极值处，"救救孩子……"的呐喊也因而具有了振聋发聩的力量。转折关系多出现在由有自觉意识的叙述者进行自我回顾性叙述的文本中，比如说纳博科夫的《洛丽塔》以及鲁迅的《伤逝》。在这类作品中，叙述者的叙述中往往交织着两种眼光，其叙述也经常在"经验式"和"回顾式"两种思维模式中跳跃，表现为忏悔和自赎意识的交替斗争。当面对已往的自我剖析到一定程度时，叙述者常常不能正视自己，其可靠的报道往往会突然产生一段自我辩解式的读解，比如《洛丽塔》中，

---

① ［美］戴卫·赫尔曼主编：《新叙事学》，马海良译，北京大学出版社2002年版，第44页。

亨伯特一直在剖析自己第一次玷污洛丽塔时的罪恶欲望及心理，可是，他突然话锋一转："我将要告诉你们一件怪事：是她诱惑了我。"他将一个处于青春期的女孩对作为继父的他的信任（洛丽塔告诉他在夏令营时少年对于性进行窥探的种种行为），辩解为洛丽塔是用这些话来对其进行诱惑，并进一步宣称"洛丽塔被我占有了，但她是安全的"，"乱伦，在那漫长的日子里，是我能给这个流浪儿最好的东西"。

　　作为修辞派的继承者，费伦的三轴线思想直接来源于布斯，费伦依然维护着隐含作者的权威性，但费伦在论述角度上作了一个重大的调整。如果注意二者划分的前提，不难发现他们在叙述不可靠性类型划分上的差异：布斯关注的是叙述者与隐含作者之间的距离，而费伦则更多地聚焦于叙述者与作者的读者之间的距离。这对于修辞派忽视读者的倾向起着一种纠偏作用，在某种程度上弥补了布斯理论的缺陷。不过，这种纠偏也只是将考察的维度有限度地拓展到"隐含读者"。"隐含读者"是与"隐含作者"相对应的概念，它是能完全领会隐含作者所设置的文本之意的理想化的读者。换句话说，对隐含读者的分析只是换了个方式去探讨隐含作者。费伦意识到了这一问题，在随后对叙述不可靠性的具体类型的阐发中，他提出"把叙述者与读者的活动结合起来，可以得到六种不可靠性类型"①。在此，"作者的读者"又被费伦置换为"读者"。显然，"作者的读者"与"读者"无法等同，前者只是后者可能进入的位置。

　　20世纪60年代后期到70年代，随着各种形式主义文论流派的相继衰落，文学研究的重心开始转向对于读者接受的研究。在对于阅读理论的探究中，研究者们认识到读者这一概念的复杂性。我们不妨看看费伦长期合作伙伴拉比诺维茨的四维度读者观。拉比诺维茨分析了四种读者：（1）实际的或有血有肉的读者——特性各异的你和我，我们的由社会构成的身份；（2）作者的读者——假设的理想读者，作者

---

① ［美］戴卫·赫尔曼主编：《新叙事学》，马海良译，北京大学出版社2002年版，第42页。

就是为这种读者构思作品的,包括对这种读者的知识和信仰的假设;(3)叙事读者——叙述者为之写作的想象的读者,即叙述者把一组信仰和一个知识整体投射在这种读者身上;(4)理想的叙事读者——叙述者希望为之写作的读者,这种读者认为叙述者的每一句话都是真实可靠的。① 费伦一直赞同并采用这一划分,并在具体分析中注意区分读者处于不同位置时对文本的不同反应。这种置换显然并非行文失误,而是有意为之。一方面,费伦深受布斯的影响,尽管他一直强调作者、文本、读者间的动态交流,并试图在理论阐述中体现三者之间的动态关系,但总体而言,他关于不可靠叙述的阐发仍然处于修辞性框架下。这一点可以从费伦对于叙事的界定中见出,叙事就是"某人在某个场合出于某种目的对某人讲述一个故事"②。这与布斯的理论旨趣基本一致,《小说修辞学》就旨在研究作者叙述技巧的选择与文学阅读效果之间的联系。在布斯看来,作者、叙述者、人物和读者之间的关系就是一种修辞关系,作者通过作为技巧手段的修辞选择,构成了与叙述者、人物和读者的某种特殊关系,由此达到某种特殊效果。这种修辞立场使他无法摆脱在叙述可靠与否的判断中隐含读者的诱惑。另一方面,在与认知派的对话中,费伦意识到,现实读者的伦理取位对于文本叙述可靠与否的判定有着极为重要的影响。而且当不同时代的价值规范发生变动时,文本叙述可靠与否的判断也会发生变化。修辞派与认知派涉及两种不同的读者位置,无法简单地加以调和。费伦似乎也没有寻求到更好的解决办法,这种理论表述的前后不一致正是这种理论间冲突的体现。但这种冲突在具体的文本读解中却能较好地得到缓和。费伦在与玛丽·帕特里夏·玛汀合作的《威茅斯经验:同故事叙述、不可靠性、伦理与〈人约黄昏时〉》一文中,两人在判断史蒂文斯叙述的不可靠性时基本达成一致。但在探讨对于文本的伦理回应中,他们将自己对文本的不同解读同时展示出来。

---

① Rabinowitz, Peter J. *Truth in Fiction*: *A Reexamination of Audiences*. Critical Inquiry 4. 1976, pp. 121-141.

② James. Phelan. *Narrative as Rhetoric*, Columbus: Ohio State University Press, 1996, p. 8.

费伦在其最近的一篇文章中，对叙述不可靠性类型研究又重新作了调整。根据不可靠叙述对叙述者和作者的读者之间的关系所产生的影响，把叙述的不可靠性分为两大类型：疏远型不可靠性（estranging unreliability）和联结型不可靠性（bonding unreliability）。前者是指不可靠叙述凸显或拉大了叙述者与作者的读者之间的距离，而后者则是指不可靠叙述缩短或拉近了叙述者与作者的读者之间的距离。① 费伦将以前提出的"三轴线六类型"置于疏远型不可靠性之下，即将误报/不充分报道、误读/不充分读解、误评/不充分评价视为疏远型不可靠性的亚类型。与前者相对应，联结型不可靠性的亚类型也有六种：字面意义上的不可靠和隐喻意义上的可靠、隐含作者和叙述者之间的有趣对比、天真的陌生化、真诚却被误导的自我贬低、对于规范的部分靠近、乐观比较而达成的联结。这种分类是在"三轴线六类型说"基础上的细化。这种细化在我们面对具体文本进行分析时，可能会提供一个更恰切的分析方式，但这种划分也存在一个明显的混乱："事实/事件轴""知识/感知轴""价值/判断轴"是两种不可靠性共同的基础，联结型不可靠性的亚类型只是呈现出三条轴线相互交织所形成的不同效果，比如，天真的陌生化，往往表现为叙述者（通常是儿童）在事实/事件轴上是可靠的，但由于知识的局限、阅历的不足，在知识/感知轴及由此而引发的伦理/评价轴上经常是不可靠的。由此可见，费伦在此试图细化叙述不可靠性类型的努力很难说是成功的。实际上，对于叙述不可靠性的判定，我们只需要把握住这三条轴线，进而探求其间的交错变化。

二 "阅读假设"说

　　探讨叙述不可靠性类型的另一种研究路径由认知派提供。1981年，雅可比在《今日诗学》上发表《论交流中的虚构叙事可靠性问题》一文，该文借鉴了迈尔·斯滕伯格的理论，即将虚构话语视为一

---

① James. Phelan. *Estranging Unreliability*, Bonding *Unreliability*, *and the Ethics of Lolita Narrative*, Vol. 15, Number 2. (May, 2007): pp. 222-238.

种被激发或被整合的复杂的交流行为。① 雅可比从读者阅读的角度，将"不可靠性"界定为一种"阅读假设"，具体而言，当遇到文本中难以解释的细节或自相矛盾等问题时，读者会采取某种阅读假设或协调机制来加以解决。由此，雅可比提出了五种阅读假设，也即五种叙述不可靠性类型：存在机制（existential mechanism）、功能机制（functional mechanism）、文类原则（generic mechanism）、视角或者不可靠性原则（perspectival or unreliability principle）、生成机制（genetic mechanism）。雅可比题为《作者的修辞、叙述者的（不）可靠性，相异的解读：托尔斯泰的〈克莱采奏鸣曲〉》的文章，以托尔斯泰的《克莱采奏鸣曲》为例，进一步发挥了将不可靠性视为"阅读假设"的理论言说。雅可比认为，"文本的不一致与叙述者的不可靠性并没有自动的联系，也不会有这样的联系，因为被感知到的冲突、困难、不相容性直至怪异的语言，总是可以用不同的原则和机制来整合"②。在此基础上，雅可比再次阐述了五种阅读假设。

存在机制是指将文中的不可靠归结为虚构世界，尤其是归于偏离现实的或然性原则。雅可比认为童话故事、科幻小说、卡夫卡的《变形记》等均是叙述不可靠性的"显例"。在对于托尔斯泰的《克莱采奏鸣曲》的分析中，雅可比认为，叙述者波兹金谢夫对于婚姻危机的断言，"如果符合事实世界，那么他的故事就可靠地体现了一个需要解决的普遍存在的问题"，"如果说他的危机是独一无二的，且不用说是病态的，那么他坚持这一问题的普遍性恰恰暴露出不可靠性"。③ 在此，雅可比明显将叙述的虚构性与不可靠性混为一谈。其实，一切文本所呈现出来的都是虚构世界，它不能完全等同于现实世界，因而必然存在与现实世界的偏离，与现实主义小说相比，童话、神话等样式只存在偏离程度的区别，其本质其实是一样的。虚构是小说的本质属

---

① M. Sternberg. *Expositional Modes and Temporal Ordering in Fiction*, Baltimore, MD: Johns Hopkins University Press, 1978, pp. 254-305.

② [美]詹姆斯·费伦、J. 拉比诺维茨主编：《当代叙事理论指南》，申丹、马海良、宁一中等译，北京大学出版社2007年版，第105页。

③ 同上。

性，这显然有别于叙述是否可靠的问题。叙述不可靠性有别于叙事虚构性，它是在承认叙事虚构本质的前提下，对叙述中出现的不一致情况的探讨。也就是说，只有考虑文本内部叙述话语是否与故事事实相符，这才涉及叙述可靠与否的问题。尽管在论述前提上存在概念理解的混乱，但雅可比将现实世界的价值规范引入文本，作为叙述不可靠性判定的标准仍颇能给人以启迪。修辞派一直将隐含作者的价值规范作为不可靠性的判定标准，而事实上，隐含作者的价值规范并不能在文本内自足地存在。无论是作者创作"隐含作者"（"第二自我"）的植入，还是读者阅读"隐含作者"的建构，均与现实世界的价值规范有着某种潜在的联系。历史文化意识派正是受此启发，指出历史文化语境的变动会促使对某些文本的理解由可靠叙述向不可靠叙述转化。功能机制是将文中的不协调因素归因于作品的功能和目的。也就是说，不可靠性是作者为实现作品的某种功能而有意为之。文类原则主要是指某些代码模式，譬如戏剧的自由因果律与悲剧情节的严格逻辑性。雅可比认为《克莱采奏鸣曲》很好地说明，我们不应对统一性规范期待过高。这一阐释框架实际上是以认定叙述不可靠性为前提，并不涉及对文本叙述可靠与否的判定问题。雅可比以 J. M. 库切对《克莱采奏鸣曲》的分析为例。库切采用的文类框架是世俗的"忏悔录"，"一种自传式写作方式"，"其深层动机是讲出关于自己的基本真相"①。按照这一框架，库切把波茨金谢夫自称讲出真相的声明与讲述本身的诸多出入摆在一起，想弄清楚他的忏悔是否可靠。这种比照或许能见出"忏悔录"性质的文本在不同历史时期的变化，但实际上难以获得对于波茨金谢夫可靠性与否的判断。雅可比对此也怀有疑虑，"文类语境和'动机'也许能解释清诸如此类的内部冲突；但是如果不能，就会提出这样的问题：责任在忏悔方，还是在他的创造者？"② 其实，雅可比提出的问题所指向的答案是同一的，责任在忏悔

---

① J. M. Coetzee. Confession and Double Thoughts: Tolstoy, Rousseau, Dostoevsky, Comparative Literature 37 (1985): p. 194.

② [美] 詹姆斯·费伦、J. 拉比诺维茨主编：《当代叙事理论指南》，申丹、马海良、宁一中等译，北京大学出版社 2007 年版，第 106 页。

方说明波茨金谢夫是一位不可靠的叙述者，责任在创造者不过是将作者的创作意图包含了进来，即作者有意或者无意地创造了这样一位不可靠的叙述者。可见，与功能机制一样，文类机制也是外在于叙述不可靠性判定本身，是从文类的变化对于不可靠叙述的进一步探讨。生成机制也存在同样的问题，生成机制将文中矛盾或不协调的现象归因于作者的疏忽、摇摆不定或意识形态问题等。这实际上也是超出叙述之外来看待叙述的不可靠性。视角或不可靠性的原则，主要指依据这一原则，读者将涉及事实、行动、逻辑、价值、审美等方面的各种不协调因素视为叙述者与作者之间的差异。这种对叙述者不可靠性的阐释以预设的隐含的规范为前提。此时，雅可比才回到了文本内部探讨叙述不可靠性。值得注意的是，她采用的"隐含的规范"实际上与修辞派的"隐含作者的价值规范"有着本质的区别。在修辞学者眼中，"隐含作者的规范"存在于文本之内，读者的任务是尽量靠近这一规范，并据此进行阐释。相比之下，在雅克比眼中，任何原则都是读者本人的阅读假设，"隐含作者的规范"只是读者本人的假定，也就是说，雅克比所说的"作者修辞"实际上是一种读者建构。

雅可比对于叙述不可靠性的类型划分，着意突出了不可靠性判定中的"假设性质"，"虚构作品的不可靠性并不是完全附着于叙述者形象的一种性格特点，而是读者依据相关关系临时归属或提取的一种特性，它取决于同样具有假设性质的在语境中作用的规范。在包括阅读语境以及作者和文类框架在内的一个语境里视为'可靠'的东西，在另一语境里就可能是不可靠的，甚至可以跳出叙述者的缺陷这一范围进行解释"[1]。这样，雅可比就否定了修辞派将叙述不可靠性视为文本内具有某种稳定性的叙述话语特征的看法。雅可比对于叙述不可靠性类型的划分存在不少问题，主要表现为：一方面，分类标准颇为混乱，她将叙述不可靠性与文本的虚构性、叙述不可靠性自身与其功能等混为一谈；另一方面，夸大了读者阅读对于叙述不可靠性的影响，

---

[1] ［美］詹姆斯·费伦、J. 拉比诺维茨主编：《当代叙事理论指南》，申丹、马海良、宁一中等译，北京大学出版社 2007 年版，第 104 页。

过分强调了读者阅读的差异性,从而忽视了文本中叙述不可靠性的相对稳定性,使标准变得模糊而松动。实际上,在义本阅读中,尤其是同一历史文化语境下,读者所拥有的共性认识往往大于它们之间的差异。尽管雅可比的分类存在问题,但也有不少灼见:首先,修辞派一直将不可靠性用于叙述者,布斯就是以对不可靠叙述者的探讨开启对不可靠叙述的研究,雅可比则注意到"虚构作品的不可靠性并不是完全附着于叙述者形象的一种性格特点",虽然雅可比的目的是将不可靠性引向读者的阐释框架,但这一说法提醒我们在叙述者之外思考叙述的不可靠性问题。其次,雅克将"叙述者的不可靠性"仅视为读者的"阅读假设"显然有失偏颇,但将注意力从文本转向读者或观众的阐释,能够得到很多新的研究结果。最后,雅可比强调阅读语境的变化会对叙述不可靠性的判定产生影响也是极富辩证性和历史感的,历史文化意识派正是受她的启发,强调历史文化维度在叙述不可靠性判定中的重要影响。有趣的是,雅克比文章的主标题是"作者修辞,叙述者的(不)可靠性和读者的不同阐释"。标题说明"不可靠性"就作者而言是一种修辞策略,就叙述者而言,是他/她的一种叙述特征。这与布斯关于不可靠叙述的定义本质相通。实际上,雅克比的探讨有助于了解不同语境中的读者如何阐释这一叙事现象,拓展了研究范围或改换了研究角度,但并未构成对布斯定义本身的颠覆。①

三 "明暗"说

赵毅衡在《苦恼的叙述者》中也涉及了叙述不可靠性的分类问题。他以自嘲为例,提出了"明指的不可靠性"一说。"叙述者有意让读者感到他不可靠,例如自嘲,自我取消意义权力,或隐身到完全看不出其态度。此时,叙述者表明的意义导向完全不能作为释义依据,叙述文本字面义与确实义(隐指作者体现的意义)明显相反。这样就出现了文本诱导而生的不可靠叙述,即反讽叙述。此类叙述以炫

---

① 此处部分借鉴了申丹《关于西方叙事理论新进展的思考》一文的观点,《外国文学》2006年第1期。

耀不可靠取得某些意义效果。此种明指的不可靠性并不依赖于读者对叙述文本价值判断的总结，不随释读而转移，这是一种'内在的不可靠叙述'。"① 与"明指的不可靠性"相对的自然是"暗指的不可靠性"，即文本不提供诱导的不可靠叙述。赵毅衡没有对这一类型展开论述，毕竟，相较考察读者和社会历史语境等文本外因素所引发的叙述不可靠性，立足文本的"明指的不可靠性"自然更易于把握。"暗指的不可靠性"是一个富于动态变化的类型，但也并不是无从把握。通过赵毅衡对内在不可靠叙述的界定，大致可以认定，"暗指的不可靠性"是指因读者和社会历史语境的变动而产生的不可靠叙述。此类不可靠叙述与叙述策略的关系不是特别密切，它更多地取决于文本叙述所呈现的价值规范与读者个体及社会语境（文本产生的语境与被阅读的语境之间）价值规范的差异。比如，在拉美魔幻现实主义小说中总是出现许多不可思议的叙述。魔幻现实主义作品中的许多充满魔幻和神奇色彩的情节来源于印第安人的传统观念、神话、民间传说和宗教典故。生存在拉美这块土地上的读者，浸染着神秘、古老、博大的印第安文化，他们在面对文本叙述中常常出现的死人复活，鬼魂与世人对话，天降花雨，旅客们扛着火车车厢越过山涧，男修士用枷锁拉塌监狱，戴上镣铐飞越大西洋等一类荒诞怪异的情节，并不会觉得不可靠，而身处另一历史文化情境中的读者很可能对文本叙述的不可靠性提出质疑。这种可能的区分显得简便、清晰，而且对于我们研究不可靠叙述的形成机制具有借鉴意义。其最大的不足就是过于笼统，而对叙述不可靠性的辨识恰恰需要更为细致的区分。

第二节 叙述主体作为叙述不可靠性的类型划分标准

上文所提及的三种类型研究各有所长，但总体而言，修辞派的

---

① 赵毅衡：《苦恼的叙述者》，北京十月文艺出版社1994年版，第69—70页。

"三轴线六类型说"更为合理，也更具可操作性。然而，如雅可比所指出的，修辞派只关注到了叙述者的不可靠性。不可靠叙述是对于文本内叙述话语不可靠性的研究，而叙述总是通过叙述主体得以实现。实际上，除了叙述者之外，隐含作者、人物都可以在话语层面上成为叙述主体。因此，笔者试图在三轴线六类型说的基础上进行拓展，尝试提出以叙述主体（即隐含作者、叙述者、人物）为标准对叙述不可靠性进行类型划分。"主体，是信息携带的意图性之源头。主体通过设立意图语境影响释义，因此理解叙述主体是理解叙述的第一步。"①首先，我们对叙述主体进行考察。

一 叙述主体：隐含作者、叙述者、人物

文本的叙述主体常常被包裹在迷雾中。尼采曾经发问："谁在发言？"②罗兰·巴特也问过："谁在说话？"福柯也问："第一个问题：谁在说话？在所有说话个体的总体中，谁有充分理由使用这种类型的语言？谁是这种语言的拥有者？谁从这个拥有者那里接受他的特殊性及其特权地位？"③很多哲学大师都讨论过这个问题，但他们更多的是从哲学的角度来讨论人与符号与文字之间的关系。我们则从叙事学的角度讨论文本中的叙述主体。

作者是否就是叙述主体？小说是叙事的艺术，而叙事是由话语的文本形式来完成的。它是作家艺术创作的结果，是作家艺术创作方法和目的的体现。从这一角度看，我们的确可以认定作者是整个文本叙述的创作主体。但这是否意味着作者就是文本的叙述主体呢？在小说中，我们常常能看到一个在场的说话者，这个说话者常常以"我"的姿态出现，不少读者往往将"我"等同于作家本人。而实际上，以人称"我"的形态出现的那个讲故事的人，并不能完全等同于现实生活

---

① 赵毅衡：《苦恼的叙述者》，北京十月文艺出版社1994年版，第65页。
② ［英］斯特罗克编：《结构主义以来——从列维·斯特劳斯到德里达》，渠东等译，辽宁教育出版社和牛津大学出版社1998年版，第110页。
③ ［法］福柯：《知识考古学》，谢强、马月译，生活·读书·新知三联书店1998年版，第62页。

中的作家本人，他只是作家为自己选择的讲故事的替身，只能称其为"叙述者"。而且大多数情况下，作家本人并不直接在文本中现身，比如第三人称叙述的文本。因而，作为外在于文本的作者，尽管创作了文本，却并非文本的叙述主体。要看清叙述主体的庐山真面目，我们只能从叙事文本内部去发现。

赵毅衡关于叙述主体分层的思想给人以很大的启示。"小说可能有几个作者（如《红楼梦》有两个作者，《三国演义》有一系列改写者），同一叙述文本可以有几个处于同层次的叙述者，他们可能是复合叙述者的几个成分，也可能是并列的叙述者；一篇叙述更可能有不同层次的几个叙述者，每一个讲出一篇故事。同样，小说中的人物可以分布在同层次和异层次上，这是叙述主体的水平与垂直结合的复杂分布。"① 在上文已分析，作者实际上并非叙述主体，如果将作者置换为隐含作者，这一段关于叙述主体间水平与垂直复杂分布的阐述，就更符合对叙事文本内部叙述主体的探讨②。笔者主要以"隐含作者、叙述者、人物"等叙述为主体来探究叙述的不可靠性。

（一）隐含作者

布斯在《小说修辞学》中从小说创作实践出发，对作者与其在具体作品中的形象进行了区分，首次提出"隐含作者"的概念。虽然这一概念已被叙事理论界广为接受采纳，但关于它的争论仍然很多。

笔者对于隐含作者的看法主要来源于布斯。布斯着意区分了作者、隐含作者和叙述者之间的区别，他认为，作者在创作时，"他不是创造一个理想的、非个性的'一般人'，而是一个'作者自己'的隐含替身，即不同于我们在其他作者的作品中遇到的那些隐含的作者。对某些小说家而言，他们在写作时，确实似乎是发现或创作他们自己。正如杰西明·韦斯特所说，有时候'通过写作，小说家可以发现——不是他的故事——而是它的作者，也可以说，是适合这一叙述的正式的书记员'，不管我们把这个隐含作者称为'正式的书记员'，

---

① 赵毅衡：《苦恼的叙述者》，北京十月文艺出版社1994年版，第66页。
② 在《当说者被说的时候》中，赵毅衡就修正了这一说法。

还是采取最近由凯瑟琳·蒂洛森所复活的术语——作者的'第二自我'——但很清楚,读者在这个人物身上取得的画像是作者最重要的效果之一"[1]。布斯的隐含作者是读者推断出来的构想物,是一个稳定的人格化的实体,因为他有意无意地选择了我们阅读的东西,布斯因此称其为"作者的第二自我"。

查特曼进一步从符号学的角度对布斯的观点进行发挥。根据他的见解,"隐含的作者和叙述者不同,他什么也不能告诉我们。他,或者更确切地说,它,没有声音,没有直接进行交流的工具。它是通过作品的整体设计,借助所有的声音,依靠它为了让我们理解而选用的一切手段,无声地指导着我们"。[2] 隐含作者是文本中作者的形象,它虽然没有任何与读者直接交流的方式,但它通过作品的整体构思,通过各种叙事策略,通过文本的意识形态和价值标准显示自己的存在。隐含作者的形象只能通过形式来感觉,其价值观只能通过对于艺术整体的直觉理解而推断。因而我们可以将隐含作者认定为是整个文本的叙述者。"文本叙述者是一部小说文本中最高层面的叙述人,他既讲述故事又编排组织文本,他是小说全部话语行为的发出者,他以小说话语所构成的时空为存在场景。"[3]

隐含作者是叙述主体。对于这点,叙事理论界基本表示认同。无论是将隐含作者作为文本意义的来源,还是作为读者建构的结果,隐含作者都被视为整个文本结构安排、价值规范的承担者。诚如布斯所言,"我们对隐含作者的感觉,不仅包括所有人物的每一点行动和受难中可以推断出的意义,而且还包括它们的道德和情感内容。简言之,它包括对一部完成的艺术整体的直觉理解;这个隐含作者信奉的主要价值,不论他的创造者在真实生活中属于何种党派,都是由全部

---

[1] W. C. Booth. *The Rhetoric of Fiction*, Chicago: University of Chicago Press, 1983, p. 71.

[2] 转引自[以色列]里蒙—凯南《叙事虚构作品》,姚锦清等译,生活·读书·新知三联书店,第157页。

[3] 祖国颂:《叙事的诗学》,安徽大学出版社2003年版,第21页。

形式表达的一切"①。徐岱也认为："一定的叙事文本总是一定的叙事主体的产物。因此，所谓的叙事主体也就是在叙事文本中隐含的作者。这个作者是作为生活中人的小说家的'第二自我'，他一方面受'第一自我'的制约，另一方面也受到创作实践的影响。"徐岱曾明确指出，在"叙事的深层结构"，"所谓的叙事主体也就是在叙事文本中隐含着的作者"②。这话固然不错，但是，即便是在小说的表层结构上，也即在文本的叙述话语中，我们仍然能够感觉隐含作者的声音。当我们在纵览整个文本时，我们往往会跳出叙述者的具体叙述，思考这种叙述何以以这种方式而非另一种方式进行。当一个文本由多个并列的叙述者共同完成文本叙述时，更容易显现出隐含作者这一叙述主体对文本的处理痕迹。

由此看来，将隐含作者视为文本的叙述主体是可行的。尽管隐含作者并非如绝大多数叙述者一样在文本中看得见、摸得着，是具体可感的，然而，它又完全是由小说文本的形式来实现，是小说全部话语意义的构成体，隐含作者的功能在于"沉默地设计和安排作品的各种要素和相互关系"③。

(二) 叙述者

叙述者是叙事学中的核心概念之一。这一概念在传统文论中已经存在，通常指讲故事的人，并不区分是哪个层次、什么性质的故事讲述者。随着现代小说艺术的发展，小说的功能已经不限于讲故事。"叙述者是任何小说、任何叙述作品中必不可少的一个执行特殊使命的人物。"④ 理论家们多是在不同的理论框架下使用，其所指往往有着很大的不同。按照米克·巴尔、热奈特等人的观点，一切文本只有一个叙述者"我"，米克·巴尔认为，"叙述者并不是一个'他'或'她'，充其量叙述者不过可以叙述关于另外某个人，一个'他'或

---

① W. C. Booth. *The Rhetoric of Fiction*, Chicago: University of Chicago Press, 1983, pp. 73-74.

② 徐岱：《小说叙事学》，中国社会科学出版社1992年版，第66页。

③ 胡亚敏：《叙事学》，华中师范大学出版社2004年版，第38页。

④ 徐岱：《小说叙事学》，中国社会科学出版社1992年版，第80页。

'她'的情况"①。他们对"叙述者"的理解显然与布斯所说的"隐含作者"的内涵基本等同,二者都是整体文本信息的发送者,但又不以具体的语言形态表现出来,或者说,整个文学作品的构思布局都是其语言形态的表征。尽管对于叙述者的理解存在差异,然而,他们都将叙述者视为虚构世界中的叙述主体。

笔者倾向于将叙述者视为隐含作者的创造,是文本中可见的"叙述实体",通常以人称形态标示其存在,无论是在场的还是隐蔽的,他只是承担故事的讲述功能。叙述者是文本中的"陈述行为主体"。当然,在一个文本中,叙述者的表现形态也是各异的:既有并列的形态,即几个叙述者在同一叙述层次上,共同承担故事的讲述,如《喧哗与骚动》中杰生、昆丁、班吉的叙述;也会出现层级现象,即产生主叙述者、次叙述者,二者之间呈现出包含与被包含的关系,二度叙事是较为典型的表现形式,如詹姆斯《螺丝在拧紧》、鲁迅的《狂人日记》等。

(三) 人物

人物是小说美学最为关注、发展得最为成熟的领域,但在叙事学中却颇有争议。查特曼、格雷玛斯、罗兰·巴特等都从不同角度对人物进行论述,从而形成不同的人物概念和分类方式。"特性论""行动论""符号论"是其中最具代表性的人物理论。② 但他们基本没有关注人物是否能成为叙述主体这一问题。那么,人物是否能够成为叙述主体呢?在同故事叙述中,人物身兼叙述者,从而可以置身于话语层。一般而言,人物都是出现在叙述者所讲述的故事中,他们只是其自身话语行为的主体,作为叙述对象存在,这么看来,在同故事叙述之外,人物似乎不能成为叙述主体。实则不然,赵毅衡曾提出,"叙述文本中还有一部分是人物的话语,因此人物有时也能形成主体","人物可以抢过叙述者的发言权,不仅在叙述者转述他的说话时,而

---

① [荷] 米克·巴尔:《叙述学:叙事理论导论》,谭君强译,中国社会科学出版社1995年版,第141页。

② 胡亚敏:《叙事学》,华中师范大学出版社2004年版,第141—153页。

且在叙述语流中"。① 我们不妨看个例子。《三国演义》第十六回中曹操在宛城遭张绣突袭狼狈而逃，"操急骤马，冲波过河，才上得岸，贼兵一箭射来，正中马眼，那马扑地倒了"②。"贼兵"二字用得颇为蹊跷。小说中曹操一直被视为"国贼"，而且张绣突袭也是由于曹操霸占其妻邹氏，但在叙述话语中，张绣军却被称为"贼兵"。这显然不是全知叙述者之意，而只能认为叙述主体的声音被人物曹操夺了去，从而造成叙述的不可靠。

　　通过对隐含作者、叙述者、人物的分析，我们可以得出：文本的叙述主体由隐含作者、叙述者和人物共同构成。隐含作者是产生文本的叙述行为的主体，虽不显形，却无处不在，控制着整个文本的结构安排，读者能够在阅读过程中感觉到其叙述活动的蛛丝马迹。它符合米克·巴尔所说的"表达出构成本文的语言符号的那个行为者"③，托多罗夫称之为"所有创造小说的工作的代理人"④。叙述者是文本内部一切叙述功能的承担者，即文本内部话语行为的主体，是文本的语言主体。文本既可以由一个主导叙述者讲述，也可由多个叙述者共同完成。在多层次叙述和并列叙述中，不同叙述者是文本内部部分话语行为的主体。他们往往体现为文本中某个角色，有时是主角，有时只是偶尔露面的次要人物，例如《鲁滨逊漂流记》和《了不起的盖茨比》中的故事讲述者。他们是隐含作者得以建构文本、完成叙述行为的工具，他们所处的不同层次的复杂状态可以构成文本独特的风格。人物则是文本中的说话者，即人物话语行为的主体。一般说来，人物只是叙述者的叙述对象，其话语行为只出现于不同层次的叙述行为主体的叙述之中。在同故事叙述中，作为人物的同故事叙述者可以

---

① 赵毅衡：《苦恼的叙述者》，北京十月文艺出版社1994年版，第65—66页。
② 罗贯中：《三国演义》，凤凰出版社2006年版，第84页。
③ ［荷］米克·巴尔：《叙述学：叙事理论导论》，谭君强译，中国社会科学出版社1995年版，第19页。
④ ［俄］茨维坦·托多罗夫：《文学作品分析》，张寅德编选《叙述学研究》，中国社会科学出版社1989年，第71页。

直接成为叙述主体，当然，我们一般将其置于叙述者之中。在某些特殊情况下，人物也能形成叙述主体。

二　以叙述主体作为划分标准

为什么要以叙述主体来划分叙述不可靠性类型呢？笔者认为可以从以下几方面来看。

第一，叙述都是由叙述主体发出的，"只有当我们试图把一个文本的主体各成分总结成一个合一的主体意识时，这种冲突才会发生。这时我们会发现有的叙述者是'可靠的'，有的则'不可靠'"①。因而，对于叙述不可靠性的分析自然要回归对各叙述主体的审视。作为叙述主体，隐含作者、叙述者、人物都可能导致叙述的不可靠性。叙述者—叙述的不可靠性在修辞派不可靠叙述理论中得到了详尽的论述，尤其是费伦的"三轴线六类型"就是针对叙述者的不可靠性而做出的细致区分。隐含作者—叙述的不可靠性、人物—叙述的不可靠性几乎没有获得关注。隐含作者—叙述的不可靠性不仅表现为通过整体的文本安排，潜在否定叙述者的可靠性，更主要在于通过超出文本叙述话语的诸多细节，提示读者注意叙述的不可靠性，比如反讽性标题的拟定、在注释中提供与叙述话语相反的信息等。人物—叙述的不可靠性则主要体现为从人物眼光进行叙述，从而使人物声音暂时占据叙述话语的主体位置，从而引发叙述的不可靠性。

第二，突出了隐含作者—叙述的不可靠性和人物—叙述的不可靠性，从而形成对当前不可靠叙述的一个有益补充。自布斯将不可靠叙述研究几近等同于不可靠叙述者的研究以来，其强大影响至今依然清晰可见。在众多学者的文章中，不可靠叙述即不可靠叙述者的叙述，成为一个潜在的探讨前提。认知派虽然指出这一成规的缺陷，但并未提出更为有效的解决办法。面对理论家将理论热情贯注于叙述者的不可靠性，费伦指出，"叙事学家们以各自得理论立场为出发点……结果导致他们对叙事史上不计其数的多样化人物叙述（实际上，也有些

---

① 赵毅衡：《苦恼的叙述者》，北京十月文艺出版社1994年版，第68页。

是非人物叙述）的不可靠叙述，没有给予足够的重视"①。国内学者申丹、赵毅衡也都意识到人物—叙述的不可靠性问题。实际上，不可靠叙述的产生最先始于人物—叙述的不可靠性，这一点在早期的讽刺性文学文本中可以见出，《阿卡奈人》《堂吉诃德》等文本就是很好的例证。20 世纪以来，呈现这一表达方式的普遍运用，使越来越多的叙述者处于隐蔽甚至缺席的状态。在叙述者隐身程度较深的作品中，人物的叙述主体地位得到了加强。比如《儒林外史》第八回"次年宁王统兵破了南赣官军，百姓开了城门，抱头鼠窜，四散乱走。王道台也抵挡不住，叫了一只小船，黑夜逃走"。王道台只是一位胆小而无能的官吏，他何曾会去抵挡，那么，我们如何理解此处叙述的不可靠呢？《儒林外史》评点者之一惺园退士评道："哪会'抵挡'，自称'抵挡不住'耳。"他悟出了主体声音发生了转移，人物声音进入了叙述语流中，引发叙述的不可靠性。不但人物—叙述的不可靠性值得关注，我们还有必要对隐含作者—叙述的不可靠性加以研究。这是不可靠叙述研究中一个颇为值得关注的问题，目前尚未有理论家提及。认知派理论家否定了隐含作者，自然不会谈论隐含作者—叙述的不可靠性。尽管修辞派理论家在探讨叙述不可靠性的分类时，将"重点置于隐含作者、叙述者和作者的读者三方之间的关系"②，但也只是限于对叙述者不可靠性的探讨。实际上，某些文本叙述的不可靠性突出表现为隐含作者对于文本的整体安排，比如芥川龙之介的《竹林中》。单个看来，文本内七位叙述者各自叙述的不可靠性并不十分明显，然而，隐含作者通过让他们相互之间在叙述信息上的矛盾、不一致，向读者展示出他们叙述的不可靠性。此外，标题、注释等超出叙述者控制之外的文本细节，都是隐含作者可充分凸显叙述不可靠性的地方。

第三，隐含作者、叙述者、人物等叙述主体的层级性相对明晰，读者比较容易辨识。对于他们分别进行叙述不可靠性的考察，清晰而

---

① James. Phelan. *Estranging Unreliability*, *Bonding Unreliability*, *and the Ethics of Lolita Narrative*, Vol. 15, Number 2. (May, 2007): p. 225.

② [美] 戴卫·赫尔曼主编：《新叙事学》，马海良译，北京大学出版社 2002 年版，第 41 页。

确定。这种清晰的层级关系对于不可靠叙述的具体分析有较大的助益：横向来看，可以在水平面上充分展开对于某一叙述主体在事实、感知、评价等轴线上的不可靠性分析；纵向分析，更容易见出各主体间叙述不可靠性的动态运行关系。这种纵横交错的分析格局，在吸收三轴线说的有益成分时，又有效地避免了其可能导致的混乱。当我们试图去分清楚三条轴线上的不可靠性时，首先要弄清楚，这三条轴线是基于哪个叙述主体而言，不同叙述主体的叙述不可靠又会使各自所占据的轴线间呈现怎样错综复杂的关系。以叙述主体来划分叙述的不可靠性具有较强的可操作性。

需要说明的是，叙述话语依然是叙述者"叙述"的结果，尽管隐含作者、人物可以在文本中作为叙述主体存在，但只是通过各种方式引发叙述话语层面的不可靠性，并不直接进行"叙述"。为了避免理解的混乱，笔者放弃使用"隐含作者叙述的不可靠性"这样的表达方式，而是参照申丹的做法①，以"隐含作者—叙述的不可靠性""人物—叙述的不可靠性"来指称这两种叙述不可靠性类型。

通过以上分析可见，这种新的类型划分在借鉴前人研究成果的基础上，突出了每一叙述主体不可靠性的相对独立意义，将叙述不可靠性的研究从叙述者拓展到隐含作者和人物，从而更为全面地获得对文本叙述不可靠性的把握。

三　叙述者—叙述的不可靠性

在不可靠叙述研究中，叙述者—叙述的不可靠性无疑是最受关注的。这种局面的形成在于：一方面，不可靠叙述研究的开创者布斯，基本将不可靠叙述等同于叙述者的不可靠叙述，此后，绝大多数理论家沿着这一思路，只探讨叙述者的可靠与否；另一方面，叙述者在小说中占据着举足轻重的位置，是文本叙述的语言主体，是读者唯一可感知的实体，人物、故事都是在叙述者的叙述中得以呈现。此外，不可靠叙述文本中多采用各种有缺陷的人物充当叙述者进行叙述，叙述

---

① 申丹：《何为"不可靠叙述"？》，《外国文学评论》2006年第4期。

者的形象及其内在意蕴往往构成不可靠叙述主要的艺术效果之一……这就决定了叙述者—叙述的不可靠性,必然成为叙述不可靠性类型中分量最重的一类。费伦和马汀提出的"三轴线说"是目前对叙述者—叙述的不可靠性最为深入而精细的论述。值得注意的是,"三轴线说"是在同故事叙述模式下提出的。同故事叙述和异故事叙述是由法国叙事学家热奈特提出的一对概念,"一类是叙述者不在他讲的故事中出现(例如荷马与《伊利昂纪》,或福楼拜与《情感教育》),另一类是叙述者作为人物在他讲的故事中出现(例如《吉尔·布拉斯》或《呼啸山庄》)。出于明显的理由,我把第一类称作异故事,把第二类称作同故事"①。那么,这一类型划分对于异故事叙述模式下叙述者—叙述的不可靠性是否也适用?笔者参考费伦的"三轴线说",考察异故事模式下叙述者—叙述的不可靠性问题。

异故事叙述是指叙述者与人物不处于同一层面的叙述,也就是说,叙述者叙述的是他人的故事,自己并不处于所讲述的故事中。全知叙述是异故事叙述的一种重要表现形式。一般而言,全知叙述者是比较可靠的,巴尔扎克、托尔斯泰、汤姆·琼斯、狄更斯等作家所创作的可靠叙述文本基本都是采用全知叙述。然而,少部分文本中的全知叙述者也会出现叙述的不可靠性。全知叙述者在文本中有两种表现方式:戏剧化和非戏剧化。非戏剧化是指全知叙述者不诉诸任何人称讲述故事,而戏剧化则是指全知叙述者通过"我"或"我们"使自身在文本中显形,直接对故事置评。非戏剧化的全知叙述者,由于读者无法从作品中获悉叙述者的性格品质,无法形成判断,于是,读者只能选择相信他所讲述的一切。就此而言,非戏剧化的全知叙述者对于事件报道的可靠性是不容置疑的,否则,文本就失去了意义。因而,其不可靠性只能存在于知识/感知轴、价值/判断这两条轴线,尤其在价值判断上容易出现叙述的不可靠性。且看《红楼梦》第三十回:

---

① [法]热拉尔·热奈特:《叙事话语 新叙事话语》,王文融译,中国社会科学出版社1990年版,第172页。

只见王夫人翻身起来,照金钏儿脸上就打了个嘴巴,指着骂道:"下作小娼妇儿!好好儿的爷们,都叫你们教坏了!"……登时众丫头听见王夫人醒了,都忙进来。王夫人便叫:"玉钏儿把你妈叫来!带出你姐姐去。"金钏儿听见,忙跪下哭道:"我再不敢了!太太要打要骂,只管发落,别叫我出去,就是天恩了。我跟了太太十来年,这回子撵出去,我还见人不见呢!"王夫人固然是个宽仁慈厚的人,从来不曾打过丫头们一下子,今忽见金钏儿行此无耻之事,这是平生最恨的,所以气忿不过,打了一下子,骂了几句。虽金钏儿苦求也不肯收留,到底叫了金钏儿的母亲白老媳妇儿领出去了。那金钏儿含羞忍辱的出去,不在话下。①

这是一段典型的叙述者—叙述的不可靠性。叙述者的这段评述看起来是在为王夫人辩解。她是一个天性仁厚的人,而且素来信佛,打金钏儿并将其撵走,是因为金钏儿与她儿子调情,触犯了她"平生最恨之事"。而在此前的叙述中,读者分明了解到,此事原本是宝玉挑起的,而王夫人当时只是假寐,完全了解事情的真相。金钏儿曾苦苦哀求,她却毫不为所动,执意将其撵了出去,从而直接导致金钏儿之死。因此,面对叙述者的辩护,读者无法达成认同,反而对叙述者的可靠性产生怀疑。

异故事叙述的另一种情形就是戏剧化的叙述者讲述他人的故事,此时,叙述者既可能仅仅以"我"或"我们"标示出自己的存在,也可以直接以某种人物身份现身于文本,成为一个外层叙述者。前者与非戏剧化的全知叙述者一样,在对事件的报道上是完全可靠的,只是会在感知和评判轴上出现叙述的不可靠性,比如萨克雷的《名利场》。不可靠的全知叙述者"我"时而认为贝基的行为是由父权制所制约和塑造的,将讽刺的矛头指向父权制,"女孩儿们为什么要出入交际场所,还不是因为她们有崇高的志向,愿意出嫁吗?"时而又在对于贝基追名逐利的批判中表现出,叙述者"不仅与父权

---

① 曹雪芹、高鹗:《红楼梦》,凤凰出版社 2006 年版,第 194 页。

制的价值同流合污，而且还促使这些价值长存下去"。① 外层叙述者的情况则更为复杂，其表现形式显得更为多样。实际上，只要叙述者作为人物出现，他都或多或少地参与了他所讲述的故事，不可能绝对地不介入故事，只是这种介入既可能像《狂人日记》《洛丽塔》等文本那样隐蔽，看上去所讲述的故事与外层叙述者无涉，也可能如同故事叙述者中的旁观叙述者那样明显，比如《了不起的盖茨比》中尼克对于盖茨比故事的讲述，就暗含着对自身生长历程的讲述。由于叙述者具有了人物形象，也便可能会展现出人物在道德、智力、认知等方面的不足，从而引发读者对于其在事实报道、感知、评价轴线上可靠与否的怀疑。当外层叙述者与内层叙述者同为不可靠叙述者时，内外层叙述者不可靠性的交织将会使文本呈现更为复杂的意义交流场面。此外，有些文本还经常采取多个不可靠叙述者，比如芥川龙之介的《竹林中》、福克纳的《喧哗与骚动》《押沙龙，押沙龙!》《在我弥留之际》等。我们可以参照对于同故事叙述、异故事叙述在各条轴线上的判定，去认识各位叙述者的不可靠性。值得一提的是，在这一类型文本中，某些叙述者的不可靠性往往能依据其他叙述者的叙述得到确认，如《喧哗与骚动》最后一部分，全知叙述者以迪尔西为主线的叙述就是可靠的，从而对前三位叙述者的不可靠叙述进行了部分的修正。

  作为叙述不可靠性的主导类型，叙述者—叙述的不可靠性是理论家们关注的焦点。从上述分析中可以见出，同故事叙述模式下的三轴线说，对于异故事叙述模式仍然适用，只是由于异故事叙述的表现形式不同，三条轴线有时会简化为两条轴线。因而，面对具体的不可靠叙述文本，通过明确叙述者所涉及的轴线，进而对各条轴线上及相互之间的不可靠性进行分析，就能获得对于叙述者复杂的不可靠性的理解，从而领略到不可靠叙述所带来的独特的艺术韵味。

---

① ［美］詹姆斯·费伦：《作为修辞的叙事》，陈永国译，北京大学出版社2002年版，第30页。

四　人物—叙述的不可靠性

一般说来，人物在文本中属于纯粹的对象性客体，不可能如叙述者一样对叙述话语进行控制，但人物仍然可能因为某些特定叙事策略的应用，跃入话语层面，暂时形成叙述主体，引发叙述话语的不一致，从而导致不可靠叙述的产生。特别要强调的是，人物—叙述的不可靠性不同于叙述者所讲述的故事中人物话语的不可靠，比如前面提到的《红楼梦》中关于金钏儿之死，叙述者后面提到：

> 王夫人点头叹道："你可知道一件奇事？——金钏儿忽然投井死了！"宝钗见说，道："怎么好好儿的投井？这也奇了。"王夫人道："原是前日她把我一件东西弄坏了，我一时生气，打了她两下子，撵了下去。我只说气她几天，还叫她上来，谁知她这么气性大，就投井死了。岂不是我的罪过！"①

王夫人完全明白正是被逐的屈辱使金钏儿走上了绝路，心里自知与她脱不了干系，却有意歪曲了事实的真相，以推卸自己对金钏儿之死应负的责任。叙述者在此只是客观地叙述，表现出王夫人这一人物话语的不可靠性。此种不可靠性并未进入叙述话语层面，不能称为不可靠叙述。

人物—叙述的不可靠性主要指采用人物的眼光导致的叙述不可靠性。这种叙述的不可靠性也会在事实报道、感知或评价轴上单独或复合地呈现出来。当然，此处的人物特指不承担叙述功能的文本中的其他人物。人物身兼叙述者的情况可参见对于叙述者—叙述不可靠性的分析。

"小说技巧中整个错综复杂的方法问题，我认为都要受观察点问题——叙述者所站位置对故事的关系问题——支配。"② 卢伯克或许过

---

① 曹雪芹、高鹗：《红楼梦》，凤凰出版社2006年版，第208页。
② ［英］卢伯克：《小说美学经典三种·小说技巧》，方土人译，上海文艺出版社1990年版，第251页。

于夸大了视角的重要性,但必须承认,叙述视角的选择对于叙述的可靠与否有着非常密切的关系。当全知叙述者对事件进行可靠的报道时,采用人物眼光进行叙述往往会引发评价的不可靠,从而导致叙述的不可靠性。《金瓶梅》词话本第八十七回写到,武松杀潘金莲为兄报仇:

> 武松口噙着刀子,双手去斡开他胸脯,扑的一声,把心肝五脏生扯下来,血沥沥供养在灵前,后方一刀割下头来。血流满地。迎儿小女在旁看见,唬得只掩了脸。武松这汉子端的好狠也。可怜这妇人,正是三寸气在千般用,一日无常万事休。亡年三十二岁。①

《金瓶梅》一书由全知叙述者进行叙述,叙述者与隐含作者的价值立场基本一致,认为武松杀潘金莲为兄长报仇原是合情合理之事,"好狠也""可怜"云云,显然不是叙述者的意见,行文中也没有明确的引导词表明"好狠也"的话语主体,通过对于语境的整体把握,我们基本可以认定,叙述语言在此被迎儿这一人物暂时占用了,也就是说,"好狠也""可怜"是人物迎儿的叙述声音进入了话语层面,从而形成了误评。由于迎儿眼光在叙述层上运作,因此导致了叙述话语的不可靠。这种不可靠叙述在中外作品中数见不鲜。值得注意的是,在有些作品中,这种人物眼光造成的不可靠叙述常常较为隐蔽,需要读者仔细辨析才能领会。

"无论在第一人称还是在第三人称叙述中,人物的眼光均可导致叙述话语的不可靠,而这种'不可靠叙述'又可对塑造人物起重要作用。"② 亨利·詹姆斯的《黑暗的心》的内叙述层是由马洛以第一人称进行叙述的,其中有这么一段:

---

① (明)兰陵笑笑生:《金瓶梅》,(清)张道深评,齐鲁书社1991年版,第1393页。
② 申丹:《何为"不可靠叙述"?》,《外国文学评论》2006年第4期。

我让他往下说，这个纸糊的靡菲斯特。我似乎觉得，只要试一下，我伸出食指就可以戳穿他，也许他腹内空空，除了一点屎尿之外，别的什么也没有。难道你没看出来，他一直计划着不久以后要在现在这个人手下弄个副经理当当；我发现，库尔兹的到来把他们两人搅得够受。他口若悬河地讲着，我也不想去阻止。我双肩靠在我的那艘破汽船上，它像一只水中巨兽的尸体，已被拖上岸来。①

第一人称叙述者"我"是船长马洛，他显然不会将"破汽船"看作"水中巨兽的尸体"。此处，显然是对船毫无概念的非洲土著人的眼光渗入了叙述当中，只能以他们原始的认知方式将"船"看作"水中巨兽"，从而鲜明地体现出知识/感知轴上的不可靠性，从而使读者直接通过土著人的眼光来看事物，直接感受他们原始的认知方式以及对"水中巨兽"的畏惧情感。而这样一种眼光的潜在置换，又使读者在阅读中透过土著的眼光去打量熟悉的事物，从而对"汽船"这一常见事物产生陌生化感受。无独有偶，在"'他是带着雷电出现在他们面前的，你知道他们从没见过那种东西，因而觉得很可怕。他有时是会显得很恐怖，你不能像衡量普通人那样衡量库尔兹先生。不，不能，绝对不能。为了让你有所了解，现在——告诉你也无所谓，有一天他想开枪打死我，但我仍不想议论他'……"②，土著人并不了解手枪为何物，只能以其原始认知中的雷电的轰鸣和刺目来认知。作为第一人称叙述者的马洛很清楚"雷电"实际上是指"手枪"，在此，马洛显然是从土著人眼光的角度来看待"手枪"这一现代武器。由于土著人的眼光在叙述层上运作，从而使土著人的声音暂时占据了叙述主体位置，因此导致了叙述话语的不可靠。"这种不可靠叙述的独特之处在于人物的不可靠和叙述者的可靠之间的张力，这种张力和由此

---

① ［英］约瑟夫·康拉德：《康拉德精选集·黑暗的心》，朱炯强编选，章汝雯译，山东文艺出版社 1999 年版，第 61 页。

② 同上书，第 101 页。

产生的反讽效果可生动有力地刻画人物特定的意识和知识结构。"①

五 隐含作者—叙述的不可靠性

如果说人物还能偶尔进入叙述语流暂时充当叙述主体的话,作为叙述主体的隐含作者却只能默默地居于文本深层,尽管可以通过多种叙事策略暗示叙述的不可靠性,却从不会出现在叙述话语表层。无论是人物—叙述的不可靠性,还是叙述者—叙述的不可靠性,都是以隐含作者所可能提供的叙述及其价值规范为参照的。从这个意义上说,不可靠叙述都是隐含作者有意为之,都可称为隐含作者—叙述的不可靠性。或许也正因为此,这种叙述不可靠性类型的研究似乎显得没必要。既然作为参照,难道不可以通过对前两种叙述不可靠性的类型研究,反向展示出此种类型吗?显然不可以。实际上,从广义上讲,隐含作者—叙述的不可靠性的所指范围大于前两种类型所指的叠加:它一方面指通过叙述者、人物的叙述不可靠性展示出文本叙述的不可靠性;另一方面指通过整体的文本结构安排,以及对于标题、注释等叙述话语之外的细节,向读者透露出叙述不可靠性的信息。笔者所用的隐含作者—叙述的不可靠性特指后一种情况。

隐含作者—叙述的不可靠性可以表现为隐含作者通过整体结构安排,使整个叙述结构凸显出不可靠性,它的目的不在于去否定叙述者叙述的可靠性,而是通过彰显出这种不可靠性,引导我们去理解浸透在文本叙述中的更为深远、广阔的意义。与前面提及的《竹林中》一样,福克纳的《押沙龙,押沙龙!》也是能充分反映出"隐含作者—叙述的不可靠性"的典型文本。《押沙龙,押沙龙!》中存在两个叙述层。外叙述层由非戏剧化的全知叙述者讲述,这位全知叙述者分别引入了罗沙小姐、昆丁、康普生先生和施里夫四位内层叙述者;内叙述层由这四位叙述者对于萨德本家族的兴衰史的讲述共同构成。这四位都是不可靠叙述者,他们叙述的分歧随处可见,如对于萨德本和埃伦的评价,亨利、朱迪思及查尔斯·邦之间的感情,萨德本拒绝承认邦

---

① 申丹:《何为"不可靠叙述"?》,《外国文学评论》2006年第4期。

等方面，我们都能听到不同的声音。隐含作者的目的还不仅在于通过不可靠叙述塑造这几位叙述者，而且以他们相互拆借的叙述指向文本更深层的意义。我们或许可以透过作者福克纳的看法，获得对此意义的某种把握。福克纳曾借用华莱士·斯蒂文斯的一首诗《看乌鸦的十三种方式》来说明他对这几位叙述者不可靠性的塑造："没有人能够看穿真相，它明亮得让你睁不开眼睛。我审视它，只看到它的部分，别人观察，看见的是它略有不同的侧面。虽然没有人能够看见完整无缺的全部，但把所有的看法综合起来，真相就是他们所看见的东西，这是观看乌鸦的十三种方式。我倾向于认为，当读者用了看乌鸦的十三种方式，真理由此出现，读者就得出了自己的第十四种看乌鸦的方式。"① 可见，隐含作者并不试图通过暗中否定各位叙述者的可靠性，以帮助读者重建可能的可靠叙述。相反，隐含作者的目的就在于突出这种超越具体某位叙述者的不可靠叙述之上的意味。这是一种更为深层的不可靠叙述。

此外，标题往往也是隐含作者暗示叙述不可靠性的重要方式。比如鲁迅的《狂人日记》，这一标题容易提示读者对文本内叙述者狂人叙述的可靠性表示怀疑，当读者进入狂人叙述之中，确实发现他在事件报道、感知甚至评价上都出现了不可靠性。即便如此，读者却又往往会不自觉地对其产生一种强烈认同，这也就是布斯所赞美的，叙述者与读者之间距离的各种变化形式中，"最富特征的也许要算叙述者开头远离而结尾接近读者这一距离变化中所达到的惊人成就"②。类似的例子还有埃萨克·巴什维斯·辛格的《傻瓜吉姆佩尔》、亨利·詹姆斯《说谎者》，等等。

叙述不可靠性类型在不可靠叙述研究中颇受关注，它有助于不可靠叙述分析的细化。笔者在辨析、借鉴轴线说、阅读机制说、明暗说等已有类型划分的基础上，提出以叙述主体为新的分类依据，

---

① Gwynn, Frederick L. and Bloner, Jonseph L. eds. *Faulkner in the University*. New York: Vintage Books, 1965, p. 273.

② W. C. Booth. *The Rhetoric of Fiction*, Chicago: University of Chicago Press, 1983, p. 157.

区分三种叙述不可靠性类型：叙述者—叙述的不可靠性、人物—叙述的不可靠性、隐含作者—叙述的不可靠性，力图为叙述不可靠性研究建立一个更为恰切的分类标准，在廓清概念的基础上，展开对各类型的具体阐述。当然，我们必须意识到，对于叙述不可靠性的类型区分都是相对意义上的，在对于具体文本的分析中，我们有必要进行综合考察。

第五章

不可靠叙述的形成机制

对于不可靠叙述形成机制的探寻，是不可靠叙述研究中一个极为重要而又时常被忽视的问题。回溯布斯以来的大量探讨文章，我们发现：理论家们大都将叙述的不可靠性作为探讨的前提，进而各自进行理论发挥，要么探究叙述不可靠性的各种类型，要么考察不可靠叙述的诸种效果，却少有人问津何以形成不可靠叙述这一基本问题。叙述者是不可靠，那他传达的作品的整个效果也就改变了。那么，我们凭什么认定《了不起的盖茨比》等文本中的叙述者不可靠呢？判断的标尺何在？要回答这些问题，首先需要回到文本，深入文本内部，揭示不可靠叙述文本的艺术价值形成机制。对于形成机制的探讨无疑会有助于我们对不可靠叙述的识别、判断，深化对文本的理解，使探讨站在一个更为客观的基点上，从而有效避免那种过于感性化、个人化的判断。

不可靠叙述的形成极为复杂，它是各种因素合力作用的结果。然而，无论是作者有意无意对具体叙述策略的运用，还是社会历史文化语境的变化，抑或读者的阅读观念的转变，对于叙述可靠与否的判定总是根据文本特征而做出的。因而，不可靠叙述的形成机制主要指文本所呈现出来的叙事策略、技巧和手段，这既可能是作者的有意选择，也可能是无意为之。当然，大多数不可靠叙述文本都是作者有意操纵的结果。作者往往会采用某种叙事策略、技巧，暗中指引读者与不可靠叙述者保持距离，"如同从后面观察处于前面的叙述者，观察他幽默的、或不光彩的、或滑稽可笑的、或不正当的冲动等行为举止",① 从而形成独特的艺术效果。本章将关注点锁定在文本内部，主要从有缺陷的人物充当叙述者、异常的叙述声音、同故事叙述、省叙和赘叙、二度叙事等方面，探讨不可靠叙述的形成机制。

第一节　有缺陷的人物充当叙述者

设置有缺陷的人物充当叙述者是形成不可靠叙述的一种最为重要，也极为常见的文本机制。瑞甘就曾提出，不可靠叙述就在于采用流浪汉、小丑、疯子和儿童这四种类型的人物作为叙述者。有缺陷的人物进入文学作品并非始于20世纪。早在古希腊戏剧中，就已经出现了有缺陷的人物形象，比如阿里斯托芬的《阿卡奈人》。然而，这些有缺陷的人物只是作为人物形象出现，很少被提高到叙述者的位置。

在20世纪文学文本中，大量狂人、白痴、疯子、伪君子、道德沦丧的叙述者、流浪汉、撒谎者等有缺陷的人物充当叙述者②。当我们面对这些叙述者时，很自然会对他们叙述的可靠性保持高度警觉：一方面，正如戴维·洛奇所说，"不可靠叙述者无一例外都是作者笔下的人物，是小说的组成部分"③。叙述者以人物形象出现，无论是讲述自己或者他人的故事，或多或少都会参与到故事当中，带上个体的主观感知，从而影响叙述的可靠性。另一方面，叙述者作为人物的性格缺陷会影响其对事件的报道、感知或者评价。查特曼也曾提出，

---

① W. C. Booth. *The Rhetoric of Fiction*, Chicago: University of Chicago Press, 1983, p. 301.

② 美国学者威廉·瑞甘在《流浪汉、疯子、孩子、小丑：不可靠的第一人称叙述者》(*Picaros, Madmen, Naifs, and Cdowns: The Unreliable First-Person Narrator*) 中列举并研究了九种不可靠的第一人称叙述者，分别是疯子、流浪汉、伪君子、道德沦丧的叙述者、天真幼稚的人、小丑、骗子、变态者、撒谎者。

③ [英] 戴维·洛奇：《小说的艺术》，王峻岩等译，作家出版社1998年版，第170页。

"叙述者的贪婪、痴呆、易受欺骗、缺乏信息、天真等可能导致不可靠的叙述"①。

布斯同样从叙述者的人物形象出发,举出造成叙述不可靠的六种原因:叙述者贪心(如《喧嚣与愤怒》的杰森);痴呆(同书中的第二个叙述者班琪);轻信(福特·马道克斯·福持的小说《好兵》中的道林);心理与道德迟钝(亨利·詹姆士《野兽与丛林》中的马切);困惑、缺乏信心(康拉德《吉姆大爷》中的马洛);天真(马克·吐温《哈克贝里·芬历险记》中的哈克)。② 赵毅衡认为,"这个单子还可以开下去,但像布斯这样把叙述的不可靠性完全归因于叙述者兼人物的性格上的缺点,是不合适的"③。费伦也指出,"不管叙述者人物是谁,人物功能与叙述者功能都不可能是密合无间的,因此我们不能总是根据叙述者的人物角色推断叙述者的可靠性或不可靠性"④。赵毅衡、费伦并非完全否认布斯的观点,而是指出,有缺陷的人物充当叙述者所呈现出的叙述不可靠性的复杂性,即不能因为人物的性格缺陷就全盘否定其叙述在某些方面的可靠性。但总体而言,这些有缺陷的人物的讲述基本上是不可靠的。

有缺陷的人物充当叙述者主要可以分为两类:认知缺陷和道德缺陷。傻子、白痴、儿童等人物是有认知缺陷的叙述者的典型代表,其不可靠的根源在于叙述者的知识有限,人们通常将采用这类叙述者的文本称为"傻子叙述"和"天真叙述",这类叙述者能客观反射出事物的原貌和人物的外在行为,然而由于认知能力有限、缺乏清晰的理性思维等因素,常常无法对事件做出准确描述和客观判断;具有道德缺陷的人物充当叙述者则往往具有正常的认知力,但偏执古怪甚至邪恶残忍的本性,使其奉行的价值规范往往为隐含作者所拒斥,一般说

---

① Seymour Chatman. Story and Discourse: Narrative Structure in Fiction and Film. Cornell University Press, 1978, p. 233.
② 赵毅衡:《当说者被说的时候》,中国人民大学出版社1998年版,第46页。
③ 同上。
④ [美]戴卫·赫尔曼主编:《新叙事学》,马海良译,北京大学出版社2002年版,第35页。

来，也有违人类的人性意识和道德水平，尤其与文本被阅读时的社会价值体系发生冲突，可见，这类叙述者不可靠的主要根源在于"叙述者的价值体系有问题"①。

"傻子叙述"是颇为常见，也颇受作家青睐的实现不可靠叙述的文本机制。在人类社会中，"傻子"是一类特殊的社会群体，因其非理性、不谙文明社会的规则而被视为常态社会的"异类"，成为文学中一种独特的艺术符号。作为叙述者的白痴或傻子，他们叙述的不可靠性有多种表现方式，既可能是事实报道的不可靠，更多的是对事件感知和评价的不可靠，或者兼而有之。请看辛格的《傻瓜吉姆佩尔》中的一段。

> 我们铺子里有一个学徒是她的邻居，我请他每天带给她一个面包或者玉米面包……学徒是一个好心的小伙子，有好几次他自己加上一些东西。他过去惹我生了不少的气，他揪我的鼻子，戳我的肋骨，但是他到我家里去了以后，变得又和气又友好了……我却是堂堂的男子汉，一个好妻子的丈夫，前途无量的孩子的父亲……随后我走近床边。除了睡在埃尔卡旁边的学徒，我什么都没看见。月亮一下子没有了。房间里一片漆黑。我哆嗦着，我的牙齿直打战。②

这是一段不可靠叙述。傻瓜吉姆佩尔的叙述颇有条理，对于事件的报道是完全值得信赖的。然而，他对于事件的感知和判断却常常不可靠。从叙述中，读者看到，学徒帮他带东西给埃尔卡的目的是与她厮混。《傻瓜吉姆佩尔》采用第一人称回顾性叙述，"我"兼具体验主体和叙述主体双重眼光。作为叙述者的"我"实际上看到了学徒的欺骗，而吉姆佩尔却仍然称他为"好心肠的小伙子"，其评价显然不

---

① Rimmon-Kenan, Shlomith. *Narrative Fiction: Contemporary Poetics*. Florence, KY, USA: Routledge, 1983, p.100.

② [美]辛格：《傻瓜吉姆佩尔》，万紫等译，人民文学出版社2001年版，第9—11页。

可靠。当然，我们也可以认为此处是经验主体的眼光在起作用，即叙述者吉姆佩尔在总体上保持信息不足的状态，直至作为人物的吉姆佩尔体验到被学徒欺骗的痛苦。这样，我们就不再把该段作为误评，而将其理解为叙述不可靠性的另一种形式：不充分读解。如果说关于学徒的叙述在两种不可靠性形式之间摇摆不定的话，将埃尔卡称为"好妻子"则显然是误评。此前的叙述已经充分展现了埃尔卡对吉姆佩尔的恶劣态度及种种欺骗行径。面对吉姆佩尔叙述的不可靠，读者不仅不会远离他，反而会被他深深打动。尽管他容易受骗，然而他的善良、宽容就像一面镜子，反映着社会中那些所谓的"聪明人"所缺失的某些人格，具有强烈而深刻的启示意义。这一类傻子一般具有诚实、善良、正直等品性，"透露出超脱于现实世界的理想精神，映照着现实社会中平常人的困顿和现实目的的渺小"，① 恰恰对应了常态社会虚伪、蛮横、狡诈的瘤疾，使文本呈现一种独特的审美效果。《尘埃落定》中的傻子土司二少爷、《檀香刑》中的赵小甲与此颇为相似。

儿童是另一种认知缺陷型叙述者，"天真叙述"也成为常见的实现不可靠叙述的文本机制。一般而言，儿童依靠他们的生命直觉认识世界，单纯天真的本性使其对事件的报道基本可靠，能较为真切地提供事件的概貌，然而，他们对于事件的读解及评价往往由于认知能力有限而失之偏颇。布斯曾在《小说修辞学》中提及《哈克贝利·费恩历险记》中哈克这一不可靠叙述者在感知上的不可靠，并未进一步展开分析。我们不妨以此为例，看看天真叙述如何导致不可靠叙述。

叙述者哈克是个只有13岁的儿童，其纯真的天性保证了整个历险故事的可靠性。也正是因为他的儿童身份，使其对于事件的感知和评价，与隐含作者产生偏差，有时甚至出现截然相反的情况。哈克是一个向往自由、拒绝教化的孩子，故而就对当时社会的一些成规习俗出现了误读。比如，"到了桌子跟前还不能马上就吃，还得等着寡妇低下头去嘟哝一番，抱怨那些饭菜做得不好"。如果对美国习俗稍有

---

① 王晶：《傻子的智慧——论中外民间故事中的傻子母题》，《云南民族大学学报》2004年第5期。

了解的读者就知道，在美国，饭前祷告是一种很普遍的仪式，感谢上帝赐予食物，在很多宗教中都是不可缺少的部分。尽管哈克在对事件的描述上尽可能做到了可靠，"寡妇低下头去嘟哝一番"，但却错将寡妇虔诚地祈祷理解为"抱怨那些饭菜做得不好"。这种对于宗教仪式的误读显得别具情趣，一个天真、未受教化的调皮小男孩的形象跃然纸上。哈克叙述的不可靠性更多地体现在他对自身行为判断的不可靠。儿童对于世界的判断标准尽管经常是天性使然，但总体而言，还是来源于他所处的社会情境。哈克毕竟只有13岁，由于潜移默化中受着当时社会价值规范的影响，他一方面从旧的道德标准出发评判好坏善恶。哈克开始就像当时一般白人那样，时常戏弄吉姆。即便两人在旅途中建立了深厚的友情，但当时对于黑人的种族偏见对他产生了巨大影响。吉姆越接近自由，哈克的内心越觉得不安，写完给华森小姐告发吉姆的行踪，哈克"马上就觉得挺痛快，好像自己身上什么罪过都洗干净了似的"。而另一方面，纯真的天性又使他希望按照自己的价值观行事，遵从自己的道德感觉而不是社会的道德标准。因而，在捉弄吉姆之后，经过激烈的思想斗争，哈克终于越过了白人和黑人之间的种族界限，"打定主意去向一个黑人低头认罪"，而且"后来一辈子也没有为这件事情后悔过"。当他写完告发吉姆行踪的信时，想起了与吉姆的相处，"我琢磨了一会儿，好像连气也不敢出似的，随后才对自己说：'好吧，那么，下地狱就下地狱吧。'——接着我就一下子把它扯掉了"。这是他冲破种族和社会地位的森严界限的体现与发展，更是其社会正义和人格意识成长的华彩篇章，然而他却对自身行为进行了错误评价，从而形成不可靠叙述。

"道德缺陷型"叙述者也常常会引发叙述的不可靠性，"道德缺陷型"叙述者常常会毫无意识地暴露自己错误的道德观念，从而呈现出明显的叙述不可靠性，如安布罗斯·比尔斯的《狗油》中的包佛·宾斯、福克纳的《喧哗与骚动》中的杰生、伊恩·麦克尤万的《即仙即死》中的疯子独白者"我"等。请看《狗油》中的这段话：

  我的名字叫作包佛·宾斯。我的父母忠厚老实，他们从事着卑微的职业。我父亲是位狗油生产商,母亲则在村子教堂背阴处一个小小的工作室里工作,她在那儿帮人把不想要的孩子处理掉。……我常做的事情就是把那些婴儿扔进河里,这条河是考虑周全的造物主专门为这一目的而设置的,可是那天晚上我却偏偏不敢离开油坊,生怕会遇见警察。①

尽管叙述者包佛·宾斯在事件的报道上是可靠的,然而,他所作出的价值判断却充满着不可靠的标识,读者可以感受到叙述者错误而可怕的道德观念:叙述者的母亲专门在村里教堂的背阴处替别人处理不想要的婴儿,叙述者却认为自己的母亲"忠厚老实",而那条被扔进了很多婴儿尸体的河,叙述者却漠然地将其视为造物主考虑周全的产物,更为可怕的是,面对这一切,叙述者已经习以为常,甚至此后将婴儿扔进炼制狗油的油锅。面对叙述者对自身错误道德观念的不自觉暴露,读者很容易判断出其叙述的不可靠性。

"道德缺陷型"叙述者并不总是这样自我暴露,有些叙述者往往会刻意掩饰或为自己错误的道德行为进行辩解,读者需要更为细致地阅读文本才能辨识出其叙述的不可靠性,如亨利·詹姆斯的《说谎者》中的莱昂、纳博科夫的《洛丽塔》中的亨伯特·亨伯特、爱伦·坡的《泄密的心脏》中的杀人者"我"以及《黑猫》中的杀妻者"我"等。爱伦坡的《黑猫》中叙述者"我"以第一人称回顾式叙述。小说是这样开头的:

> 我打算把这个既狂野却又平凡无奇的故事写下来。我不期待,也不祈求你会相信我。如果连我的每一分感官,都拒绝相信这曾发生过的各种事,那我倒真希望我是疯了。但问题是——我并没有发疯,我当然也没在做梦。可是明天我就要死了,那么今日我还是卸下灵魂的重担吧。我将以平实、简洁及客观的口吻,写下

---

① Ambrose Bierce. The Collected Works of Ambrose Bierce Volume Ⅷ. Gordian Press, New York, 1996, p. 163.

这一连串不过是发生在家中的事情,并将它呈现在世人的面前。①

叙述者的口吻颇有点"人之将死,其言也善"的味道。"今日我还是卸下灵魂的重担吧",说明叙述者在开始叙述前,似乎有着某种忏悔意识。那么,他的叙述是否如他所说的那么客观,值得信赖呢?并非如此。我们发现,文本的字里行间并未见出叙述者对他的不道德行为感到自责,尤其在杀妻这一点上。叙述者对于自己残酷虐待并杀死先前那只无辜的黑猫的追悔不可谓不沉痛,然而,当见到另一只与前面被虐待致死的黑猫几乎一样的黑猫时,他又陷入了极度的敏感和恐惧,即便如他所叙述的"它是如此的喜欢我",叙述者却因为曾经犯下的恶行而惶恐不已,甚至拿起斧头砍向黑猫,妻子由于保护黑猫被盛怒下的他杀死。此时,叙述者不仅没有忏悔之意,反而迁怒于黑猫,"它才是这一切罪恶的根源"②。叙述者并未意识到罪恶的根源在于自身,从而做出了不可靠的判断。实际上,正是他自己的残暴给自己烙下了心理阴影,从而埋下了罪恶的种子,以至于为摆脱心理的恐惧妄图杀死黑猫,却在杀猫未果的狂怒中杀害了妻子。更令人惊异的是,杀妻后的他居然没有任何罪恶感,反而颇为自得于将尸体砌进墙里的"高明之举"。当警察去调查时,他装模作样地拿着拐杖敲击那堵埋着妻子尸体的墙壁,以示无辜和清白,未曾想最终暴露了自己的恶行。实际上,正是他自鸣得意的道德缺陷导致了他的自我暴露和毁灭。小说的结尾说道:"就是这只畜生,它诱陷我犯下了这桩谋杀案,它告密并把我交给了刽子手,因为,我把它和妻子一起封进墙里了。"③叙述者最终也没有认清自身的罪恶,对于整个事件的感知和判断都是极为不可靠的,从而颠覆了他所谓的"客观的口吻"一说。

---

① [美]爱伦·坡:《爱伦坡的诡异王国·泄密的心脏》,朱璞煊译,中国对外翻译出版公司1999年版,第277页。
② 同上书,第288页。
③ 同上书,第290页。

第二节　同故事叙述

同故事叙述（homodiegetic）与异故事叙述（heterodiegetic）是由热拉尔·热奈特提出的一对概念，"一类是叙述者不在他讲的故事中出现（例如荷马与《伊利昂纪》，或福楼拜与《情感教育》），另一类是叙述者作为人物在他讲的故事中出现（例如《吉尔·布拉斯》或《呼啸山庄》）。出于明显的理由，我把第一类称作异故事，把第二类称作同故事"[1]。费伦也采用了这一区分，认为同故事叙述就是"叙述者与人物存在于同一层面的叙述"，并进一步提出，"当人物—叙述者也是主人公时，如在《永别了，武器》中，同故事叙述可以进一步确定为自身故事的叙述"[2]。这样，我们就能区分出两类同故事叙述者：作为主人公的同故事叙述者和作为旁观者的同故事叙述者。同故事叙述未必都是不可靠叙述，谭君强就以川端康成的《伊豆的歌女》为例，表明同故事叙述者"我"的叙述"令人感觉真实可信"。[3] 然而，恰如里蒙—凯南所言，不可靠叙述的主要根源之一就在于叙述者"亲身卷入了事件"。里蒙—凯南接着以《押沙龙，押沙龙！》中罗莎叙述的不可靠性作为例证，她认为，罗莎叙述的可疑就在于"她个人卷入了事件，即她对塞得潘怀有怨恨，……她把他描写成一个恶魔，这样的人物刻画很明显是受她主观的（即使是有正当理由的）义愤歪曲的"[4]。因而，同故事叙述往往成为形成不可靠叙述的一种重要的文

---

[1] ［法］热拉尔·热奈特：《叙事话语　新叙事话语》，王文融译，中国社会科学出版社1990年版，第172页。

[2] ［美］詹姆斯·费伦：《作为修辞的叙事》，陈永国译，北京大学出版社2002年版，第171页。

[3] 谭君强：《叙事理论与审美文化》，中国社会科学出版社2002年版，第61页。

[4] Rimmon-Kenan, Shlomith. *Narrative Fiction: Contemporary Poetics*. Florence, KY, USA: Routledge, 1983, pp. 100–101.

本机制。我们分别选取美国作家菲茨杰拉德的《了不起的盖茨比》[1]和英国作家福特·麦多克斯·福特的《好兵》[2]这两个文本，看看作为旁观者和作为主人公的同故事叙述者叙述的不可靠性。

  《了不起的盖茨比》是由尼克作为"见证人"讲述盖茨比的故事。关于尼克叙述可靠性的争论一直是批评家们颇为关注的问题。布斯在《小说修辞学》中将尼克比作"完全可靠的"叙述者，而此后，尼克叙述的可靠性越来越受到怀疑，唐纳森、卡特赖特、洛克里奇都认为尼克是不可靠的叙述者。[3]尽管只是作为"见证人"讲述他人的故事，然而，尼克事实上已经卷入了整个事件。这不仅因为他参与了盖茨比的某些生活片段，更主要的原因在于，尼克是在通过盖茨比的悲剧反思自己的生活。尽管尼克始终迷惑性地把自己装扮成一个"冷静、客观"的叙述者，然而，我们还是能从种种文本迹象判断出其叙述的不可靠性。

  文本一开始，尼克就不断强调他的持重和谨慎："我就惯于对所有的人都保留判断"，"去年秋天我从东部回来的时候，我觉得我希望全世界的人都穿上军装，并且永远在道德上保持一种立正姿势"。这类叙述暗示了他对于文本的控制和把握能力，并试图确立他对于整个故事叙述的客观性。然而，这种"强调"本身就很值得怀疑，读者不禁要问，尼克对于自身"客观""冷静"的强调有何目的？他是否真如自己所说，对所讲述的故事采取中立态度？尼克一直在竭力树立自己叙述的权威，比如，批评他人看问题的片面"从一个窗口看生活终究更容易心想事成"，言下之意，他看待事情客观而全面。然而，尼克的叙述并非如他所标示的那么客观。他声称"惯于对所有的人都保留判断"，却明确地从传统道德观念出发，批判盖茨比、汤姆等人纸醉金迷的生活。当然，尼克叙述的不可靠性主要还是来自于对于盖茨

---

[1] [美] 弗·司各特·菲茨杰拉德：《了不起的盖茨比》，巫宁坤、唐建清译，译林出版社1999年版。

[2] [英] 福特·麦多克斯·福特：《好兵》，张蓉燕译，春风文艺出版社1999年版。

[3] [美] 詹姆斯·费伦：《作为修辞的叙事》，陈永国译，北京大学出版社2002年版，第89页。

比的矛盾态度。一方面，他拒斥盖茨比所代表的生活，"我不再要参与放浪形骸的游乐，也不再要偶尔窥见人内心深处的荣幸了"。"盖茨比，他代表我所真心鄙夷的一切。"另一方面，他又受到盖茨比所代表的价值观念的强烈吸引，"我打算在温柔的暮色里往东走到公园那边去，但是每一次我想走时，总会有一场激烈的、难分难解的争论将我卷进去，像绳子一样把我拉回到椅子上……我现在既身在其中又身在其外，对生活的变幻无穷和多姿多彩，既感到陶醉又感到厌恶"。"陶醉"二字可以见出盖茨比所表演的美国梦对于尼克强大的吸引力。这种复杂心态，导致了尼克在事件报道、感知和评价等各条轴线上的不可靠性，比如：尼克在涉及盖茨比的犯罪活动时，他更倾向于回避对盖茨比的道德评价，"'他是个贩卖私酒的'，年轻的女宾们在花园里来回走动，随兴闲聊，边喝着鸡尾酒，边观赏着奇花异草"。这是典型的尼克式的为盖茨比辩护的方式。他总是避开关于盖茨比的不利言论（事实上这一传言在后面得到了确证），而将重点放在盖茨比对宾客们表现出的殷勤慷慨上面，这可以见出尼克报道的不充分。其实，顾左右而言他的尼克却故意回避了一个重要的事实：盖茨比用来采买鸡尾酒和他的奇花异草的钱都是从黑社会不法活动中榨取的。尽管尼克清楚地知道盖茨比财富的非法来源，尽管在小说开始尼克就称盖茨比代表了他所鄙视的一切，尼克还是对盖茨比做出了积极却并不可靠的评价："不，盖茨比最后的结局全然没错；是那个追杀围堵他的东西，是那些在他美梦之后扬起的肮脏尘埃……"

马克·肖勒认为福特的《好兵》是"小说家的小说"，这是就其写作技巧的讲究、精致和新颖。同故事的不可靠叙述者的运用就是福特非凡的叙事策略之一。叙述者约翰·道尔讲述了他与妻子弗洛伦斯、爱德华·阿什伯纳姆上尉和他的妻子利奥诺拉两对夫妻之间不寻常的关系。叙述者道尔身处故事的中心，作为人物的道尔的愚钝性格等因素使其难以成为可靠的叙述者，我们可以从以下几方面看。

第一，道尔仍时常固执地相信原来的表面现象，通过自己的回忆或印象预测可能已经发生的情况，报道可能的事实，而事实上，他的许多印象和判断都是错误的："我向你起誓，他们是一对模范夫妻。

尽管爱德华不露愚庸,他对妻子真是要多么忠诚有多么忠诚。他身材伟岸,天生一双诚实的蓝眼睛,透着一点傻气和些许热心肠!她身材高挑,骑在马上那样光彩照人,那样美!的确,利奥诺拉出奇美丽,是个真正的尤物,她似乎太完美以至难以让人信其为真。我的意思是,通常人们不能把所有最好的东西集中在一个人身上。"① 这段叙述显然是不可靠的。道尔对于人的判断总是来自表象。因为外表的行为举止和衣着,道尔想当然地认为爱德华和利奥诺拉是"好人"。正如他经常告诉我们的那样,阿什伯纳姆夫妇是一种特别的体面人,弗洛伦斯可怜兮兮,因为她有心脏病,不能经受任何的惊吓和压力。具有讽刺意义的是,自称患有心脏病的弗洛伦斯时常背叛道尔;能干的利奥诺拉冷酷而自私;"好兵"阿什伯纳姆上尉原来也不过是个自作多情的浪荡子。事实上,道尔已从利奥诺拉那里获知弗洛伦斯和爱德华·阿什伯纳姆上尉通奸之事,而且弗洛伦斯也已经因为爱德华移情别恋于南希而自杀。然而,道尔依然认定阿什伯纳姆夫妇是"一对模范夫妻",这显然是一种不可靠判断。他仅从外表做出的对于爱德华和利奥诺拉的感知和评价,更是让人难以置信地不可靠。

第二,毫不怀疑的表面现象和残酷的现实之间的强烈对比,让道尔无法确定自己的印象和判断,叙述声音的犹疑部分消解了其叙述的可靠性。道尔的叙述声音中充满着犹疑和不确定,比如,"我不知道怎样很好地把这件事情写出来——究竟是把它像个故事一般从头娓娓道来更好,还是像利奥诺拉告诉我的或爱德华本人告诉我的那样回忆此事更好,仍旧使我举棋不定"。而叙述中,更是充满了"也许","可能","我想"以及"因此我推断出",可见,道尔的这种叙述充满了想象和虚构。此外,叙述者对于事件的思考也有着很强的犹疑色彩,叙述常常以"我不知道","我说不清楚","天知道"等开头,例如"我说不清。也没有什么东西可以指导我的思想。如果对有关诸如性道德这类基本问题的一切都如此模糊不清。那么在所有个人接

---

① [英]福特·麦克多斯·福特:《好兵》,张蓉燕译,春风文艺出版社1999年版,第8—9页。

触、个人联系、个人活动中更为微妙的道德方面，什么又能指导我们呢？或者，我们被造就成只靠本能冲动行事？这一切都是漆黑一团"。当叙述者都无法信赖于自己的印象时，读者还能相信他的叙述是可靠的吗？

第三，道尔的叙述目的，以及叙述中经常出现的自相矛盾也凸显出其叙述的不可靠。道尔想象着一个充满同情心的"你"默默地听着他的故事。道尔不断对他那沉默而充满同情心的听众说道："不管怎么说，我是在设法让你看到我过着怎样的一种生活，以及弗洛伦斯是个什么样的人。"可见，道尔的叙述是为了博得他人的同情，在这种前提下，叙述的可靠性自然会大受影响。

> 我的故事到此该结束了，我从头至尾看了一遍，结尾是令人高兴的结婚钟声之类的东西。爱德华和南希显然是恶人，他们二人皆受到了惩罚，一个自杀了，另一个疯了。……利奥诺拉不久会成为母亲，她未来的儿子或女儿也将是绝对正常、有美德和不太老实的人。这真是一个令人愉快的结局，事情的发展总是如此。
>
> 我现在不能掩盖一个事实，那就是我不喜欢利奥诺拉。无疑我嫉妒罗德尼·贝海姆，我不知道这种嫉妒是出于我想要占有利奥诺拉的愿望还是出于我真正爱的两个人为利奥诺拉而被毁掉，他们是爱德华·阿什伯纳姆和南希·拉福特。为了让她住在现代住宅里，拥有一切便利的条件，成为经济上节俭又令人尊敬的主人的主妇，爱德华和南希·拉福持就必须成为悲剧的阴影，至少我是这么看的。[①]

短短两三百字，道尔对于利奥诺拉、爱德华和南希的评价如此自相矛盾，这种情况在其叙述中经常出现，他对于事件的评价显然无法

[①] [英] 福特·麦克多斯·福特：《好兵》，张蓉燕译，春风文艺出版社1999年版，第238页。

获得读者的认同。道尔的叙述以"这是我听到的最悲惨的故事"开始,最后却说"结尾是令人高兴的结婚钟声之类的东西","这真是一个令人愉快的结局"。不仅利奥诺拉嫁给了罗德尼·贝海姆,道尔也最终和南希结为夫妻,后一种说法似乎更符合道尔叙述的基调。再对照前面道尔博取同情的一番话,我们完全有理由质疑道尔的叙述目的,怀疑其叙述的可靠性。

第三节 异常的叙述声音

"声音是经常使用却极少得到准确定义的诸多批评术语之一。"① 然而,多数学者对于叙述声音却有着基本一致的看法。申丹明确提出,"'叙述声音'即叙述者的声音"。② 胡亚敏在区分叙述视角与叙述声音时,指出"声音研究谁说的问题,指叙述者传达给读者的语言"。③ 罗钢也认为,"叙述者显示自己存在的方式就是叙述声音"。④ 叙述声音制约着叙述过程与所叙述的事件、场景、人物等,因而,正是叙述者的身份,及其在叙述文本中所表达的方式与参与程度,决定了叙述者发出的叙述声音,也决定了叙述文本的基本特征。异常的叙述声音是形成不可靠叙述常见的文本机制,我们大体可以区分出两类异常的叙述声音:稚气型和偏执型。

稚气型叙述声音多见于以儿童、少年为叙述者的"天真叙述"文本。叙述声音往往能反映出儿童、少年在心智上的不成熟,从而呈现出对于自己及周围事件感知和判断上的不可靠性,比如塞林格的《麦田里的守望者》。

---

① [美]詹姆斯·费伦:《作为修辞的叙事》,陈永国译,北京大学出版社2002年版,第19页。
② 申丹:《叙述学与小说文体学研究》,北京大学出版社2005年版,第201页。
③ 胡亚敏:《叙事学》,华中师范大学出版社2004年版,第20页。
④ 罗钢:《叙事学导论》,云南人民出版社1994年版,第216页。

> 我那时十六岁,现在十七岁,可有时候我的行为举止却像十三岁。说来确实很可笑,因为我身高六英尺二英寸半,头上还有白头发。我真有白头发。在头上的一边——右边,有千百万根白头发,从小就有。可我有时候一举一动,却像还只有十二岁。谁都这样说,尤其是我父亲。这么说有点儿不对,可并不完全对。我压根儿就不理这个碴儿,除非有时候人们说我,要我老成些,我才冒火来。有时候我的一举一动要比我的年龄老得多——确是这样——可人们却视而不见。他们是什么也看不见的。①

叙述者少年霍尔顿的叙述声音带着明显的孩子气,鲜明呈现出青春期少年成熟与幼稚混杂的心理特征。这段不可靠叙述突出地表现为他对自己成长的矛盾看法:他一会儿觉得自己的行为举止还像十二三岁,对于别人让他老成些的说法颇为恼火;一会儿,他又认为自己的举动显得成熟得多,进而埋怨人们对此视而不见。在小说的其他段落,当别人认为他的年龄小时,他居然一次一次扒拉出自己的白头发以证明自己的成熟,而此时却又说白头发从小就有,言下之意,白发与年龄的成长毫无关系。叙述的不可靠性就在少年霍尔顿颇显幼稚的叙述声音中清晰地呈现出来。整个文本充满着这种青春期少年所特有的叙述声音,真实地展现了处于人生转折点的少年成长的迷茫和彷徨。

某些白痴、傻子叙述者的叙述声音也会呈现出幼稚的特点。《喧哗与骚动》中白痴班吉已经三十三岁,却只有三岁孩童的智力,因而其叙述声音是典型的稚气型:

> 透过栅栏,穿过攀绕的花枝的空档,我看见他们在打球。他们朝插着小旗的地方走过来,我顺着栅栏朝前走。勒斯特在那棵开花的树旁草地里找东西。他们把小旗拔出来,打球了。接着他

---

① [美] 塞林格:《世界畅销小说金榜·麦田里的守望者》,施咸荣译,上海译林出版社 2003 年版,第 99 页。

们又把小旗插回去，来到高地上，这人打了一下，另外那人也打了一下。他们接着朝前走，我也顺着栅栏朝前走。勒斯特离开了那棵开花的树，我们沿着栅栏一起走，这时候他们站住了，我们也站住了。我透过栅栏张望，勒斯特在草丛里找东西。

"球在这儿，开弟。"那人打了一下。他们穿过草地往远处走去。我贴紧栅栏，瞧着他们走开。

"听听，你哼哼得多难听。"勒斯特说。[1]

班吉的叙述声音只是堆积着一些印象、嗅觉，呈现的是一些只知其然不知其所以然的画面。读者可以读出，此段中那些人是在打高尔夫球。班吉的智力缺陷使其无法准确采用"打高尔夫球"这类专有词汇，而只能以简单的语句，大致拼凑出当时的场景。"开弟"原文为caddie，是"球童"之意。班吉的叙述声音表明，他并不知道该词的内涵，姐姐的名字 Caddy 与 caddie 同音，由此想起关心他的姐姐而高兴地哼起来。幼稚的叙述声音透露出对常识的缺乏了解，从而在叙述中形成感知和判断的不可靠性。

偏执型叙述声音常常由那些具有非常态性人格的叙述者发出。从叙述声音中可以见出其强烈的情绪波动和执拗的行为方式。当叙述者声音带有强烈的主观色彩时，其叙述容易产生不可靠性，比如纳博科夫《洛丽塔》中亨伯特的叙述，正文从开篇（"洛丽塔，我生命之光，我欲念之火。我的罪恶，我的灵魂。"）到结束（"这便是你与我能共享的唯一的永恒，我的洛丽塔。"），整个叙事过程中亨伯特激情澎湃，充满浓烈的抒情基调。这样的叙述者不可能有冷静的观察、客观的叙述和公正的记录，因而也不可能成为可靠的叙述者。列夫·托尔斯泰《克莱采奏鸣曲》中波兹金谢夫对于杀妻的叙述与此也颇为相似。当叙述者以极度激动，甚至近乎歇斯底里的声音进行叙述，读者可以更为容易判断出其叙述的不可靠性。以下两段分别是爱伦·坡《泄密的心》的开头和结尾：

---

[1] ［美］福克纳：《喧哗与骚动》，李文俊译，上海译文出版社 2004 年版，第 3 页。

没错！——神经过敏——从以前到现在，我就非常、非常可怕地神经过敏！但是你为什么"一定"要说我疯了呢？这种毛病使我的感官变得更为敏锐尤其是听力更显得敏锐。天上人间所有的声音，我通通都听得见。我也听到了许多地狱里的事情。这么说来，我怎么会是疯了呢？听着！让我把这整个故事告诉你，你再看看我是如何的正常而又冷静。

你们不要再装了！我承认是我干了这件事——把木板掀开来！——就是这里，这里！那就是他恐怖的心跳声！①

叙述者讲述自己因为恐惧老头的眼睛而将其杀害，最终又被迫承认罪行的故事。在开始叙述时，急于自我辩解的激烈语调已经在某种程度上削弱了其叙述的可靠性。那么，此后的叙述是否如他所说是"正常而又冷静"的呢？并非如此。无论是在谋杀老头过程中对于自己虚伪、精明的自我欣赏，如谋杀时的"深谋远虑"，甚至藏尸灭迹也"伪装得多么巧妙"，还是最后以为警察也听到了老头心脏的跳动却故意不吭声以折磨他，自己最终忍受不了自己臆想的警察的"虚伪"而自我暴露，这种急促而激动的声音一直存在于文本叙述当中。这种浸透了错误道德观念的偏执的叙述声音，凸显了叙述的不可靠性。

此外，诚如费伦所说，"声音是文体、语气和价值观的融合"②。叙述者可以通过自己的声音表明自己的立场、价值观、世界观等。可见，叙述声音往往随说话者语气的变化而变化，或随所表达的价值观的不同而不同。即便叙述声音显得颇为冷静、客观，然而由于价值观的不同，我们仍然可以从叙述声音中辨识其叙述的不可靠性，比如鲁迅的《祝福》，叙述声音所透出的叙述不可靠在文中时有表露。当祥林嫂虔诚地问"我"人死后有无灵魂时，"我"却支支吾吾，"我"

---

① [美] 爱伦·坡：《爱伦坡的诡异王国·泄密的心脏》，朱璞煊译，中国对外翻译出版公司1999年版，第246—255页。

② [美] 詹姆斯·费伦：《作为修辞的叙事》，陈永国译，北京大学出版社2002年版，第22页。

没有想到,像祥林嫂这样一无所有的劳动妇女,竟会思考本该由"我"这样的知识分子来思考,而事实上"我"却没有思考的人生根本问题,于是"我"只好以一句"说不清"落荒而逃,并且还自我开解:"况明明说过'说不清',已经推翻了答话的全局,即使发生什么事,于我也毫无关系了"。"'说不清'是一句极有用的话,不更事的勇敢的少年,往往敢于给人解决疑问,选定医生,万一结果不佳,大抵反成了怨府,然而一用这说不清作结束,便事事逍遥自在了。我在这时,更感到这一句话的必要……"及至得知祥林嫂在祝福之夜死去,叙述者感慨道:"魂灵的有无,我不知道;然而在现世,则无聊生者不生,即使厌见者不见,为人为己,也还都不错。我静听着窗外似乎瑟瑟作响的雪花声,一面想,心里反而渐渐地舒畅起来。"当祝福的爆竹声响起时,叙述者竟感到"懒散而且舒适"了。读者不难听出叙述声音的退却、含糊,甚至玩世不恭的态度。由这样的叙述者讲述那样一个悲惨的故事,其可靠性自然要大打折扣。

第四节 省叙和赘叙

省叙(paralipsis)/赘叙(paralepsis),又称少叙法/多叙法,是叙述作品中两种常见的偏离常规的叙述方法,也是形成不可靠叙述的常见的文本机制。省叙和赘叙由法国著名叙事学家热拉尔·热奈特提出,他将二者统称为变音,"正如在古典音乐中,调性的暂时变化,甚至不谐和音程的复现,均被视为转调或变音,而总的调性并不受影响。我利用 mode 一词在语法和音乐上的双重含义,把总体和谐一致、主导语式(调式)的概念依然成立时的那些孤立的违规现象统称为变音。有两种可以设想的变音类型,一是提供的信息量比原则上需要的要少,一是提供的信息量比支配总体的聚焦规范原则上许可的要多"。他把前者取名为"省叙",后者称为"赘叙",同时指出:"传统的省叙是在内聚焦规范内省略焦点主人公的某个重要行动或思想,无论是主人公还是叙述者都不可能不知道这一行动或思想,但叙述者决意要对读者隐瞒。……相反的变异,即过多的信息或赘叙,可以表现为在一般以外聚焦处理的叙述过程中闯入人物的意识。"① 也就是说,省叙指叙述者故意对读者隐瞒一些必要的信息,而赘叙指提供的信息量比所采用的视角模式原则上许可得要多。它既可表现为外视角模式中透视某个人物的内心想法,也可表现为在内视角模式中,由聚焦人物透视其他人物的内心活动或者观察自己不在场的某个场景。② 无论"省叙"还是"赘叙",二者都形成了文本中偏离常规的突出现象,容易引发不可靠叙述。

"赘叙"表现为叙述者对于事件的讲述超出了自己叙述视角所及的范围。由于赘叙一般"非法"超出了所采用的视角模式的范畴,因而叙述者的叙述往往是不可靠的。具体而言,尽管叙述者可以通过假设、推理、组织和艺术加工将某些有可能发生而又未必发生过的事件讲得栩栩如生,然而,既然叙述者讲述的是自己不可能知道的事情,叙述肯定会带上强烈的主观想象色彩,其叙述的不可靠性也就可想而知了。《尘埃落定》运用第一人称视角,从土司家的二少爷"我"的角度讲述故事,其总体的叙事框架似乎是个人化的,主要以"我"的眼光观察世界,透视生活,感知生活,描绘生活。但作品在具体的叙述过程中,却并未完全受第一人称叙述的限知视角的限制,作品经常叙述"自己不在场的情景",这种"不在场"或者是"我"的眼光范围以外的情景,或者是"我"的感知水平范围以外的情景,从而形成赘叙,颠覆了叙述者的可靠性。譬如:"我穿着紫衣,坐在自己屋子里,望着地毯上一朵金色花朵的中心,突然从中看到,塔娜穿过寂静无人的回廊,走进大少爷的房子。大少爷正像我一样盘腿坐在地毯上,这时,他弟弟美艳的妻子摇摇晃晃到了他面前,一头扎进他怀里。"③ 这并不是叙述者凝视时产生的幻觉,此后的叙述进一步确认了叙述者确实"看到了"妻子塔娜的不忠实。而事实上,叙述者是不可

---

① [法]热拉尔·热奈特:《叙事话语 新叙事话语》,王文融译,中国社会科学出版社 1990 年版,第 134 页。
② 申丹:《叙述学与小说文体学研究》,北京大学出版社 2005 年版,第 283—284 页。
③ 阿来:《尘埃落定》,人民文学出版社 1998 年版,第 299 页。

能在自己房间里看到发生在兄长房间里的事情。类似这样叙述者将根本不可能亲历的场景叙述得分毫毕现,在这部小说中随处可见。可见,叙述者已经突破了第一人称叙述的最大权限,从全知的角度进行叙述。"当读者发现这个声称不知情的'我'实际上是全知叙述者时,有可能会对他的可靠性产生怀疑"①,当发现这个自称"傻子"的叙述者不仅具有超强的预见能力,而且可以对任何"不在场"事情都了如指掌,读者显然无法相信其叙述的可靠性。

"省叙"表现为叙述者对必要信息的故意隐瞒。如果"省叙"仅仅表现为信息的延宕,也就是说,叙述者只是故意设置悬念,最终会对被隐瞒的信息进行交代,那么,叙述者基本还是可靠的,比如狄更斯《远大前程》中皮普的叙述。然而,当叙述者由始至终都试图隐瞒某些关键情节,就会形成叙述的不可靠性。这种报道的不充分会引发叙述者对于整个事件感知和评价的不可靠性。省叙多见于第一人称回顾性叙述。由于站在事件结束之后的时间点进行叙述,叙述者实际上已经获得了对事情的整体了解,并能作出较为客观的评价。尽管叙述者可以在讲述中以经验主体的眼光呈现出当时认识的不足,比如信息了解的不足或理解、判断上的不足,然而,从逻辑上讲,叙述者对事件的全新认识应该渗透到叙述当中,否则就很容易造成叙述的不可靠性。费伦就曾以海明威的《我的老爸》为例,分析少叙法的运用,带来对于叙述者少年乔·巴特勒叙述可靠性的否定。② 加拿大女作家玛格丽特·阿特伍德的《盲刺客》中艾丽丝叙述的不可靠性也来自省叙。

《盲刺客》③ 由女主人公艾丽丝以第一人称对家史的回忆构成。艾丽丝向读者讲述自己的生活遭遇,特别是妹妹劳拉的人生悲剧。作为历经人生风风雨雨的80多岁的老人,一位写过小说的作家,艾丽丝本应该属于"可靠叙述者"之列。然而,由于故意隐瞒一些必要信

---

① 申丹:《叙述学与小说文体学研究》,北京大学出版社2005年版,第282页。
② [美]詹姆斯·费伦:《作为修辞的叙事》,陈永国译,北京大学出版社2002年版,第61—76页。
③ [加]玛格丽特·阿特伍德:《盲刺客》,韩忠华译,上海译文出版社2003年版。

息，艾丽丝所表现出的不应有的"盲视"，使其叙述的可靠性大打折扣。

艾丽丝是在妹妹劳拉死后50年开始讲述的，这也就意味着艾丽丝应该很清楚劳拉人生悲剧的原因所在。她开篇也确认了这一点："大战结束后的第十天，我妹妹劳拉开车坠下了桥。……我认为，并不是刹车出了毛病。她有她自己的原因。她的原因同别人的不一样。她在这件事上完全是义无反顾。"然而，在很大程度上，正是丈夫理查德造成了劳拉的悲剧。据艾丽丝叙述，父母相继去世后，15岁的劳拉被迫与刚刚出嫁的姐姐艾丽丝和姐夫理查德生活在一起，丈夫理查德多次强奸劳拉，成天生活在一起的姐姐艾丽丝对此竟"一无所知"。此后，理查德将劳拉送进一家私人诊所强行堕胎，劳拉因怀孕而精神错乱，离家出走达八年之久。根据艾丽丝的叙述，一贯热衷打探社会名流私人生活的新闻界曾对理查德这个经济大亨和政治明星的个人生活做过很多报道。1935年8月劳拉离家出走仅一个星期就惹得满城风雨，媒体对劳拉的失踪事件进行了大量的报道。然而媒体对劳拉精神错乱、被送进私人诊所堕胎以及随后长达八年的失踪却保持沉默。八年后劳拉开车坠桥身亡，媒体对此做了报道，但是完全没有提到劳拉此前曾经失踪八年的事实，更无人过问劳拉失踪八年的原因。作为姐姐，艾丽丝明显缺乏对劳拉的关心，她对于劳拉的悲剧也负有不可推卸的责任。80多岁的艾丽丝这样问自己："我本该读懂劳拉的心思吗？我本该知道所发生的事吗？我本该预见到以后发生的事吗？我是我妹妹的监护人吗？"其中："我是我妹妹的监护人吗？"一句出自《圣经》中该隐杀弟的故事。亚当和夏娃的大儿子该隐因强烈的嫉妒杀死弟弟亚伯，并反诘上帝："我是我弟弟的监护人吗？"这足以见出艾丽丝已经意识到劳拉的悲剧与自己有关，只不过，她套用该隐的话，既否定了传统伦理也否认自己对劳拉负有责任，显得颇为冷酷。虽然我们无法获得真相，但足以认定艾丽丝有意隐瞒了一些关键的情节，并导致对劳拉及整个事件评价的不可靠。正如肖瓦尔特所说：

"这个女性叙述者痴迷于记忆和真相,但是却极其不可靠,支吾搪塞。"①

当然,即便叙述者有时能作出客观评价,但由于刻意隐瞒某些事实,实际上已经暗中虚化了评价的客观性,其叙述的可靠性也很值得怀疑。

> 子君的功业,仿佛就完全建立在这吃饭中。吃了筹钱,筹来吃饭,还要喂阿随,饲油鸡;她似乎将先前所知道的全都忘掉了,也不想到我的构思就常常为了这催促吃饭而打断。即使在坐中给看一点怒色,她总是不改变,仍然毫无感触似地大嚼起来。
>
> 后来,经多次的抗争和催逼,油鸡们也逐渐成了肴馔,我们和阿随都享用了十多日的肥鲜……只有子君很颓唐,似乎常觉得凄苦和无聊,至于不大愿意开口。我想,人是多么容易改变呵!②

这两段出自鲁迅的《伤逝》。涓生以"抗争"和"催逼"两词,将与子君关于油鸡的存留问题的争执简单一笔带过。子君"认识鸡的相貌",即便是自己都吃不饱,也要"先去喂了阿随,有时还并那近来连自己也轻易不吃的羊肉"。子君精心饲养小动物不仅仅由于她心地善良,更重要的是,涓生的冷淡,甚至怒眼相向,让她感到情感压抑,只能以与小动物相伴作为一点可怜的精神慰藉。如果说作为经验主体的涓生因为生活困顿所带来的精神压力,忽视了油鸡和小狗阿随对于子君的意义,叙述者涓生无疑清楚知道这一点。从"抗争"和"催逼",读者可以见出当时的争执是非常激烈的,可以想见,子君的"很颓唐,似乎常觉得凄苦和无聊"不仅仅是因为失去了油鸡作伴,更重要的是争执中涓生令她寒心的言行。叙述者涓生故意略去了这一场景,然而,从"催逼"一词可以见出,叙述者涓生已经意识到了自己行为的不当。他诚然是在忏悔,然而忏悔的目的最终指向"我要向

---

① Showalter, Elaine. *Virgin Suicide*, New Statesman, 2000 (10).
② 《鲁迅小说全集》,河南人民出版社1994年版,第230—231页。

着新的生路跨进第一步去",因而,他的叙述故意略去了那些可以见出其冷酷无情的场景,而只是以"催逼"等词就自己的不当行为稍稍表示悔恨之意。整体看来,涓生一直在做不充分报道,建立在这种选择性叙述上所作出的评价的不可靠性也就可想而知了。"我想,人是多么容易改变呵!"实际上,容易改变的并不是子君,而是涓生自己!

第五节 二度叙事

"二度叙事是一种上溯到史诗叙述发端的形式"①,在欧洲文学史上,二度叙事可谓源远流长。荷马之后,但丁在《神曲》、维吉尔在《埃涅阿斯纪》中也采用了这种手法。然而,"二度叙事"(Récit au second degrès)这一概念却源自法国叙事学家热拉尔·热奈特,它是指有别于叙述者叙述的故事内人物叙述者的叙述。"从定义上来讲,第一叙事的叙述主体是故事外主体,而第二叙事(元故事)则为故事主体。"② 从热奈特的表述中,可见第一层叙述者的叙述产生第二层叙述者叙述的故事,依此类推。米兰·昆德拉(Milan Kundera)认为,"被发现的手稿"是作家借以确定小说真实性的技巧之一。不少文本往往是通过第一层叙述者以各种方式表明第二层叙述者的可靠性,进而确立自己叙述的权威性。事实上,这二者是无法等同的。且不论第二层叙述者的可靠与否,第一层叙述者的讲述必然寄寓着某种意图,而这种意图往往并不如第一层叙述者所表现的那样,仅仅是为了讲一个故事或者为了达到某种目的。貌似客观而可靠的第一层叙述者往往是不可靠叙述者。而当第二层叙述者的可靠性也受到质疑时,情况就更为复杂。康拉德的《黑暗的心》、亨利·詹姆斯的《螺丝在拧紧》、鲁迅的《狂人日记》等,都是由二度叙事引发复杂的叙述不可靠性的具有代表性的文本。下面以《狂人日记》为例加以具体分析。

---

① [法] 热拉尔·热奈特:《叙事话语 新叙事话语》,王文融译,中国社会科学出版社1990年版,第161页。

② 同上书,第159页。

第五章　不可靠叙述的形成机制

《狂人日记》出现了两个"叙述者"：位于"常人世界"的"余"与处于"狂人状态"的"我"。乍一看，叙述层次由"余"通过序文引出"狂人日记"这两个层次构成。"余"以狂人兄弟的好友身份，公布日记，兼及狂人的发病和病愈候补的结局，从而不断营造真实的叙述氛围。无论从智力还是其他方面，"余"的叙述都应该是比较可靠的，然而，问题恰恰出在这里。其实，"余"的叙述极为不可靠，这种不可靠只有将序言中作为显在叙述者的"余"和日记中作为隐在叙述者的"余"联系起来才能看出来。让我们先看看序言中的这段：

> 持归阅一过，知所患盖"迫害狂"之类。语颇错杂无伦次，又多荒唐之言；亦不著月日，惟墨色字体不一，知非一时所书。间亦有略具联络者，今撮录一篇，以供医家研究。记中语误，一字不易；惟人名虽皆村人，不为世间所知，无关大体，然亦悉易去。至于书名，则本人愈后所题，不复改也。七年四月二日识。①

这是一段典型的不可靠叙述。"余"在其中闪烁其词，既想营造一种真实的叙述情境，又想透露自己对于日记的改动。但"余"并未过多地透露出自己的所思所感，因而，其不可靠性主要位于事实/事件轴，我们可以从"不充分报道"读解其叙述的不可靠性及其产生的叙述张力。"记中语误，一字不易；惟人名虽皆村人，不为世间所知，无关大体，然亦悉易去。"这段话看似强调某些细微的改动，无损于狂人日记的真实性，然而经过细细推敲，我们发现：一方面，"余"强调了日记的真实性；另一方面，"余"又在"易"与"不易"的分辨中强调了自己撮录的痕迹。这就使其话语相互矛盾。他提及人名易去的原因是"皆村人，不为世间所知，无关大体"，我们看一下狂人所涉及的人名：赵贵翁、古久先生、陈老五、何先生。既然人名"悉易去"，那么"古久先生"也该是"余"所易。日记显示出，狂人原发性妄想的逻辑起点是"我同赵贵翁有什么仇，同路上的人又有什么

---

① 鲁迅：《鲁迅小说全集》，河南人民出版社1994年版，第3页。

仇;只有廿年以前,把古久先生的陈年流水簿子踹了一脚,古久先生很不高兴。赵贵翁虽然不认识他,一定也听到风声,待抱不平;约定路上的人,同我作冤对"。"古久先生"与其"陈年流水簿子"的寓意许多论者都已进行过阐释,如果说大哥及其他人是常人世界中麻木的庸众,那么"古久先生"则是其精神象征,这种颇具意味的名字却是由"余"所易。通过对序言的细读,我们可以发现"余"是在做"误报",至少是"不充分报道"。

关于狂人身份的认定,大哥直斥其兄弟为疯子,而"余""知所患盖'迫害狂'"。在病理学上,狂人与疯子是两个具有很大差异的概念。狂人所罹患的"迫害狂",现代医学将其命名为"类偏执狂",在形形色色的精神病类型中,它是"最少变化而性质是最纯一的"。所谓"纯一"是指它的主导症状,也可以说是唯一的病状就是"原发性妄想和继发的妄想式的解释"①。然而,除此主导症状外,"迫害狂"患者几乎与正常人一般无二。"余"的认定暗含着对狂人兄长的否定,因为疯子属于"患严重精神病的人"②,这就隐含着"余"对于狂人满纸荒唐之言中某些合理成分的肯定。"余"提及"今撮录一篇,以供医家研究",既然是经过"撮录",那么"余"必然有其撮录标准,其标准何在?为了逃避这一问题,余指出"间亦有略具联络者",果如其言吗?这种联络显然不可能是狂人能够意识到的,而是"余"所读出来的联络,"余"的价值判断便暗含于其中。我们不妨设想,如果没有序言,我们能从正文中读出些什么?在不长的十三段日记正文中,仅"吃人"一语就反复出现了六十余次,我们且不论狂人的"迫害狂"使其产生的强烈的"原发性妄想",单单是"吃人"一词的高频率出现,读者就会自然而然地去探究其内在的深意,思考"吃人"所具有的象征意味。"一个'意象'可以被转换成一个隐喻一次,但如果它作为呈现与再现不断重复,那就变成了一个象征,甚

---

① [英] W. 梅佑·格罗斯、E. 斯莱脱、M. 路茨:《临床精神病学》,纪明、徐韬园、史鸿璋等译,上海科学技术出版社 1963 年版,第 259 页。

② 《现代汉语词典》,商务印书馆 2001 年版,第 380 页。

至是一个象征（或者神话）系统的一部分。"① 而这十三段恰恰是由"余"所撮录的，那么我们还能对这个隐含叙述者的动机视而不见吗？显然是不可能的。经过仔细分辨，我们可以发现，文本的主体部分"日记"其实是由双重叙述主体叙述的，从显在层面看，是狂人"我"在叙述，而从隐在层面看，是"余"叙述了狂人的叙述。可以说，余在此是在借"狂人"之口说话。不少论者指出"吃人"之语的象征意味，其实，这种意味的产生正是由叙述者"余"所暗中强化的。

如果说"余"的不可靠性主要表现为事实/事件轴上的"误报""不充分报道"，那么"狂人"的不可靠性则主要体现为知识/感知轴上的"误读""不充分读解"。作为"迫害狂"患者，狂人不会有意识隐匿自己的思想，而日记本身又是真实记录内心情感的载体，因而，狂人的所思所感是喷泻而出的。他对于事实/事件的报道是可靠的。"作为一个真实意义上的狂人，其行为与言语的精神分裂经得起医学上的检验。"② 人通常认为"狂人"所说的话都是不足为信的，比如他觉得月亮"我不见他，已是三十多年；今天见了，精神分外爽快"，虽然这种说法不合常情常理，这主要是从常人的眼光去观照狂人的视界。但是这也算是"迫害狂"患者的一种真实感受。其实，狂人对于世界的看法有其独有的逻辑，狂人对于自身感受的报道是可靠的。报道行为的可靠并非意味着报道内容的可靠，由于认识的偏执，狂人的感知经常是错位的，因而，狂人的不可靠叙述往往发生在知识/感知轴上，表现为"误读"和"不充分读解"。

然而，狂人在其不可靠读解基础上所作的判断却往往令人信服。为什么读者会将一位"迫害狂"的话当成真理来接受而忽略其迫害狂患者的身份呢？难道仅仅因为狂人反复强调的"吃人"本义与其象征义之间具有某种直接的联系吗？这种效果在很大程度上源于二度叙事所引发的不可靠叙述的叠加效应。尽管日记形式的使用增强了作品的

---

① ［美］韦勒克、沃伦：《文学理论》，刘象愚等译，生活·读书·新知三联书店1984年版，第204页。

② 薛毅、钱理群：《〈狂人日记〉细读》，《鲁迅研究月刊》1994年第11期。

真实性和可信度，然而，《狂人日记》所采用的叙事体态是叙事者"余"审视下的主人公"独白"的形式。换句话说，十三则日记根本不是一个纯粹狂人视点叙事的文本，"余"并没有从"狂人日记"中退场。序文中，"余"提到"记中语误，一字不易"，对于日记真实性强调的表层话语下可能暗含着这样一种判断：日记中狂人提及的某些事实确有其事，不过是语误而已。比如，狂人说"从易牙的儿子，一直吃到徐锡林；从徐锡林，又一直吃到狼子村捉住的人"。在这里，"徐锡林"显然是"徐锡麟"的误写，因而，"余"在此反而起着匡正狂人话语的作用，让我们将狂人关于"吃人"的呓语与现实中革命者被残杀的血淋淋的事实联系起来，其象征意味也就由此生发："吃人"由简单的食人上升到了消灭异己的层面，对于狂人的理解也由病理学上升到文化视野层面。显然，在一种宏阔的文化视野里，疯狂并不是一种纯粹的精神病学现象，它是一种异己感，但作为社会学现象，它却标示出两个价值世界尖锐对峙的矛盾结构。"余"通过序文有意识地对读者进行引导，以调动读者的阅读态度，并促使读者思考狂人独白的意义，其以不可靠叙述对于"狂人"话语的暗中匡正是我们接受其话语，进而从其癫狂性话语中析取理性的必要条件，而狂人的不可靠叙述则因其偏离了常人世界的习惯性思维，而不断逼近真理。这十三则日记所显示出的狂人的思维逻辑可以概括为：意识自己将被人吃——吃自己的还有自己的亲人——自己也曾经吃过人。狂人对于当时社会的认识则是越来越清醒，也越来越绝望，而绝望的最强音恰恰在清醒的极值处，"救救孩子……"的呐喊由此具有了振聋发聩的力量。双重叙述者的不可靠叙述的结合增强了文本的叙述张力，使文本具有了深厚的意蕴，从而产生了广阔的阐释空间。

  本章从有缺陷的人物充当叙述者、异常的叙述声音、同故事叙述、省叙和赘叙、二度叙事等方面，探讨不可靠叙述的形成机制。值得注意的是，这些文本表征并不都与不可靠叙述的实现形成一一对应的关系，采用有缺陷的叙述者、异常的叙述声音、赘叙，显然能让读者直接感受到叙述的不可靠性，然而，同故事叙述、省叙和二度叙事则不必然形成不可靠叙述。比如鲁迅的《一件小事》，尽管采用的是同故事叙述,然而其叙述却是可靠的。省叙也是如此,如果省叙只是叙述者设置悬念,最终将省略的叙述信息揭示出来,总体而言,其叙述还是可靠的,比如狄更斯的《远大前程》中皮普的叙述。但是,同故事叙述、省叙和二度叙事有着很大的生成不可靠叙述的运作空间,前面已经结合文本进行了阐发,在此不再赘述。需要注意的是,不可靠叙述的形成机制与不可靠叙述的判定之间仍然不同。历史文化语境的变化对于判断叙述可靠与否也有着极为密切的关系。鲁迅的《伤逝》《狂人日记》《孔乙己》、王鲁彦的《一个危险的人物》等文本在产生初期,并没有读者对叙述者的可靠性提出质疑,奥利弗·哥尔斯密的《威克菲尔德牧师传》、亨利·詹姆斯的《螺丝在拧紧》等文本在产生初期,都被人们视为可靠叙述文本,而现在,这些文本却普遍认为是不可靠叙述文本,原因何在?认知学派学者将这种变化归结为个体读者的阐释框架所致。尽管他们的看法不无道理,然而,他们忽视了一点,大多数读者,尤其是在同一历史文化语境中的读者,对于大多数文本的感受和理解的趋同性实际上要大于其差异性。这一点已经由布斯说得非常清楚:就多数故事的阅读而言,我们大多数人共享的经历比我们在公开的争论中所承认的要多。当我们谈及任何故事时——如《堂吉诃德》《卡斯特桥市长》《傲慢与偏见》《奥列佛·特威斯特》——我们必然触及许多共同经历的核心部分:"我们大家"(或者说我们大部分人)都会觉得桑丘·潘沙好笑,尽管我们对堂吉诃德的反应各自不同:我们都痛惜迈克尔·亨察得的悲惨命运,庆贺伊丽莎白和达西的婚姻,同情孤立无援的小男孩儿奥列佛。① 为什么读者对于可靠性与否判断的差异会呈现阶段性的一致?认知派学者无法回答。以泽维克为代表的历史文化意识派很好地解答了这一问题。泽维克认为,不可靠叙述不仅是一个文化决定现象,而且是一种历史决定现象。"如果不可靠叙述取决于读者的阐释策略和文化决定模式,诸如个性理论或者普遍可接受的价值规范,那么我们不可能排除对于

---

① W. C. Booth. *The Rhetoric of Fiction*, Chicago: University of Chicago Press, 1983, p.421.

置身于叙事文本阅读的文化语境的文本的不可靠性的分析。"① 这些文本从可靠叙述向不可靠叙述的转变,并不是在文本内部完成,而是因为不同历史文化语境下的读者分享不同的阐释框架,价值规范等方面的差异导致了人们以不同的方式归化文本,从而形成对于叙述可靠与否截然不同的判断。比如,鲁迅的《伤逝》,在文本产生的历史情境中,对于该文本的理解往往忽略了文本自身的艺术特质,而是专注于其中的社会内涵,涓生与子君往往同时作为封建礼教和封建势力的抗争者的悲剧形象被人们接受。评论者多是从当时的历史情境出发,指出"他们个人奋斗的悲剧,在一定意义上,也是当时历史条件下的产物。子君虽然有反抗封建压迫的愿望和勇气,斗争也很坚决。但她当时反抗封建压迫的思想武器,却是个性解放;她所追求的生活理想和奋斗目标都比较狭小,这本身就决定了子君的悲剧。涓生虽然对现实生活保持一定的清醒头脑,朦胧地意识到'世界上并非没有为了奋斗者而开的活路',表示要另外开辟'新的活路'。但他仍然没有跳出个人奋斗的小圈子,他的失败是必然的"②。而当去除当时那种特定历史语境中社会内涵的限定,直接审视涓生的叙述,我们发现其中存在的诸多不可靠迹象。时代的变迁影响着人们看待文学、读解文本的方式,也必然会产生对于叙述可靠性判断的差异。随着历史文化语境的变更,人们对于文本价值规范的判断也随之变化,对于叙述者所秉持的价值规范的判断也会发生相应的改变,从而形成对于叙述可靠与否认识的偏差,比如纳博科夫的《洛丽塔》和康拉德的《黑暗的心》。价值规范差异对于不可靠叙述的判断的影响非常复杂,非三言两语所能表达,正如乔纳森·卡勒所言:"在文学阐释中,起作用的期待心理甚至是由更为复杂的社会和文化经验的总和所决定的。"③ 此外,当

---

① Bruno Zerweck. Historicizing unreliable narration: unreliability and cultural discourse in narrative fiction, Style, spring, 2001.

② 四川大学中文系现代文学组选注:《鲁迅小说选》,四川人民出版社1979年版,第280页。

③ [美]乔纳森·卡勒:《结构主义诗学》,盛宁译,中国社会科学出版社1991年版,第231页。

读者接触了越来越多的不可靠叙述文本，意识到叙述者常常是不可靠的，他们面对下一个文本，甚至反观曾经认为是可靠叙述的文本时，常常会自觉对叙述者的可靠性保持警觉。这些因素都会影响人们对于叙述可靠与否的判断。然而，有一点是肯定的，最终形成对于不可靠叙述的判断，依然需要通过分析文本的叙述话语来获得。

第六章

不可靠叙述的美学效果

对于艺术效果的探讨，是文学研究中一个极为重要的问题。文本一旦被创造出来，其自身就蕴含着实现多种效果的内在机制。艺术效果就是这些多样化效果形态中非常重要的，也是最为切近文学本性的一种。作为20世纪一种特有的文学观念，不可靠叙述已经广泛渗透到整个文学活动当中。不独作家的创作观念、文本表征展示出不可靠叙述蔚为大观的局面，读者阅读也深受不可靠叙述观念的影响。人们之所以会对不可靠叙述产生浓厚的情趣，钟情于天真叙述、白痴叙述等不可靠叙述方式，很大一部分原因就在于不可靠叙述所引发的独特的艺术效果。因此，对于艺术效果的考察显然是不可靠叙述研究的题中应有之义。那么，与传统的可靠叙述相比，不可靠叙述有着何种独特的艺术效果？为何众多作家会乐此不疲地创造大量不可靠叙述文本？它能使读者产生何种独特的审美感受？……对于这一系列问题的思考将贯穿于本章。本章第一节梳理前人对于不可靠叙述的效果研究，尤其是对不可靠叙述的艺术效果的阐发；第二节集中探讨不可靠叙述中一种非常重要的艺术效果——反讽；第三节将细致考察另一种重要的艺术效果——含混。

第一节 不可靠叙述的效果研究

艺术的效果或效应，是实用批评最为关注的问题。在实用批评看来，作品的目的就在于对读者产生影响，无论这种影响是审美的、道德的、情感的还是认知的。实用批评倾向于以是否成功地达到上述目的来判断作品的价值。我们暂不评述其整体理论构架的得失，就其强调艺术作品及其所产生的影响和效果之间的血肉联系来看，无疑是正确的。自不可靠叙述进入人们的理论视野，对于其效果的探讨也便成为备受关注的一个研究领域。那么不可靠叙述会生成何种独特的效果？不可靠叙述研究者们从各自的理论视角探讨了这一问题。

作为"不可靠叙述"的提出者，布斯对其效果进行过较为充分的探讨。布斯主要从伦理效果和艺术效果两方面进行阐述。

作为不可靠叙述的命名者，布斯充分肯定了它在生发独特的艺术效果方面的出色表现，但不可靠叙述所可能带来的一系列道德问题，让布斯忧心忡忡。因而，对于不可靠叙述伦理效果的考察就成为布斯的一个重要的理论兴奋点。即便在对艺术效果的分析中，布斯也时常隐约提到不可靠叙述者可能对读者产生的伦理观念上的误导。在"非人格化叙述的道德与技巧"一章中，布斯干脆把全部的重心都转向他极为关注的道德问题。"非人格化叙述已经引发了许多道德困难，以至于我们无法将道德问题视为与技巧无关的东西而束之高阁"，原因在于，"内心观察甚至可以为最邪恶的人物赢得同情"[1]。而不可靠叙述恰是最能展现内心观察生动性的一种叙述方式，试想，当一位不可靠叙述者占据着话语权，不断向读者展示他内心世界的冲突、困惑时，读者如何能不受其影响？当这位不可靠叙述者又是一位懂得修辞艺术的自觉叙述者时，其感染力岂不更为强烈？布斯为了凸显"非人格化叙述"在制造道德困惑上的"危害"，有意选取了塞利纳的《长夜漫漫的路程》、罗伯—格里耶的《窥视者》、纳博科夫的《洛丽塔》等典型文本。这些文本的共同特征在于都采用了不可靠叙述，而且不可靠叙述者的修辞性叙述都足以混淆读者的道德观念。布斯还注意辨析了这些文本之间的区别，在他看来，《长夜漫漫的路程》代表这样一类文本：作者在文本中所贯注的中心意图本身在道德上就非常可

---

[1] W. C. Booth. *The Rhetoric of Fiction*, Chicago: University of Chicago Press, 1983, p. 378.

疑。《洛丽塔》则属于另一类型：不道德的叙述者强有力的花言巧语而导致作者的道德判断被误读。在伦理批评已淡出历史，审美批评备受推崇的大环境下，这番道德言说显得颇为另类，也遭到许多西方批评家的抨击。但是，这个问题的确很重要，不管我们是否承认，它始终存在。尽管我们不能要求文学为生活提供道德指引，然而，当某些作品确实以不可靠叙述等出色的技巧，挑战了社会的道德底线，甚至可能引发类似的道德实践行为，我们还能无视叙事的道德安全问题吗？对于伦理效果的考察将是第七章的重点，我们还是先看看布斯如何论述不可靠叙述的艺术效果吧！

对于艺术效果的探讨，布斯首先从不可靠叙述的交流形式入手，"利用此类叙述者能够加强或削弱多方面的独特效果，在这些效果后面，人们发现，每当读者通过叙述者设置的半透明的屏幕去推断作者的立场时，在某种程度上总会存在着三种常见的快感"[1]。这三种快感分别是：破译的快感，合作的快感，秘密交流、共谋与合作。表面上看，布斯是就读者的心理感知来看待不可靠叙述的效果，而且似乎读者在不可靠叙述的"破译"中与作者有着同等的权利。然而，当进入他的具体论述，笔者发现，布斯只是巧妙地从读者感知角度，揭示作者采用不可靠叙述这一叙事策略对读者所产生的修辞作用。也就是说，所谓"合作""交流""共谋"等带有平等对话色彩的语词，实质上都居于作者"独白"的控制下，是作者修辞的结果。这一方面体现出布斯在《小说修辞学》中一以贯之的"作者保护"立场，另一方面，也使论述最终进入对不可靠叙述艺术效果的阐发。布斯虽然并未明确提出不可靠叙述的艺术效果问题，但从他对不可靠叙述效果的分析中，我们可以归纳出：布斯主要论及了两种不可靠叙述的艺术效果——反讽与含混。

布斯从交流形式出发分析反讽效果。"反讽部分地总是一种既包容而又排斥的技巧，那些被包容在内的，又刚好具有理解反讽的必备

---

[1] W. C. Booth. *The Rhetoric of Fiction*, Chicago: University of Chicago Press, 1983, p. 301.

知识的人，只能从那些被排斥在外的人的感受中获得小部分的快感。在我们参与其中的反讽中，叙述者自己就是嘲讽的对象。作者与读者背着叙述者秘密地达成共谋，商定标准。正是根据这个标准，发现叙述者是有缺陷的。"① 也就是说，不可靠叙述者的缺陷使读者与作者在共享与叙述者相异的价值规范时，形成文本的反讽效果。在此，尽管布斯没有进一步阐发，但他还是意识到了不可靠叙述反讽效果的独特之处：叙述者已无力承担反讽效果的发出者的角色。叙述者的缺陷既可能是自身成为反讽指向的原因，也可能是读者借此读解出对其他人物或社会情境反讽意味的路径。在可靠叙述中，叙述者所处的优越位置使其只会以这样或那样的方式成为反讽的发出者，从来不会陷入如此尴尬的境地。布斯接着以《喧哗与骚动》中"杰生的叙述"为例，指出，"尽管根据小说中叙述的事件，我们理解杰生邪恶的道德世界的思路，在许多方面已经清晰，但实质上，它的形成还在于我们自己与作者之间达成的隐蔽而带有嘲讽性质的默契"。这种默契的形成并不需要作者任何直接介入性的提示、指引。不可靠叙述者富于幽默的，或不光彩的，或滑稽可笑的，或不正当的冲动等行为举止，将会使文本整体呈现作者寄寓其中的反讽意味。正是在这种秘密的交流中，读者与作者所共享的价值规范与叙述者所秉持的价值规范形成鲜明的对比，从而形成对于叙述者的反讽。相反，任何对于叙述者的评论将会大大降低文本的反讽意味。布斯也意识到，有缺陷的叙述者并非都是文本的反讽指向所在。布斯以《哈克贝利·费恩历险记》为样本，展示了不可靠叙述反讽效果的另一类型：通过有缺陷的叙述者的不可靠叙述，将讽刺的笔触伸向站在叙述者对立面的其他人物及相应的社会情境。对于"声称要自然而然地变邪恶"的叙述者哈克，作者"沉默地"表示着对他的美德的赞扬。哈克的不可靠叙述成为一面镜子，折射出其所处社会的罪恶，正是因为受了当时种族歧视思想的毒害，哈克才会把自己帮助黑奴吉姆的行为视为不可饶恕的罪过，文本

---

① W. C. Booth. *The Rhetoric of Fiction*, Chicago: University of Chicago Press, 1983, p. 300.

强烈的反讽意味由此生成。

不可靠叙述的含混效果是布斯用力最勤之处。原因在于，除了"作者保护"立场，道德立场是贯穿《小说修辞学》的另一主线。布斯主张从道德立场出发来选择修辞，不可靠叙述恰恰容易引发读者在理解和判断上的混乱和困惑，尽管布斯从审美的角度对不可靠叙述表示赞赏，然而却不由对其伦理效果表示忧虑。我们暂且回避布斯的伦理关怀，看看他是如何分析不可靠叙述所引发的含混效果。"如果一位作者想要获取读者的迷惑，那么，不可靠叙述将会有助于他。"[1] 这是布斯对不可靠叙述与含混效果之间关系的总体表述。当这个含混不清的观察者处于叙述者的位置时，就成为不可靠叙述者。布斯进一步指出，不可靠叙述者总是蓄意混淆读者对于基本真实的认识，为此，布斯列举出不可靠叙述引发的两种主要含混形式：蓄意混淆艺术与真实的关系，蓄意混淆道德与精神的问题。在第一种含混中，"许多现代派作品都用同样含混而不可靠的叙述，意在攻击传统关于真实的观念，而倾向于小说中的世界提供更高的真实"[2]。布斯接着以詹姆斯·布兰奇·卡贝尔的《玩笑的妙处》、乌纳穆诺的《雾》、普鲁斯特的《追忆逝水年华》为例，进行了精彩而深刻的论述。对于第二种含混，布斯分别通过对阿尔贝·加缪的《堕落》《局外人》中克莱芒斯和莫尔索这两位不可靠叙述者的分析，向我们展示不可靠叙述所能引发的读者的困惑不解能够达到何种程度。尽管这两部作品都涉及作者所忧虑的道德问题，然而，布斯的审美感觉此刻还是有效地控制了道德感的过度介入，"允许作者就克莱芒斯的审判不断地发表议论，尽管有助于证实自由承担责任的重要性，但同时也削弱了读者所能感受到的克莱芒斯的困惑"[3]。布斯在此含蓄地肯定了克莱芒斯含混的不可靠叙述所具有的美学意义。

不可靠叙述在文本中的具体运用颇为复杂，不可靠叙述者的形象

---

[1] W. C. Booth. *The Rhetoric of Fiction*, Chicago: University of Chicago Press, 1983, p. 378.

[2] Ibid., p. 288.

[3] Ibid., p. 296.

也是千姿百态，以反讽与含混来统摄不可靠叙述的艺术效果，即便不能说将所有文本一网打尽，但也足以涵盖绝大部分文本。可以说，这是布斯对不可靠叙述艺术效果的论述中最富启示意义之处。当然，布斯关于不可靠叙述的反讽与含混效果本身的论述，总体而言，存在以下两个问题。

第一，论述分散，且不够细致。尽管不可靠叙述是《小说修辞学》中一个非常重要的概念，并具有首创意义，然而，该书首先是一部修辞学著作，尤其关注作者的修辞性介入，不可靠叙述正是因为与作者声音的紧密关联而引起关注，因而，布斯不可能以不可靠叙述为主线，对其进行全面分析，而只能在整个修辞学框架下的相关部分得到阐述。由此，对于不可靠叙述艺术效果的分析也并不集中，只是因为与某些问题的关联而散见于各个角落。此外，布斯只是从总体上论述了这两种效果，并未加以细致的辨析。比如，《哈克贝利·费恩历险记》与《泄密的心》都具有反讽意味，但这明显是两类不同的作品，尽管哈克的叙述不可靠，但这也正是他值得赞扬的地方，反讽是指向他所处的奉行种族歧视的社会环境；而《泄密的心》中杀人者"我"尽管振振有词，然而，读者都能从中感受到爱伦·坡对他无可救药的自我中心主义的强烈讽刺。对于含混效果的分析也是如此。尽管布斯尝试着对含混效果进行分类，但其分类标准显然还是从主题学意义上进入，并未有效地展现这两种含混的美学内涵。

第二，道德色彩过重，遮蔽了对艺术效果本身的充分关注。强烈的道德关怀是《小说修辞学》的一大特色，也影响了布斯对不可靠叙述艺术效果的深入挖掘。对于反讽效果，尽管言之甚少，布斯还能进行较为纯粹的理论阐述。一旦涉及含混效果，布斯的道德立场立刻鲜明起来。深切的道德关怀让布斯更容易将眼光投向含混引发的道德问题。从前面的分析中，我们可以见出，布斯对含混效果的分析时常与道德思考纠结在一起，从而冲淡了对含混自身的审美特质的细致考察。含混作为审美具体化中呈现来的特定效果，有其独立的审美价值，对于此种艺术效果的研究，不能以道德考察的名义抹杀。

我们再看看当今研究者们关于不可靠叙述效果的理论表述。当前，不可靠叙述研究中存在一种将效果与文本分离的倾向，即只谈论对叙述可靠性与否的判断，而不涉及对其效果的分析。以费伦为代表的修辞派和纽宁夫妇领衔的认知派无疑是目前不可靠叙述研究的重要派别。认知派将不可靠性界定为一种"阅读假设"或"协调机制"，即面对文本中的难以解释的细节或种种不一致之处，读者会采用某种阅读假设或协调机制来加以解决。可见，认知派关注的重心并不在于不可靠叙述的效果，而是对不可靠叙述判断本身。这与认知派的理论出发点有着密切的联系。认知派深受认知科学，尤其是认知叙事学发展的影响。认知科学是对读者的认知过程及其相应的心理状态的研究，具体到叙事领域的认知叙事学则致力于揭示读者共有的叙事阐释规律。可见，读者的阐释框架和认知规律才是关注的焦点所在。效果研究基本是由因探果的正向推导过程，而认知派正好相反，它走的是由果溯因反向推演的路子。因而，认知派并不注重对不可靠叙述文本的效果考察。如果说涉及效果，那也是笼而统之地将不可靠叙述视为文本内在的自相矛盾，这与布斯论及的含混效果倒是颇为接近。修辞派倒是颇为关注不可靠叙述的效果问题。在费伦看来，叙事不仅仅使用修辞，而且叙事自身就必然存在一个修辞维度，"某人在某个场合出于某种目的对某人讲述一个故事"[①]。"出于某种目的"的讲述必然旨在达成"某种效果"。那么，费伦是如何看待不可靠叙述的效果呢？作为布斯的得意弟子，费伦继承了乃师的修辞传统，在论述角度上却作了一个重大的调整。他将叙述者与读者活动联系起来，提出了疏远和联结两种效果。所谓疏远，指不可靠叙述凸显或拉大了叙述者与作者的读者之间的距离，而联结则是指不可靠叙述缩短或拉近了叙述者与作者的读者之间的距离。这种基于距离说之上的效果描述在探讨作者的读者对于叙述者不可靠叙述动态变化进程时颇为有用，它是对效果的一种具体、客观的描述，不带有主体感知的色彩。然而，不可靠叙述毕竟涉及价值判断，仅仅对其进行客观描述显然不够，还应该对

---

① James. Phelan. *Narrative as Rhetoric*, Columbus: Ohio State University Press, 1996, p. 8.

其艺术效果进行进一步的分析、归纳。在这点上，费伦远不如布斯来得深刻，布斯基于对隐含作者和叙述者之间的距离变化，总结出反讽和含混两种效果，这种兼及客观描述和主体判断的效果分析，显然更能展现不可靠叙述艺术效果的独特性。话又说回来，费伦并非完全不顾及不可靠叙述的价值判断特性，只不过他没有继续沿着艺术效果分析的路子走下去，而是将全部重心转向了伦理效果。在对于《人约黄昏时》的分析中，费伦提出了颇具创见的"伦理取位"和"四维伦理情境说"。"与不可靠叙述理论中的极端建构论和认知论相比，费伦的修辞学和伦理学方法关注作者动因、文本现象或信号以及读者因素在阅读过程中的相互作用。"[①]费伦对于伦理效果的关注，既深受布斯伦理关怀及其阅读伦理理论的影响，又可见出经典叙事学走出文本之外，关注文化语境的理论趋向。紧随不可靠叙述的认知转向，泽维克等人提出了转向历史文化意识的第二次转向。历史文化意识派的理论出发点在于以历史文化维度整合已有的两种研究路径，从而拓宽不可靠叙述研究的深度和广度。因而，他们更关注某一叙事文本在不同历史文化语境中叙述不可靠性的流变效果，还未深入文本的艺术效果层面。此外，女性主义批评、后殖民主义批评也对不可靠叙述表示出浓厚的兴趣，他们往往从各自的理论立场出发，对不可靠叙述现象进行解读，从而将文本变成了展示他们思想利器的场所。这实际上也是从效果出发的一种研究方式。只不过，这种效果研究远离对不可靠叙述的艺术考察，而往往带有强烈的主题学、政治学等色彩。

由于理论的切入点不同，对于不可靠叙述效果的研究可谓异彩纷呈。如上分析，由于理论旨趣不同，研究者们在涉及不可靠叙述效果的论述时关注点迥异。即便同为修辞阵营中的布斯和费伦也有较大分歧：布斯侧重于从作者修辞的角度探讨不可靠叙述的运用所产生的艺术效果和伦理效果；费伦则更关注不可靠叙述引发的读者各异的伦理取位，而鲜见对艺术效果的阐发。为此，有必要区分一下效果和艺术

[①] ［美］詹姆斯·费伦、J. 拉比诺维茨主编：《当代叙事理论指南》，申丹、马海良、宁一中等译，北京大学出版社2007年版，第95页。

效果。效果通常是对某种活动所产生的结果的积极的评价,是指这种活动将对人产生有益的影响。具体到叙事作品中,效果就是对基于文本而生成的诸种效果形态的整体表述,具体而言,就是指文本中各种叙述策略的运用,话语表现方式的变化,使文本呈现出独特的艺术魅力,从而让读者在文本阅读中与作者达成精神上的交流。可见,文学作品的效果是一个可以从多方面进行分类考察的问题。换句话说,依据不同的分类标准,可以区分不同的效果形态:从作家入手可具体划分为可预期效果和不可预期效果;从作品入手可区分为表层效果和深隐效果、固定效果与随机效果、个体效果与群体效果;从读者接受看,又可分为积极效果与消极效果;等等。[①] 笔者并不打算对不可靠叙述的效果进行面面俱到的分析,这种求全的做法没有必要,实际上也是不可能完成的。艺术效果是众多效果表现形态之一,也是最贴近文学特性的效果形态。那么,什么是艺术效果?对具体文本艺术效果进行分析的文章可谓汗牛充栋,却极少有人直面"艺术效果"概念本身。艺术效果,又称审美效果,是指具体文本因其潜在的艺术价值、美学质素在阅读中所生成的效果。因而,探讨艺术效果,有别于对文本的道德、认知、教育等效果的分析,而是基于艺术本性,从审美的角度去考察效果。不可靠叙述关涉价值判断,伦理判断显然是其中颇具分量的一环,而且随着不可靠叙述策略的发展,不可靠叙述者在淆乱读者伦理判断方面的能力也不断提高。伦理效果考察的重要性和迫切性也日渐突出。因此,艺术效果和伦理效果将成为笔者对不可靠叙述效果研究的两个着力点。笔者将会在第七章,从叙事伦理的角度对不可靠叙述现象进行理论观照,其中会涉及对伦理效果的考察。本章将沿着布斯开辟的研究方向,对不可靠叙述的反讽和含混效果进行更为系统而细致的考察。

这里有必要明确:反讽与含混效果只是对不可靠叙述文本主导性艺术效果的一种大致区分。事实上,这两种效果在同一文本中往往同时存在:既然是不可靠叙述文本,叙述话语的不一致必然会造成叙事

---

① 宋伟:《试论文艺效果的范畴》,《中州学刊》2001年第5期。

信息的含混不清，文本或多或少都会呈现含混特质；由于叙述的不可靠，也必然会出现叙述者与作者（隐含作者）之间在事实/事件、知识/感知、价值/判断等轴线上的不一致，作者（隐含作者）对于叙述者的否定也经常带有善意的或恶意的、强的或弱的反讽意味。

第二节　不可靠叙述的反讽效果

反讽（irony）是西方文论中一个非常重要的关键词。国内有"讽刺""滑稽""讥讽""暗讽"等多种译法，可见这一概念内涵之丰富，时下似乎已基本统译为"反讽"。虽然"irony"这个词直到1502年才在英语中出现，直到18世纪初叶才被广泛使用[①]，但反讽作为一种历史悠久的修辞方法，却自古希腊时期就产生了。米克在《论反讽》中，列举了40位从埃斯库罗斯到布莱希特的反讽性作家的名单，几乎所有欧洲古代和现代的重要作家全在其中。反讽在很长一段时期作为微观修辞的技巧被人们运用于文本修辞的狭义研究中，比如，新批评派就在修辞层面讨论反讽。随着对反讽理论探讨的深入，人们意识到，反讽能形成复杂的审美意味和丰富的主题意蕴，决非简单的修辞技巧。反讽已经越出了微观修辞技巧的层面，日益被当作一种评价作品的标准和美学尺度，人们正倾向于将它视为一种超技巧的范畴来看。米克在分析了F.施莱格尔、海涅等人的观点以后指出：反讽"也许在于获得全面而和谐的见解，即在于标明人们对生活的复杂性或价值观的相对性有所认识，在于传达比直接陈述更广博、更丰富的意蕴，在于避免过分的简单化、过强的说教性，在于说明人们学会了以展示其潜在破坏性的对立面的方式，而获致某种见解的正确方法"[②]。这显然是在效果层面谈论反讽。

由于反讽构成要素的复杂性、反讽形式的多样性、反讽发展的未

[①] ［英］D.C.米克：《论反讽》，周发祥译，昆仑出版社1992年版，第22页。
[②] 同上书，第35页。

定性，对反讽这一概念的界定，就成为一个颇为棘手的问题。一般将它理解为表里不一，尤指字面意思与深层真意的不一致，即言在此而意在彼。因而，反讽效果一般就表现为，作者将自己的态度或实施的真相暗含于言在此而意在彼得表述中，读者只能透过表象，领会其深在的含义，其情形有如世尊拈花，迦叶微笑，确实比直接宣白更有力量、更具意味。研究反讽的专著和论文不胜枚举，本研究不打算纠结于反讽历史流脉的梳理和复杂内涵的探寻，那将会是一项非常浩大的工程，而是从不可靠叙述的角度切入，分析此种文学观念所导引的叙述策略会引发怎样的反讽效果。此处所论及的反讽均特指文本的反讽效果。

从文学发展史看，反讽在可靠叙述文本中早已出现，比如斯威夫特的《格列佛游记》、塞万提斯的《堂吉诃德》等都是极富反讽意味的文本。那么，不可靠叙述的反讽效果有着何种独特性呢？

第一，可靠叙述文本中的反讽从来都是指向虚构世界中的人物或者社会情境，并不构成对叙述者的反讽。换言之，叙述者与作者（隐含作者）一样，只是反讽意味的发出者，如塞万提斯的《堂吉诃德》、菲尔丁的《汤姆·琼斯》等。在传统的可靠叙述中，叙述者几乎都是作者理想化人格的具现，换句话说，叙述者与隐含作者基本是同一的，占据着美德、智慧或学识的制高点。这种叙述权威性的树立，使读者对于叙述者深信不疑，总是依据叙述者的认知、判断去感受、理解故事，阅读的结果往往是达成与叙述者的认同。在这种情况下，叙述者不可能成为反讽的对象，而只能是反讽的发出者。也就是说，只有故事中的人物才成为反讽的对象。

在不可靠叙述文本中，叙述者不再拥有这种特权。相反，不可靠叙述者往往都是文本的反讽指向所在，比如福克纳《喧哗与骚动》中杰生的偏执和残忍、亨利·詹姆斯《说谎者》中莱昂的虚伪等。尽管不可靠叙述者未必都成为被反讽的对象（比如天真叙述中，反讽多是指向与儿童处于对立面的人物或社会情境），然而，不可靠叙述者显然已不再成为反讽的发出者。20世纪以来，许多作家不满于叙述者的权威性，不断消解其叙述的可靠性。作为上帝般全知全能的"全知叙述"遭到了作家普遍的厌弃,作家放弃了说教者的角色,消失在作品中,也即昆德拉所说的作家放弃了"公共人"的角色。第一人称叙述、第三人称"意识中心"叙述等各种限知叙述形式纷纷涌现。限知叙述往往是叙述者作为旁观者或者亲历者对于故事的讲述,里蒙—凯南曾将叙述者亲身卷入事件列为不可靠叙述的主要根源,[①] 叙述者的可靠性很容易引起读者的质疑。一般而言,限知叙述多为同故事叙述,往往加深了叙述者的戏剧化程度。戏剧化的叙述者往往和他所讲述的其他人物一样活灵活现,读者可以根据对其品质的判断来判定他所讲述的事是否可信。因此,无论采用何种叙述人称,叙述者的可靠性都越来越容易受到质疑。这些叙述者往往秉持与隐含作者截然相反的价值规范,从而被置于反讽的境地。

第二,叙述者的不可靠性加剧了文本的反讽意味。可靠叙述文本中的叙述者接近于作者(隐含作者)的趣味、判断、伦理观念,其叙述总能产生一种强烈的导向性,读者往往只要紧随叙述者就能获得对虚构世界的认知和判断。由于有叙述者的引导,尽管这种引导总是以间接方式表现出来,这些文本的反讽效果比较容易被读者所识别和领会。而在不可靠叙述文本中,作者(隐含作者)只能在叙述者身后与读者交流,叙述者的不可靠性经常会干扰读者对事件的认识和判断,这种无声的交流显然对读者更具挑战性。也就是说,不可靠叙述者对读者推断力的要求,显然比可靠叙述者所要求的更为强烈。可见,这种基于不可靠叙述所产生的反讽效果显然更为复杂。不可靠叙述的反讽效果,有助于作者含蓄有力地体现自己的修辞目的。当叙述者的不可靠性越隐蔽,读者最终对于整个文本反讽意味的体会也会越强烈。

对于不可靠叙述反讽效果的探讨可以从多个角度进入,笔者主要依据上述对不可靠叙述反讽特性的分析,以文本的反讽指向为划分标准,区分了指向文本中人物和社会情境的反讽和指向叙述者的反讽这两种反讽效果类型。下面结合具体文本展开分析。

[①] Rimmon‐Kenan, Shlomith. *Narrative Fiction: Contemporary Poetics*. Florence, KY, USA: Routledge, 1983, p. 100.

一　指向人物和社会情境的反讽

指向文本中人物和社会情境的反讽，即隐含作者通过不可靠叙述者的叙述，对虚构世界中的人物和社会情境进行反讽。换句话说，叙述者的不可靠成为隐含作者对文本中人物和社会情境进行反讽的方式。

从存在认知缺陷的人物视角进行叙述，是达成此类反讽效果最常用的手段。在具体文本实践中常常分为两种表现方式：一种是直接采用儿童、白痴等有缺陷的人物进行叙述，比如，鲁迅的《狂人日记》（狂人的叙述）、莫言的《檀香刑》（赵小甲的叙述）、塞林格的《麦田里的守望者》、海明威的《我的老爸》等。这类叙述者往往能对事件的表象作出较为客观的描述，却无法形成正确的判断，他们叙述的不可靠构成对成人、常人所处世界的强烈反讽。由于儿童单纯天真的本性，依靠他们的生命直觉认识世界，更能接近世界的原初形态，也就是说，不够世故的孩子承担叙述者的角色，反而能因童心未染尘俗而使对事件的报道更加可靠。隐含作者正是通过这些儿童或者白痴的叙述，见出处于对立面的虚构世界的丑恶、荒诞，从而生发出强烈的反讽意味。

福克纳的《喧哗与骚动》第一部分以白痴班吉为叙述者。之所以通过白痴讲述家族历史，那是因为"觉得这个故事由一个只知其然，而不能知其所以然的人说出来，可以更加动人"[①]。福克纳这一解释很好地表达了白痴叙述者班吉可靠性与不可靠性的胶着状态。"只知其然"表明班吉的叙述尽管由于意识流的手法，特别是多层次的闪回而显得极为混乱，但从他的只言片语中却能传递出可靠的叙事信息。"不能知其所以然"则见出了班吉在感知、评价轴上的不可靠性，无法对自己所经历的事情作出可靠而稳妥的反应。这样，白痴班吉就成为一面镜子，周围的人在他面前展现出或善或恶的人性本相，白痴眼

[①] ［美］福克纳：《福克纳评论集·福克纳谈创作》，李文俊编，中国社会科学出版社1980年版，第262页。

中毫无意义的所见事物经过白痴眼光的聚焦与客观呈现，形成了别具特色的空间画面与意义组合。凯蒂在《喧哗与骚动》中反复被提到，在杰生、昆丁的叙述中，凯蒂是一位充满欲望、自甘堕落的女性。那么，班吉眼中的凯蒂呢？班吉的智力缺陷使他不会产生任何修辞性的叙述行为，他只是凭着自身的感受，仔细地记录了凯蒂对他的关爱，也记录了以下场景：接吻之后用香皂洗嘴、查理面前她的兴奋、从婚礼上跑开等。杰生和昆丁的叙述，由于各自的原因，有意识地放大了凯蒂的缺点，忽略其性格中美好的一面。班吉的叙述无疑有效地颠覆了杰生、昆丁对凯蒂形象的过度歪曲，但同时又传达出凯蒂的堕落。尽管他无法对周围的事件形成正确的判断，然而，隐含作者正是借班吉的眼光，表达对以杰生、昆丁为代表的没落的康普生家族的反讽。更深一步看，康普生家族的败落实际上是美国南方历史性变化的一个侧面，这样，隐含作者的反讽指向就扩大到了当时整个社会情境，既讽刺了南方旧制度的破败，也包含有对杰生为代表的资本主义价值标准的批判。

马克·吐温的《哈克贝利·费恩历险记》是儿童视角运用的典型文本。叙述者少年哈克讲述了帮助黑奴吉姆逃亡的故事。前面我们已经分析过哈克叙述的不可靠性。哈克正是因为受了种族歧视的传统思想的毒害，才会有时觉得自己帮助一个黑奴逃脱他的主人，是犯了不可饶恕的罪过，死后要下地狱的。哈克思想感情的矛盾和混乱反映了美国当时种族歧视的深重影响，因而，文本的反讽意味指向国王和公爵等人物及文本所呈现的当时美国的社会情境。作者对哈克美德的赞扬，就是对哈克所处的社会情境的反讽，尤其是对于美国种族歧视制度的反讽和憎恶。

另一种是儿童、白痴等有缺陷的人物并不作为叙述者，而只是从他们的视角进行叙述，比如，莫言的《透明的红萝卜》、亨利·詹姆斯的《梅西知道什么》等。这类文本从儿童、白痴的眼光进行限知叙事，好比一面"镜子"，能客观反射事物的原貌和人物的外在行为，即能对事件作出较为可靠的报道。借助于有缺陷的认知视角，作家实现的是对这些有缺陷人物所处的虚构世界的客观冷峻的呈示，批判和反讽的意味也就隐匿在叙事之中。

亨利·詹姆斯的《梅西知道什么》描绘的是多层通奸的故事,叙述这一切的任务完全是通过孩子"梅西"的所见所闻来完成的。梅西既受到这些事件的影响,同时对这一切又毫不理解。"如今她看得出妈妈这次婚姻很美满,她也总算有望开开心了——这个不谙世事的小女孩唯一的心愿是巴望好事,有朝一日能尽情地玩耍嬉戏。"梅西观察得很准确,可靠地展现出她周围发生的事件。然而,以孩子的认知力,梅西显然无法对事件作出可靠的判断。实际上,梅西的母亲伊达只是在赶赴社交聚会途中顺便进来看看她。尽管大人们只顾寻欢作乐,把她禁闭在枯燥无味的学堂里,梅西对妈妈依然深信不疑,满怀希望期待着"有朝一日尽情玩耍嬉戏"。然而,读者对此并不抱幻想,深知孩子这小小的心愿是无法实现的。孩子的信赖与大人们的自私、虚伪形成鲜明对比,叙述的不可靠性恰恰表现出隐含作者对于伊达为代表的成人世界的强烈反讽。

二 指向叙述者的反讽

指向叙述者的反讽是指文本的不可靠叙述体现出隐含作者对于叙述者的反讽。将叙述者作为反讽的对象是不可靠叙述中最为常见的反讽表现方式。根据叙述者不可靠性的展露程度,我们可以区分两种指向叙述者的反讽类型:显在型反讽和隐在型反讽。

显在型反讽,一般指隐含作者直接传达出对于不可靠叙述者的反讽意味。这一反讽类型有着清晰的文本标识,读者很容易与隐含作者产生"共谋"关系,从而读解出对于叙述者的反讽意味。这类叙述者一般有以下特征:叙述者被赋予"偏执狂""恶棍""罪犯"等非常态型人格特征;叙述语调或激烈、偏执,或无知、愚昧;叙述内容清晰地展现出迥异于隐含作者和读者的价值取向。由此,读者一进入文本,就会自觉对其叙述可靠性产生警惕,体会出隐含作者对这类叙述者的反讽指向。《喧哗与骚动》中杰生的叙述就是一个极为典型的例子。福克纳说过,"对我来说,杰生纯粹是恶的代表。依我看,从我的想象里产生出来的形象里,他是最最邪恶的一个"①。小昆丁是杰生的妹妹凯蒂寄养在母亲家中的私生女,康普生太太的冷漠和杰生的残酷让小昆丁得不到任何温情,由于小昆丁不服从杰生的命令,杰生居然拿出皮带抽她,老仆人迪尔西不畏惧杰生的仇视与世俗观念的影响,勇敢地保护小昆丁,杰生叙述如下:

> 她抱住了我的胳膊。这时,皮带让我抽出来了,我一使劲把她甩了开去。她跌跌撞撞地倒在了桌子上。她太老了,除了还能艰难地走动走动,别的什么也干不了。不过这倒也没什么,反正厨房里需要有个人把年轻人吃剩的东西消灭掉。②

对于为康普生家族忠心耿耿服务了一生的迪尔西,杰生居然"一使劲把她甩了开去"。年迈的迪尔西成天为康普生家族劳作,他却说"除了还能艰难地走动走动,别的什么也干不了"。杰生自私、残酷和阴冷的本性在这段叙述语流中鲜明地表现出来。隐含作者在杰生的自我表白与辩解中寄寓了强烈的反讽意味。

显在型反讽多为不可靠的同故事叙述者。叙述者常常由于价值体系的混乱和错误而成为反讽对象。托尔斯泰的《克莱采奏鸣曲》、伊恩·麦克尤万的《他们到了死了》、马丁·埃米斯的《金钱》、朱利安·巴恩斯德《好好商量》等文本都属于这一类型。

所谓隐在型反讽,就是隐含作者隐蔽地展示出对于不可靠叙述者的反讽意味。与显在型反讽的清晰、直白不同,隐在型反讽的辨识对于读者的文本理解能力要求更高,读者需要在细致的文本阅读中才能体会出来对这类叙述者的反讽意味。这类不可靠的同故事叙述者常具有以下共性:一般呈现出常态型人格特征,有的甚至从表面上表现出诚实、真挚、理性等优秀的个人品质;叙述语调通常比较理性、和缓;叙述内容体现出高超的修辞艺术,是作家的自觉叙述者,叙述态

---

① [美]福克纳:《喧哗与骚动》,李文俊译,上海译文出版社2004年版,第3页。
② 同上书,第201页。

度真诚,甚至表现出自我忏悔的倾向,让读者稍不留意就为其叙述所迷惑,而认同其所传达的为隐含作者所否定的价值立场。亨利·詹姆斯的《阿斯彭文稿》是一个较为典型的例子。叙述者是故事的主人公,一位美国评论家,他讲述了自己如何为获得大诗人阿斯彭的文稿而费尽心机,最后却功败垂成的故事。与杰生不同,叙述者一直将自己装扮成一位具有绅士风度、非常文雅,对诗人阿斯彭充满敬意的追随者。表面上看来,如他所叙述的,"我一直尽可能亲切和蔼",这位叙述者确尽可能地展现出他的绅士风度。他对于阿斯彭老情人的慷慨大方、对于蒂娜示好,甚至带其出去游玩……然而,当我们意识到这一切都是因其不可告人的企图而采取的手段:慷慨大方是为了接近文稿创造条件;对蒂娜示好是为了利用她的痴情得到文稿,甚至将自己不择手段获取文稿的行为美化为对于诗人阿斯彭的热爱所致,叙述者对于其卑劣意图的掩盖都昭然若揭。尽管叙述者一直占据着话语中心,不断为自己辩护,甚至偶尔也会对自己利用蒂娜感情的行为进行反省,表现出一定的自审意识,"我有气无力地想到自己犯下了多大的错误,无意之中,但终究是令人遗憾地愚弄了人家的情感。然而,我并没给她任何理由——很明显,我并没有"①。但获取文稿的狂热追求使叙述者的道德感发生偏差,从这段反省中,我们可以看出其中更多具有为自己的行为寻求辩护的色彩,这种自我辩解的叙述行为贯穿文本始终,读解出作者对这位叙述者的反讽需要对整个文本叙述的不可靠性仔细加以甄别。我们不妨看看以下两段:

  她站在那间房的中央,一张温和的脸对着我,那种原谅的神色,那种宽恕的神色,使她简直像天使一般。它使她显得很美,她变年轻了些,不再是一个可笑的老女人了。
  她说完这话时,那间房似乎天旋地转,有一刹那我的眼前的确感到一片漆黑。等这过去以后,蒂娜小姐还在那儿,不过那种

---

① [美]亨利·詹姆斯:《阿斯彭文稿》,主万译,百花文艺出版社1983年版,第164页。

美的变化已经过去，她又成为一个平庸、呆板的年长女人了。①

这两段对于蒂娜截然相反的评述相距极短。当叙述者以为蒂娜理解了他的逃避，能不与她结婚就可获得阿斯彭文稿时，在他看来蒂娜变得又美又年轻。而蒂娜一告知叙述者她已经焚毁了手稿，叙述者立刻来了个一百八十度的转变，蒂娜在他的叙述中又恢复了又老又丑的形象。叙述话语的不一致显示出叙述者的不可靠性，蒂娜形象的描述完全根据其是否能帮助叙述者获得文稿而变化。在叙述者的背后，我们可以读解出隐含作者对他的讽刺。文本最后写道："我就几乎忍受不了我所遭到的损失——我指的是那批珍贵的文稿。"其实，读者已经知道文稿已被蒂娜焚毁，叙述者在此的刻意强调，反而使读者读解出隐含作者反讽的声音：叙述者不仅白费了全部心机，损失了"文稿"，而且作为一位具有道德意识的叙述者，由于意识到自己的欺骗行径而带来的道德上的罪恶感将一直伴随着他，这才是他最大的损失。

《洛丽塔》中的亨伯特、《伤逝》中的涓生等也都是这类叙述者，其平静的叙述语调以及看似真诚的叙述行为能较好地将其叙述的不可靠性掩藏起来。对于其叙述不可靠性的判断只能从对文本的整体感知中去探明其叙述意图，辨识其叙述、感知、判断等不同轴线上可靠与不可靠相互交织的状况，从而读解出隐含作者对其进行反讽的"真意"。

隐在型反讽不仅包括难以辨识不可靠性的同故事叙述者，而且还包括全知叙述者。全知型叙述是一种非常传统的叙述模式。全知叙述者如上帝般盘踞在文本上空，可以从任何角度、任何时空进行叙述，既对事件的来龙去脉了如指掌，将故事娓娓道来，又可任意透视人物的心理，传达人物丰富的情感体验。对于文本的这种全面掌控能力很容易树立全知叙述者的权威性。全知叙述者在文本中有两种表现方式：戏剧化和非戏剧化。非戏剧化是指全知叙述者不诉诸任何人称讲

---

① [美]亨利·詹姆斯：《阿斯彭文稿》，主万译，百花文艺出版社1983年版，第170—172页。

述故事，而戏剧化则是指全知叙述者通过"我"或"我们"使自身在文本中显形，直接对故事置评。一般而言，无论是否被戏剧化，全知型叙述者都是比较可靠的。菲尔丁的《汤姆·琼斯》、司汤达的《红与黑》、雨果的《悲惨世界》等都属于可靠叙述之列。而在有些文本中，无论是否被戏剧化，全知叙述者也会出现不可靠的情况，而且其不可靠性往往比较隐蔽。

在全知叙述者将自己或多或少地"个性化"或人物化时，全知叙述者的可靠性就会削弱。也就是说，叙述者在讽刺、挖苦人物的时候，自己也成为隐含作者的反讽对象，从而形成了双重反讽：叙述者对人物的反讽，隐含作者对叙述者的反讽。我们试以萨克雷的《名利场》为例进行分析：

> 诸位女士，假如丽贝卡·夏普小姐打定主意要征服这个大块头花花公子，我认为我们没有任何权利责备她，因为儒雅的女子一般将找丈夫的差事委托结母亲去干，但是我们应该记得，夏普小姐并没有慈祥的父母替她作这种微妙的安排，如果她不自己下手找个丈夫，世界尽管无比广袤，又有谁肯替她操这份闲心，接手这桩苦差事呢？若不是因为婚配的崇高抱负，什么能把年轻人拖进社交界？①
>
> 尽管我们的贝基有些不无邪恶之处，但是谁也不能说，我们把她介绍给大家的时候，她的态度不文雅得体。我要问问所有读者，我在描写这个歌声迷人、满脸微笑、花言巧语的水妖时，难道曾经忘记过上流社会的规则，难道曾让这个魔鬼的尾巴露出在水面上？我要自豪地说：没有！要是愿意，人们可以钻进水下，在相当清澈的水中看到那丑陋可恶的尾巴藏在下面，在吓人的尸骨遗骸之间扭动拍打。但是，在水面之上，我倒要问问，难道一切不是得体规矩令人愉快的吗？就连名利场上最吹毛求疵的假道

---

① ［英］萨克雷：《名利场》，贾文浩、贾文渊译，北京燕山出版社2000年版，第19—20页。

学家不是也挑不出毛病吗？①

在《名利场》中，戏剧化的全知叙述者"我"利用贝基揭露控制这个社会的诸种结构的名利。贝基不择手段的行为使自己成为"我"所讽刺的对象。如果理解到此为止，我们就意识不到全知叙述者"我"的隐蔽的不可靠性，也就错过了文本深层的反讽意味。总体而言，"我"是一位颇为合格的向导，他带领我们看清了名利场中的种种丑恶，比如贝基为获得名利所施展的各种伎俩，他对于贝基的讽刺是颇为辛辣的。然而，"我"更为深刻地认识到贝基的行为是由父权制所塑造和制约的。第一段以戏谑的口吻表现出对贝基的理解，并将讽刺的匕首投向父权制社会，对名利场上"嫁女儿"习俗进行批判。然而，在第二段中，这种理解似乎完全消失了。相反，"我"为了表现名利场的丑恶，却以牺牲贝基为乐，刻意强调她的女性身份，并让读者与其一道把她与整个充满名利的世界联系起来。"我"发出的这种颇为自得的声音暗合着其先前所批判的父权制价值观。由此，隐含作者拉开了与"我"之间的距离，表达了对"我"内隐的父权制观念的讽刺。

即便没有被戏剧化，有些文本的全知型不可靠叙述者也可能因进行相反的干预而透出隐含作者对他的反讽。《红楼梦》第三回有一段叙述者对宝玉的评论：

> 看其外貌最是极好，却难知其底细，后人有《西江月》二词，批的极确。词曰：
> 无故寻仇觅恨，有时似傻如狂。纵然生得好皮囊，腹内原来草莽。
> 潦倒不通庶务，愚顽怕读文章。行为偏僻性乖张，那管世人诽谤。

---

① ［英］萨克雷：《名利场》，贾文浩、贾文渊译，北京燕山出版社2000年版，第639页。

又曰:

富贵不知乐业,贫穷难耐凄凉。可怜辜负好时光,于国于家无望。

天下无能第一,古今不肖无双。寄言纨绔与膏粱,莫效此儿形状!①

作为封建社会的叛逆者,宝玉是《红楼梦》的隐含作者所喜爱的人物,隐含作者赞赏他的抗争精神,对其命运悲剧满含同情。纵观后世对《红楼梦》的读解,无论读者之间对于文本的理解存在何种差异,对于宝玉这一人物形象的肯定已经成为共识。叙述者的这段评述显然与隐含作者和读者的价值观背道而驰,因此,尽管我们基本将叙述者作为可信的向导,但此处明显表现出其叙述的不可靠性。早期研究者已经发现此种不可靠叙述,有论者指出,这是一种"明贬实褒"的手法,戚蓼生在《石头记序》中也表明了同样的看法,"第观其蕴于心而抒于手也,注彼而写此目送而手挥,似谲而正,似则而淫……"这些评论家们的眼光可谓锐利,然而评述却有语焉不详之嫌:明处谁在贬,暗处何人褒?显然,"注彼"与"写此"并非同一叙述主体而为。叙事学对于叙述主体的区分提供了有益的启示。叙述者与隐含作者价值观的截然对立构成了反讽效果生成的因由。具体而言,叙述者的不可靠叙述产生反讽式评论,从而构成叙述话语的双声效果。读者正是在这种"所言非所指"中聆听到隐含作者的声音。隐含作者的反讽产生双重指向:一方面指向不可靠叙述者,正是因为其所依据的价值规范的偏差才导致评论的不可靠性;另一方面指向文本内的人物及社会情境,主要是以贾琏为代表的"富贵而知乐业"的纨绔子弟及其背后强大的封建社会体系。

那么,不进行干预就不会产生不可靠叙述吗?并非如此。客观的"冷眼"、拒绝干预的叙述姿态依然会导致不可靠叙述,从而成为隐含作者的反讽指向所在。当然,这种不可靠叙述显得更为隐蔽,更需要

---

① 曹雪芹、高鹗:《红楼梦》,凤凰出版社2006年版,第19页。

读者仔细甄别才能体会出来。罗伯—格里耶的《窥视者》、海明威的《杀人者》、吴敬梓的《儒林外史》、鲁迅的《药》《明天》《长明灯》等就属于这一类型。

> 他的精神，现在只在一个包上，仿佛抱着一个十世单传的婴儿，别的事情，都已置之度外了。他现在要将这包里的新的生命，移植到他家里，收获许多幸福。[①]

这是鲁迅作品《药》中的一段，华老栓买到人血馒头后，满怀希望回家给小栓治病。叙述者显然不可能像华老栓那样真诚地为得到根本治不了病的人血馒头而欣喜，相反，叙述者应该为人物的愚昧而痛心疾首。然而，在这段叙述中，我们只能看到，叙述者在努力把自己输入人物，而不是把人物拿来趋就自己。也就是说，叙述者只是客观地展现故事本身，隐隐地表达对人物的反讽，却并不为读者提供任何可靠的判断，其叙述显然是不可靠的。这明显与隐含读者寄寓于文本中"哀其不幸、怒其不争"的复杂情感相距甚远。由此，叙述者的"冷眼""客观"也成为隐含作者的反讽指向所在。"所谓客观其实是楼上的冷眼，所谓同情也不过是空虚的布施。"[②] 鲁迅对于这种非戏剧化叙述者"客观"叙述的不满可以作为有力的佐证。鲁迅后来转变了叙述方式，采用中介叙述人来缓解对"客观"叙述的不满。

第三节　不可靠叙述的含混效果

含混源自拉丁文"ambiguitas"，英文表述为 ambiguity[③]。含混，顾名思义，即模糊、不明确、不确定、含糊不清，多带有贬义色彩，

[①] 《鲁迅小说全集》，河南人民出版社 1994 年版，第 21 页。
[②] 鲁迅：《二心集·关于小说题材的通信》，人民文学出版社 1973 年版。
[③] 目前对 ambiguity 的中文翻译有"复义""歧义""含混""朦胧"等，笔者在此取"含混"一说。

"它多指风格上的一种瑕疵,即在本该简洁明了的地方显得晦涩艰深,甚至含糊不清"①。自从英国批评家威廉·燕卜逊(William Empson)的名著《含混七型》(Seven Types of Ambiguity)问世以来,含混成了西方文论的重要术语之一。

尽管对含混的研究可谓蔚为大观,然而,如何定义"含混"却让批评家们颇为头疼。即便燕卜逊撰专著对"含混"进行研究,也没能明确地给出关于含混的定义。《含混七型》1947年再版中的第一个注释颇能代表这种"定义的焦虑":"什么是'含混'的最佳定义(手头上的例子是否应该被称为含混)?这一问题在全书的所有环节都会冒出来,让人始料不及。"可见,燕卜逊也意识到无法圆满解决含混的定义问题。燕卜逊坦言"将常利用'含混'的含混",以"避免引起与交流不相干的问题"。言下之意,对于含混的精确定义将引发许多问题,为此,根据词语内涵与外延在逻辑上混乱的轻重程度,燕卜逊将含混分为以下七种类型:参照系的含混、所指含混、意味含混、意图含混、过渡式含混、矛盾式含混、意义含混。② 当然,燕卜逊的划分只是相对而言,各种含混类型之间并非泾渭分明。实际上,各种类型之间的界限也是含混的,这恐怕是含混的必然特征。燕卜逊为含混的正名,使其越来越受到文学批评家和作家们的青睐。除了燕卜逊以外,伊瑟尔、费什、克尔恺郭尔、德里达、海德格尔、哈桑和保罗·德曼等学者都为丰富含混的理论内涵作出了贡献。从某种意义上说,后现代文论中的"不确定性"是含混的延续和发展。贝内特和罗伊尔在探讨后现代文论术语时就曾说过:"在20世纪中叶新批评家们称作含混或悖论的东西,如今的批评家们总是从不确定性的角度加以考虑。"③

含混也是一个可以多角度理解的概念,它既被用来表示一种文学

---

① 赵一凡、张中载、李德恩主编:《西方文论关键词》,外语教学与研究出版社2006年版,第156页。

② 同上书,第158—162页。

③ Andrew Bennett and Nicholas Royle. *Introduction to Literature, Criticism and Theory*, London: Prentice Hall Europe, 1999, p.232.

创作的策略,"常常是故意采用的一种表达方式,以便产生多种可能的解释,从而丰富作者所要表达的意义,加强戏剧性效果和审美效果"①,又被用来指涉一种艺术效果,即由于叙述中语义、语法和逻辑等方面的混乱,所引发的独特的审美感受。此处所论及的含混特指文本的含混效果。

以燕卜逊为代表的新批评派只考察了诗歌的含混效果。布鲁克斯、比尔兹利等学者都曾对诗歌语言中存在的"悖论""歧义"等现象进行过深入的探讨,新批评派对于邓恩等玄学派诗人的推崇就在于其诗歌具有含混的美学效果。尽管含混在20世纪获得了前所未有的关注,然而,除了布斯之外,几乎无人再涉及对不可靠叙述含混效果的研究,而布斯的探讨又掺杂了过多的道德成分,这无疑会造成对不可靠叙述"含混"效果自身所具有的美学特性的遮蔽。

小说在本质上属于一种含混的艺术形式,其表现了古代社会向现代的转化变迁以及对外部客观世界的关注向人们的内心世界转化。从文本的整体效果看,可靠叙述本身并不会产生含混效果,含混是不可靠叙述的特性。叙述者的可靠性保证了文本意义的清晰传达,从而确保读者能够较为准确的理解作者/隐含作者的意旨所在。笛福的《鲁滨逊漂流记》、菲尔丁的《汤姆·琼斯》、简·奥斯汀的《爱玛》、巴尔扎克的《人间喜剧》、列夫·托尔斯泰的《战争与和平》等可靠叙述文本的意旨显然是清楚而明确的。即便存在局部的含混,比如叙述者有意设置悬念造成信息的延宕,追述往事时采用年少时的眼光;等等,文本最终会为这些含混之处提供可靠而稳妥的解释,比如狄更斯的《远大前程》,匹普的赞助人到底是谁?这构成了小说最大的悬念,而这个悬念对叙述者匹普来说不应该存在,他已经知道那是迈格维奇。正是因为将其视为可靠叙述者,读者才紧随他的叙述获得对真相的认识,从而感受到巨大的"情感力量"。侦探小说在这一点上表现得尤为明显。

---

① [美]威尔弗雷德·L.古尔灵等:《文学批评方法手册》,姚锦清等译,春风文艺出版社1988年版,第444页。

不可靠叙述则不尽然。当不可靠叙述文本出现明确的反讽指向时，读者可以通过与作者（隐含作者）的秘密交流，对叙述者的不可靠性保持足够的警惕。此刻，叙述者的不可靠性不仅不会造成读者的困惑，反而会以其不可靠性促成读者与作者的共谋。然而，当不可靠叙述文本出现以下情况：叙述者的不可靠性过于隐蔽，或者作者（隐含作者）的意旨在文本中处于模棱两可的境地或过于"客观""冷静"，抑或作者（隐含作者）干脆放弃对文本的指引……不可靠叙述文本的含混效果就产生了。面对这类文本，读者始终感到作品中充满着一股强烈的神秘气息。这样读者的阅读兴趣就被极大地调动起来，读者是在用一种求解、辨析的方式阅读文本，即在想方设法地消除困惑，寻求答案，阅读活动成为读者积极参与、破译文本的过程而不是被动接受文本的过程。

根据不可靠叙述文本中隐含作者与含混之间的关系，我们可以大致区分出两种类型的含混效果：控制型含混和非控制型含混。

一　控制型含混

控制型含混即隐含作者通过语义、结构等话语表层的混乱，显示出对于某种超越性统一意识的追求，从而引导读者去体味出不可靠叙述所潜藏的某种意义指向。从某种程度上说，控制型含混是一种"伪含混"，含混只是一种表象性存在，是通向某种确定意义的方式、路径。尽管含混是这类文本突出的审美效果，却不构成终极效果。实际上，不少不可靠叙述文本正是在文本的含混表象下暗藏反讽之意。作家常常会通过各种方式为读者指出某些文本含混表述中隐含作者的意旨所在，比如鲁迅的《狂人日记》。对于狂人形象，学术界持有三种不同的观点：1. 狂人是一个真实的狂人；2. 狂人是一个精神界的战士；3. 狂人是一个患了迫害狂的精神界战士。[①] 三种观点似乎在文本中都持之有据，这与狂人不可靠叙述所产生的含混效果有着极为密切的联系。然而无论狂人是哪一种类型，这种含混并不影响读者对于文

[①] 薛毅、钱理群：《〈狂人日记〉细读》，《鲁迅研究月刊》1994年第11期。

本终极意义的理解。鲁迅曾言明这是一部"有所为"的作品,"后以偶阅《通鉴》,乃悟中国人尚是食人民族,因成此篇"①,"《狂人日记》意在暴露家族制度和礼教的弊害"②。其实,即便鲁迅没有如此直白地表达,文本产生的社会历史情境也会引导读者领会文本含混表述下的明确指向。

从文本表层看,控制型含混可以表现为单个叙述者自相矛盾的叙述,多位叙述者各自漏洞百出叙述的组合,以及多位叙述者相互拆解的叙述等多种叙述方式。无论哪一种,隐含作者都会潜藏在文本背后,引导读者透过不可靠叙述的含混表象,获得对某种确定意义的把握。当然,隐含作者常常作为作者的"第二自我"存在,读者往往可以从作家对于文本相应的表述中确证隐含作者的这种控制。

单个叙述者所传达出的自相矛盾的信息,或者对于常规事物含混不清的表述,无疑会使文本呈现出鲜明的含混效果。具有非常态人格的叙述者显然能很有效地营造出含混的效果。这类叙述者在精神上的显著特点就是非理性,具体表征为疯、傻、狂等非常态人格,在认知上表现为拒绝一切理性和道德判断,拒绝对事物的理性透视,也即巴赫金所说傻子具有"不理解"的特性。福克纳的《喧哗与骚动》中的班吉就是常被提及的"白痴叙述者"之一。该书的第一章是白痴班吉在他33岁生日这天的独白,其中的叙述显得非常含混。班吉是个先天性白痴,智力水平只相当于一个三岁的孩子。他缺乏正常的思维能力,脑子里基本只有感觉和印象,而且难以分清它们的先后,过去的事与当前的事总是一起涌现在脑海里,叙述语流常常不加提示地进行时空转换。比如:

"等一等。"勒斯特说。"你又挂在钉子上了。你就不能好好地钻过去不让衣服挂在钉子上吗。"

---

① 鲁迅:《致许寿裳》,《鲁迅全集》(第11卷),人民文学出版社1981年版,第353页。
② 鲁迅:《中国新文学大系小说集·序》,《且介亭杂文二集》,人民文学出版社1995年版,第20页。

凯蒂把我的衣服从钉子上解下来，我们钻了过去。①

班吉生日这天，凯蒂早已离开了康普生家。勒斯特的提醒使班吉脑子里浮现出28年前凯蒂带他穿过栅栏时，衣服在栅栏缺口处被挂住的情景。这种时空的直接切换能让读者深切感受到白痴班吉思维的混乱、无序，也成为读者阅读的障碍。班吉的叙述普遍呈现非时序性特点。尽管班吉完全凭生命直觉认识世界，在某种程度上可能更能接近世界的原初形态，对某些事件作出可靠报道，然而，语言能力的缺失、时序的混乱、认知能力的不足等缺陷使其整体看来只是不可靠叙述者。李文俊所译的《喧哗与骚动》有意添加了许多注释，帮助读者理解班吉叙述中常常出现的时空错乱现象。上海译文出版社在刊行该书时，也特意将班吉混淆的不同时空的事件以不同字体标示出来。可以想见，如果读者直接聆听班吉的叙述，肯定会一头雾水、不知所云。然而，透过他的意识流，读者还是能体会到：他失去了姐姐的关怀，非常悲哀。福克纳实际上是通过班吉杂乱的叙述有意识地传达了他想告诉读者的一系列信息：家庭颓败的气氛、人物、环境……②

除了班吉叙述的含混，《喧哗与骚动》中昆丁和杰生的叙述也呈现出明显的含混特性。昆丁是在他自杀那天进行叙述，闪回的片段比班吉少，主要集中体现在凯蒂结婚前他在杰弗生镇的生活碎片，时间跨度上从童年到上哈佛大学的岁月，然而极度的精神亢奋使其叙述接近谵语。杰生的叙述带有其鲜明的偏执狂和虐待狂的个性色彩，实际上，杰生对凯蒂的知情与读者事实上几乎处在同等位置，然而，他却在自己的意识里从自身的利益出发杜撰了一个堕落的凯蒂。昆丁和杰生的叙述都存在不同程度的混乱，其叙述的不可靠性均呈现出含混的特征，读者无法根据他们的叙述获得对康普生家族，尤其是人物凯蒂的准确认知。该文本第四部分全知叙述者以迪尔西为主线，对前三位

---

① [美]福克纳：《喧哗与骚动》，李文俊译，上海译文出版社2004年版，第4页。
② [美]福克纳：《喧哗与骚动·译本序》，李文俊译，上海译文出版社2004年版，第4页。

不可靠叙述者进行了部分修正，从而也使读者更加清楚地意识到他们叙述的含混。《喧哗与骚动》中四位叙述者讲述的虽并非完全同一事件，却都是就康普生家衰败这一事实从各自的角度展开叙述。隐含作者正是通过主要人物的不可靠叙述，让读者直接感受到康普生家族的颓败、没落，从而将批判的笔触直接指向南方种族制度的罪恶，并蕴含着对杰生为代表的资本主义价值标准的批判。福克纳的另外两部作品《押沙龙，押沙龙!》和《在我弥留之际》也是这一类型文本。

多位叙述者相互拆解的叙述同样会形成不可靠叙述的控制型含混。芥川龙之介的《竹林中》[1]就是一个典型文本。《竹林中》由七位同故事叙述者对于同一事件的叙述组成。每个人的证词似乎都能自圆其说，都试图揭示事件的真相。然而，纵观七位叙述者的叙述，读者会发现，叙述之间相互拆借，仅武士是由谁杀死的，三位主要叙述者的叙述就无法达成一致。强盗多襄丸认为是自己杀了武士，"我一刀刺穿他的胸膛"，真砂却认为自己受不了丈夫轻蔑的目光，因此"我懵懵懂懂，朝他胸口猛一刀扎了下去"，武士的亡灵则借巫女之口说出，自己绝望于妻子的无情，"妻掉下的那把匕首，正闪闪发亮。我捡起来，一刀刺进了胸膛"。里蒙—凯南曾将叙述者亲身卷入事件视为不可靠叙述产生的重要根源。[2] 七位叙述者叙述的个性色彩都非常强烈，行脚僧离故事最远，他对于故事的描述未与其他六位叙述者的讲述构成冲突，因而，其叙述的可靠性无法判断。其他六位叙述者的身份决定了他们的叙述都试图掩盖、遮蔽或显示某些东西[3]，而事实上，六位叙述者所提供的信息之间也的确存在着很大的冲突。可以确认，六位叙述者的叙述都是不可靠的。《竹林中》中多位叙述者的

---

[1] 刘俐俐在《多重不可靠叙述的艺术魅力——〈竹林中〉的文本分析》一文中，对于《竹林中》的不可靠叙述进行了极为精到的分析。笔者主要参照了此文中的分析。刘俐俐：《外国经典短篇小说文本分析》，北京大学出版社2004年版，第108—116页。

[2] Rimmon-Kenan, Shlomith. *Narrative Fiction: Contemporary Poetics*. Florence, KY, USA: Routledge, 1983, p. 100.

[3] 刘俐俐：《外国经典短篇小说文本分析》，北京大学出版社2004年版，第109—112页。

不可靠性使整个案件扑朔迷离，企图通过整合七份供词还原事实真相，显然是不可能的，文本由此呈现出鲜明的含混特征。其实，芥川龙之介的目的并不在于追究凶杀案的真相，而是通过引导读者超越故事层，从中体味出作者对人生的凄凉感受和某种悲观认识。可见，不可靠叙述所产生的含混正是隐含作者借此直抵文本真意的跳板。

二　非控制型含混

非控制型含混是指文本的不可靠叙述所引发的含混效果无法获得隐含作者明确的意义指向。非控制型含混往往由于文本超出了作者原来的构想，导致隐含作者无法对不可靠叙述产生的含混进行有效的意义引导。

亨利·詹姆斯的《螺丝在拧紧》是一部典型的具有非控制型含混效果的不可靠叙述文本。詹姆斯在创作该文本时，将家庭女教师定位为可靠的叙述者，她符合逻辑，一个"外部的观察者""非人格化的"，詹姆斯的意图非常清晰，树立家庭女教师叙述的权威性。而事实上，文本已经越出了詹姆斯的创作意图，文本的叙述，尤其是女家庭教师的叙述呈现出明显的含混特征。有批评家由此认定女家庭教师是一位性压抑的精神病患者，认为她的叙述是完全不可靠的。

将女家庭教师理解为是可靠叙述者是建立在确信女家庭教师的判断，即她确实看到了昆特和杰塞尔小姐的鬼魂，并确信两个孩子在暗中与鬼魂交流，而她则是奋不顾身地想保护孩子们不受鬼魂的侵害。女家庭教师的人物角色似乎也显得既勇敢又富有爱心，这一点既是叙述者女家庭教师对自己的看法，也通过外层叙述者"我"所引述的道格拉斯的评价得到确认，"我感到她非常聪明伶俐，心地善良"。詹姆斯的目的是想创作一部明确而又带有神秘气息的作品，而实际上，神秘气氛的营造已经使文本布满了不可靠叙述的标识，形成强烈的含混效果。

在布莱庄园这段惊心动魄的经历对于叙述者女家庭教师的影响无疑是巨大的。然而，尽管在回忆那段经历的时候，她反复申明在布莱发生的一切就"如同此刻笔下的字迹一样清楚"，但故事中的场景和人物总是若隐若现、若即若离。结合道格拉斯的叙述,我们发现,女家庭教师在回顾10年前所发生的事情时,本能地掩盖了某些信息,而这些信息与女家庭教师对于她所经历的事情的判断,以及读者对于整个故事性质的认识都有着极为密切的联系。

> 我发现我真的踌躇不前了,但是我必须毅然投身进去。继续记录在布莱庄园发生的可怕的事情,我不仅是在对最慷慨的信任提出挑战——对此我很少在意;而且这是另一回事——我也是在重新体验自己遭受过的痛苦,再次通过这种痛苦走向悲剧的结局。①

这是女家庭教师在对往事的回忆中,认定她所监护的两个孩子迈尔斯和弗罗拉在暗暗与鬼魂昆特交往时的一段叙述。叙述进入话语层时,叙述者似乎头脑特别清晰,可一旦进入故事层,她马上就变得精神恍惚。叙述话语试图再现自己那段匪夷所思的经历,而实际上,她的叙述只是一味地指向自己的立场和观点,并没有指向在布莱真实发生的事件。结合整个文本,我们可以确认,女家庭教师是一位不可靠叙述者。女家庭教师的叙述有意识地隐匿了自己到布莱并愿意待下去的真正原因,"对最慷慨的信任提出挑战——对此我很少在意",而实际上她非常在意,正是因为对两个孩子的监护人"庄园主"的虚幻的爱情,使她愿意接受苛刻的条件来到布莱庄园担任家庭教师。道格拉斯的叙述清晰地说明了这点,"她当时堕入了情网。她曾经爱过。但爱情已经暴露了——如果不是恋情已经暴露,她是不会讲述自己的故事的"。"她告诉我,当她答应了这些条件以后,他一下如释重负,喜出望外,把她的手紧握了一会儿,感谢她做出的这种牺牲,而她感到已经得到了报偿。"其实,女家庭教师尽管一直刻意回避,却偶尔也会不自觉地流露出来,"对于像

---

① [美]亨利·詹姆斯:《螺丝在拧紧》,高兴、邹海伦译,人民文学出版社2004年版,第139页。

我这么一个喜欢幻想,感情敏感脆弱,也许还有一点虚荣心的人来说,这是一个陷阱"。也正因为此,她将"庄园主"视侄儿侄女为"沉重的负担"而完全托付于她的行为,误读为"最慷慨的信任"。对照道格拉斯的讲述,我们可以确认女家庭教师在此是在做错误的读解。此处对于叙述不可靠性的识别,对于理解女家庭教师的叙述有着非常重要的意义。很显然,这份隐蔽而虚幻的感情长久地支配着女家庭教师的内心世界,以至于她在回忆起与小男孩迈尔斯待在一起的场景时,会出现这样的叙述,"我们继续保持着沉默,这时有一个女仆和我们在一起,她也是一声不响。这使我异想天开地想到,我们活像一对年轻的夫妇在旅行结婚的路上,在一家小旅店里,在侍者面前羞羞答答的"。一些批评家也正是在此意义上否定她向我们报告的关于鬼魂的罪恶行为的真实性,认为她的叙述完全不可信赖,"讲故事的女家庭教师是一位有着性压抑的精神病患者,鬼魂并非真正的鬼魂,而只不过是女家庭教师的幻觉"[1]。这并不足以彻底颠覆女家庭教师叙述的可靠性,这份虚幻的爱情同样也会让女家庭教师为了博得庄园主的赏识而恪尽职守,事实上她确实在尽自己的最大努力去照顾孩子。更为重要的是,尽管她的叙述有所隐匿,但关于事件的描述经常是比较贴近事实的。最让人费解的地方在于,我们如何解释女家庭教师竟能向管家精确地描述出昆丁和杰塞尔小姐这两位未曾谋面的庄园主的仆人和前家庭女教师的形象呢?如果说女家庭教师以确定的口吻描述的鬼魂不是如此贴近布莱庄园隐秘的往事,比如这个鬼魂只是隔壁庄园的两位仆人,肯定不会产生如此惊心动魄的效果。从文本叙述中,我们可以看出女家庭教师所描绘的"鬼魂"确实对两个孩子,尤其是迈尔斯产生过巨大影响,与昆丁有关的迈尔斯退学事件实际上是出现在鬼魂"现形"之前。我们如何解释这种惊人的巧合呢?作者没有为我们提供任何答案,事实上,詹姆斯原本是希望我们接受女家庭教师的叙述的,然而文本

---

[1] W. C. Booth. *The Rhetoric of Fiction*, Chicago: University of Chicago Press, 1983, p.313.

第六章 不可靠叙述的美学效果　　173

又处处透露出她叙述的不可靠。有意思的是，外层叙述者"我"与道格拉斯的互动关系原本旨在加强故事的可靠性，比如道格拉斯强调了自己与女家庭教师的密切关系，并在已经了解了整个故事的情况下执意要拿到手稿将故事读给大家听，叙述者"我"也刻意强调"这个故事，是我自己很久以后抄写的一个尽量忠于原稿的副本"，而实际上却又使整个文本显得更为含混。道格拉斯这样解释他们之间的关系，"她是一个非常迷人的女人，但是她比我大十岁。她是我妹妹的家庭教师"，而女家庭教师叙述的正是自己 20 岁出头去布莱庄园照顾迈尔斯和弗罗拉兄妹俩，上学的迈尔斯恰恰比女家庭教师小十岁左右。道格拉斯对于他们相处情景的描述也与女家庭教师的叙述有着惊人的相似，难道这也是巧合？道格拉斯是否就是迈尔斯呢？如果这种推测成立，那整个文本的中心就从家庭女教师移到了道格拉斯身上。在道格拉斯就获得女家庭教师的手稿做了简短说明后，文本中的人物已经出现表达这种怀疑：

格里芬太太说道："妙，如果说我不知道当时她爱着谁，我却知道他是谁了。"

"她比他大十岁呢！"她丈夫说道。

"那是次要的——在那种岁数！不过真够绝的，他沉默的日子可真是不断呢。"

"四十年呢！"格里芬先生插嘴道。

"这下终于漏了口风。"

"口风一漏，"我回答道，"将使星期四晚上盛况空前。"①

事实上，叙述者"我"也是带着格里芬夫妇的猜测进入文本的。"我"貌似客观地讲述实际也存在隐蔽的不可靠性。叙述者"我"显然不同于听故事时的"我"，经过了一段很长的生活历程，本应该对

---

① ［美］亨利·詹姆斯：《螺丝在拧紧》，高兴、邹海伦译，人民文学出版社 2004 年版，第 78 页。

过去自己内心感觉的误差有所反思，完全有条件将断裂或空缺填补上，但是"我"没有那么做，而是让这些断点依然存在。文本的结尾颇为耐人寻味。在女家庭教师结束叙述时，"我"的叙述和道格拉斯的"朗读"也同时结束。女家庭教师在布莱庄园有数年的时间，可她独独只叙述了其间数周内发生的事情。而且每当叙述过渡到故事的高潮时（如第3、6和10章结尾处），就会出现信息延宕和断裂。故事的结尾尤其突兀："我们孤零零地与宁静的天空相对，而他那颗小小的、被夺去的心脏，已经停止了跳动。"文本在女家庭教师叙述到小迈尔斯的死亡时就戛然而止。她竟然没有对迈尔斯死亡的场景以及自己在其中扮演的角色作出任何阐释。其实，在她的叙述中，已经意识到了自己在拯救迈尔斯过程中方式的不当，"但是我已经有些忘乎所以——我被胜利冲昏了头脑"。正是她最后企图印证自己胜利的呼喊"他在那儿，就在那儿！"使小迈尔斯感到极度恐怖，最终受惊吓而死。那么这一结尾是女家庭教师文稿的中断，还是源于道格拉斯或者叙述者"我"所为呢？或者兼而有之？每一种推断都会让文本产生不同的意味。然而，有一点是肯定的，我们完全可以从逻辑上断定：叙述者很看重这些断点，并执意追求断点的意味。那么这些断点的意味何在？文本没有，似乎也拒绝给出答案。

《螺丝在拧紧》的含混显然已经超出了作者詹姆斯的构想。有意思的是，批评家们截然相反的结论都来自于文本的支持。关于其文本意义的争论现在依然在继续，这大概便是不可靠叙述"非控制型含混"效果所独有的魅力吧！詹姆斯的《圣泉》《说谎者》、托尔斯泰的《克莱采奏鸣曲》、纳博科夫的《洛丽塔》，都属于这一类型的不可靠叙述文本。

本章探讨了不可靠叙述的艺术效果问题。笔者认为不可靠叙述的艺术效果可以分为反讽和含混两种类型。值得注意的是，反讽与含混效果常常是共存于文本中，为了便于分析，笔者将二者分而述之。不可靠叙述的反讽效果主要表现为指向叙述者的反讽和指向文本中人物和社会情境的反讽。这两种反讽效果在文本并非非此即彼的存在，实际上，很多文本都呈现出反讽双重指向性。不可靠叙述的反讽效果强化了读者与作者之间的交流,丰富了反讽的审美效果。不可靠叙述的含混效果也可以依据隐含作者对于文本意义的控制分为两大类:控制型含混和非控制型含混。正因为不可靠叙述这两种类型的含混效果存在,极大地激发了读者对于文本积极、主动的思考,而非控制型含混效果更是呼唤读者参与到文本意义的建构中来。

第七章

不可靠叙述的伦理探求

不可靠叙述不仅造成叙事文本情节上的含混，蓄意混淆读者对小说基本真实的认识，而且使读者在阅读、接受文本时产生极大的困惑。尤其值得注意的是它引起道德上的困惑。相对可靠叙述清晰而确定的伦理表达，不可靠叙述文本中的伦理关系显得复杂而多样，含混而朦胧。不可靠叙述使从作者、文本到读者的整个文学活动呈现出丰富的伦理交流场域。这种复杂而生动的伦理交流关系，丰富了文本的艺术效果和读者的审美感受，也对读者的伦理判断构成极大的挑战。

叙事对于人们的道德实践行为具有形塑作用。契诃夫在其小说《在家里》中曾经讲了一个很有意思的故事：检察官七岁的儿子谢辽查偷偷抽烟，无论怎么说教都听不进去。谢辽查有个睡觉前听故事的习惯，于是有一天，检察官编了下面的故事："一个老皇帝，有个独生儿子，是皇位继承人。他还是个孩子，跟你这么小。那是个好孩子。……他只有一个缺点，那就是他吸烟。"令检察官吃惊的是，谢辽查紧张地听着，眼睛也不眨，盯住他的眼睛。故事是这样结束的："皇太子因为吸烟而得了肺痨病，活到二十岁就死了。年老多病的老人就此孤孤单单，没有人来帮助他。没有人来管理这个国家，保护这个宫殿。敌人来了。他们杀死老人，毁坏宫殿，如今果园里已经没有樱桃，没有鸟儿，没有小铃铛了。……就是这样的，孩子。"结果这个连检察官自己都觉得可笑幼稚的故事，却给谢辽查留下了深刻的印象。他的眼睛又蒙上悲哀以及类似恐怖的神情。他呆呆地瞧了一忽儿窗口，打了个寒战，用压低的声音说："我以后再也不吸烟了。"契诃夫通过检察官这个人物对叙事与道德现象进行了思考："为什么道德和真理就不应该按它们本来的面目提出来,却要掺混别的东西,一定要像药丸那样加上糖衣,涂上金光呢?"他想起芸芸众生包括他自己,不是从布道词和法律里,而是从寓言、小说、诗歌里汲取生活观念的。"药品必须甜,真理必须美。……人类从亚当的时代起就养成了这种癖好。"① 布斯对此叙事评论道:"我们都具有'这种愚蠢的习惯',我们也都像检察官一样天然地为这种矛盾的心理所困扰着。我们都具备从故事里塑造我们自身的天性(一种第二天性)。"② 真可谓知人之论,见道之语!这就是叙事的伦理作用,叙事具有独特的道德意义。一种理论有助于理解这个世界而没有改变你自己的世界,一种故事帮助你应对这个世界,并通过改变你自己来改变这个世界。③ 叙事就是给人们在这个世界的存在提供一种方式。

20 世纪以来,不可靠叙述文本引发的道德问题日渐突出。与艺术效果相比,不可靠叙述的伦理效果是布斯更为关切的问题。布斯不满于不可靠叙述带来的"作者道德判断的晦涩",他认为,"客观的叙述,特别是当通过一位非常不可靠的叙述者进行叙述时,便形成了使读者误入歧途的特殊引诱。甚至当表现作者深恶痛绝其行为的人物时,这种叙述还是通过他们自己的自我辩解的修辞这一诱人的手段来表现他们。结果毫不奇怪,对这些作品的反应带上了混乱和错误指控的印记"④。塞利纳《长夜漫漫的路程》中的巴米达就是一位颇让读者挠头的不可靠叙述者。布斯在阅读时显然比一般读者有着更强的警觉意识,即便这样,他的阅读感受依然是,"在我们阅读该书的过程中,不管可能会对它思考多少,我们毕竟已经被迷住了。我们受到一个受着磨难的意识的吸引,正如我们在视觉上屈服一样,我们也被引

---

① [苏] 契诃夫:《契诃夫小说全集》(6),汝龙译,上海译文出版社 2000 年版,第 88—95 页。

② W. C. Booth. *The Company We Keep: A Ethics of Fiction*. University of California Press, Berkeley and Los Angles, California, 1988, p. 484.

③ Stanley Hauerwas. *Truthfulness Tragedy*. University of Norte Dame Press, 1977, p. 73.

④ W. C. Booth. *The Rhetoric of Fiction*, Chicago: University of Chicago Press, 1983, pp. 388-389.

向道德屈服"。无怪布斯会做出如下结论:"这部作品会使生活本身变得没有意义,变成只是一系列自私自利的对他人生活的侵扰。"[①] 极富修辞艺术的不可靠叙述者,如《洛丽塔》中的亨伯特、《伤逝》中的涓生,则更容易迷惑轻信的读者,从而赢得他们的同情,潜在影响他们的伦理观念,甚至引发类似的道德行为实践。"由于叙述者的混乱,叙述者使我们也置身艰难而危险的阅读征程。从《巨人传》到《洛丽塔》的不可靠叙述者的发展史,对于毫无疑心的读者来说充满了种种陷阱,其中有些并非十分有害,但有些却危害巨大,甚至会产生致命的危险。"[②] 布斯所忧虑的"危害""危险"就是指不可靠叙述所带来的负面伦理影响,尤其是可能引发的道德实践行为。可见,从伦理角度观照不可靠叙述显得尤为迫切。

20世纪中后期兴起的"叙事伦理"契合了不可靠叙述对伦理维度的呼唤,成为观照不可靠叙述的一个必要而贴切的角度。叙事伦理主要针对叙事中伦理维度的缺失引发严重的道德混乱而提出。不可靠叙述、非人格化叙述等引起的道德混乱,实际上也是叙事伦理兴起的诱因之一。有别于传统伦理批评,"叙事伦理"显示了道德伦理视野对小说独特性的关注,它力图在关注小说作为叙事艺术的内在特质的前提下,重建伦理批评的有效性。可以说,作为一种新的伦理批评方式,叙事伦理批评突破了传统伦理批评的局限,成为伦理批评的一个转折点。

"伦理"与"道德"在本文中交替出现,有必要先对此作一简要说明。自康德在其伦理学著作《道德形而上学》将伦理和道德加以区分,许多哲学家开始倾向于将二者区别使用。从黑格尔的《法哲学原理》中可以看出:"伦理"指的是一种客观的社会关系,"道德"则指的是个体对这种客观社会伦理关系及其要求的体认、践行,以及在此基础之上所形成的个体情感、意志。在伦理哲学领域,伦理具有某种本体论意义,"从日常存在中的家庭纽带,到制度化存在中的主体

[①] W. C. Booth. *The Rhetoric of Fiction*, Chicago: University of Chicago Press, 1983, pp. 383-384.

[②] Ibid., p. 239.

间交往，伦理关系展开在生活世界、公共领域、制度结构等不同的社会空间……它们在实然、自我规定等意义上，可以看作是一种社会本体"①。基于二者划界的日益清晰，有论者提出，"伦理"是伦理学中的一级概念，而"道德"是"伦理"概念下的二级概念。二者不能相互替代，它们有着各自的概念范畴和使用区域。②而实际上，要严格区分二者实属不易。作此说明旨在表明："伦理"与"道德"二者所指有微殊而无迥异。故笔者在文中以"伦理"一词涵盖"伦理""道德"之意。当涉及黑格尔意义上的差异时，则分别以"伦理"与"道德"指称。

本章以叙事伦理为观照角度，深入分析不可靠叙述所呈现的丰富的伦理交流场域，使不可靠叙述研究由文本之内走向文本之外，从而实现对不可靠叙述更为深刻的理解。第一节基于对从传统伦理批评到叙事伦理批评发展脉络的描述，集中阐述叙事伦理的内涵，进而着力论述叙事伦理在观照不可靠叙述文学现象的必要性和适用性；第二节结合具体文本，从叙事伦理角度展现不可靠叙述呈现的丰富的伦理交流场域。

第一节 叙事伦理：不可靠叙述的必要观照角度

为什么说叙事伦理是不可靠叙述的必要观照角度？或者说，为什么不可靠叙述研究要从叙事伦理角度介入？要回答这个问题，首先需要我们清晰而准确地把握叙事伦理的内涵。

"现代性伦理与新叙事学这两种不同的理论与思想资源共同催生了当下小说批评中叙事伦理话语的热潮。"③ 叙事伦理因理论旨归的不同，存在两种研究向度：一是以伦理学为重心，借重叙事艺术探讨伦

---

① 杨国荣：《伦理与存在——道德哲学研究》，上海人民出版社2002年版，第13页。
② 尧新瑜：《"伦理"与"道德"概念的三重比较义》，《伦理学研究》2006年第4期。
③ 杨红旗：《伦理批评的一种可能性》，《当代文坛》2006年第5期。

理问题。西方新兴的叙事伦理学就是伦理学的一个分支。"理性伦理学探究生命感觉的一般法则和人的生活应遵循的基本道德观念，进而制造出一些理则，让个人随缘而来的性情通过教育培育符合这些理则"，与之相对，"叙事伦理学不探究生命感觉的一般法则和人的生活应遵循的基本道德观念，也不制造关于生命感觉的理则，而是讲述个人经历的生命故事，通过个人经历的叙事提出关于生命感觉的问题，营造具体的道德意识和伦理诉求"①。女性主义伦理学家阿尔斯坦、西方著名伦理学家麦金太尔也常常借助文学叙事进行伦理思考。国内学者刘小枫的《沉重的肉身——现代性伦理的叙事纬语》也代表着这种研究思路。二是以叙事学为基点，借鉴叙事伦理学展现叙事文本中丰富的伦理交流关系及其伦理内涵，从而实现对文本的艺术价值形成机制及其艺术效果的深刻理解。美国学者纽顿的《叙事伦理》一书堪称这方面的代表作。美国俄亥俄州立大学教授詹姆斯·费伦也以"四维伦理情境""伦理取位"等概念的创造和阐发，将叙事伦理研究推向了深入。国内学者谢有顺、伍茂国、张文红、杨红旗也对此有着较为深入的探讨。二者之间各有侧重，又存在诸多交叉。不可靠叙述横跨经典叙事学与后经典叙事学，是叙事理论研究中的一个重要概念。不可靠叙述的理论语境及整体论文框架决定了以下的讨论基本是在第二种研究向度上展开的。

一 从传统伦理批评到叙事伦理批评

"伦理关系是人与人之间的一种最本质、最稳定、最具传统色彩和规范意义的社会关系，自然而然就成为叙事的对象。"②综观中外数千年的文学发展历程，我们发现，伦理与文学的关系一直是人们最为关注的问题之一。凡伦理学所涉及的问题——爱、希望、信仰、正义、善、勇敢、生死等——无不在叙事作品中得以艺术表达。在中国，孔子的"思无邪""兴、观、群、怨"说开启了伦理批评的先

---

① 刘小枫：《沉重的肉身——现代性伦理的叙事纬语》，上海人民出版社1999年版，第3页。

② 张文红：《伦理叙事与叙事伦理》，社会科学文献出版社2006年版，第2页。

河;"文以载道"的传统绵延数千年,至今仍能见出其影响。在西方,据著名美学家鲍桑葵考察,古希腊人对美的认识遵循三大原则:道德主义原则、形而上学原则和审美原则,其中道德主义原则排在首位。苏格拉底、柏拉图和亚里士多德一脉相承而又各有侧重地阐述了道德与文学的关系。社会历史批评更是将西方伦理批评推向了高峰。综合起来看,无论中西,伦理批评曾经在相当长的历史中处于主流地位。然而,传统伦理批评暗含一种理论和实践的弊端,那就是把人的审美兴趣和实用兴趣混为一谈,而且在某些特殊时期往往会流于道德说教,并以伦理—道德标准替代美学标准,从而抹杀了文学应有的特性。近代以来艺术理念中的一个严重问题就是将美和善对立起来,从而使艺术和道德处于一种矛盾甚至对抗的紧张关系中。乔治·桑和福楼拜的争论,可以见出这种美学独立运动引发的话语冲突曾经达到何等尖锐的程度。西方近代唯美主义产生以后,大有与文学上的道德主义一争高下之势。唯美主义否定文学与道德伦理之间所有的关系,他们赞成在艺术审美和道德实践之间划出判然可见、互不凌越的边界。于是,支持艺术与道德的分离甚至对立就成了一种占据上风的美学倾向。客观性、中立性也便成为小说家追求的目标,以避免修辞性介入所造成的非艺术的道德说教。"关于价值的观点,在伦理学中被称为伦理主观主义,与之相反的观点就是客观主义。客观主义相信世界上存在普遍的道德价值,一个对象的道德属性不取决于人们对它的认识,而主观主义不是否定道德价值的存在,而是否定道德价值的普遍性和对于人类认识的独立性。"[①] 19世纪以来的直觉主义、形式主义、表现主义等美学理论和艺术主张,也都在强化着这种脱离道德甚至反道德的倾向。克罗齐就断然否定艺术的"实践的判断"和"伦理的判断",认为"艺术对于科学、实践、道德都是独立的"[②]。形式主义出现后,伦理批评受到了致命打击,审美批评以压倒之势占尽批评的风

[①] [意]周宪、杨书澜、李建盛主编:《伦理学关键词》,北京师范大学出版社2007年版,第183—184页。

[②] [意]克罗齐:《美学原理·美学纲要》,朱光潜等译,外国文学出版社1983年版,第62页。

光。以审美批评彻底否定伦理批评不过是以一种极端反对另一种极端。虽然伦理批评有种种极端倾向，但其学术合法性却不能因此而抹杀。

从20世纪的文学现实看，伦理维度的缺失有着很大的负面影响。且不论作者道德感的丧失消解了创作的责任感，导致写作环境日渐轻松而肤浅，即便作者有着严肃的道德责任感，由于非人格化叙述、不可靠叙述等叙事策略的不当使用，也会削弱甚至消解文本的道德力量，从而引发道德混乱。20世纪小说中大量不可靠叙述者的出现，使文本多呈现出模糊、含混的美学风格，道德判断往往在一些"老道"而"不可信"的叙述者的巧舌如簧中，变得暧昧不明。读者常常是受其误导而不自知。伦理维度对于文学研究的重要性业已引起重视，许多文学研究者也都在身体力行，重建伦理批评的有效性。20世纪最后十余年中，以伦理—政治目标为立论的基础，包括解构主义、女性主义批评及其理论与跨文化批评等共同构成了西方文学研究中广泛的伦理转向。

那么，这是否意味着重返传统伦理批评之途，以社会伦理规范去评判不可靠叙述文本呈现的伦理诉求呢？显然不是。以唯美主义、形式主义为代表的审美批评和现代伦理观念的双重夹击，使传统伦理批评对小说与现实的同质同构道德关系建构遭受质疑。实际上，传统伦理批评只强调了社会要求的普遍的道德伦理，而忽视了文学叙事的特性，忽视了叙事的虚构性和个体性。也就是说，传统伦理批评仅仅处理了小说创作作为社会行为的一般性道德问题，而没有触及其作为艺术特殊性的道德问题。这也是传统伦理批评常为人诟病的因由所在。而且传统伦理批评的探讨多偏重作品的内容，而欠缺对形式的挖掘；多侧重于对作者"写作伦理"的强调，而忽视对读者"阅读"伦理的关注；多表现为对作者、人物伦理取向的独立分析，至多也就是考察作者伦理取向对文本伦理表达的影响，而缺乏对作者、文本、读者三者之间伦理交流的动态考察关系。凡此种种，传统伦理批评显然无法担此重任。那么，以什么方式来实现对叙事文本，尤其是不可靠叙述文本的伦理观照呢？叙事伦理无疑提供了一个非常恰切的观照角度。这里谈到的叙事伦理特指晚近出现、针对围绕叙事文本中的伦理进行分析和研究的一种批评方法,也可称之为"叙事伦理批评"。

叙事伦理是一个具有自足内涵的理论概念,它本身充满了歧义与多样性理解,或者被理解为对于叙事作品中伦理主题的关注,或者被理解为作家的伦理观念在叙事作品中的反映,众说纷纭、莫衷一是。我们不妨在综观现有研究的基础上,提炼出叙事伦理应有的内涵。

(一) 叙事伦理与理性伦理

如前所述,叙事伦理学对于伦理在叙事文本中独特性的强调,构成了叙事伦理的基本内涵。在伦理学框架下,"叙事伦理"是作为与"理性伦理"相对的概念提出的。"叙事伦理学"是20世纪中后期西方新兴的伦理学分支。它与以往的伦理学研究有着很大不同。"传统伦理学以人格、德性、至善为中心,而现代伦理学的主流则以行为规则、正当、正义为中心。"[①] 二者只是在关注点上各有不同,但都产生于现实生活当中,探讨人们在生活中所应遵守的道德观念和伦理规则,同属理性伦理学的范畴。

刘小枫的《沉重的肉身——现代性伦理的叙事纬语》是最早向国内引介"叙事伦理""叙事伦理学"等概念的著作。在这本充满机趣和智慧的哲学笔记中,刘小枫认为,伦理学有两种取向:理性伦理学和叙事伦理学。"理性伦理学探究生命感觉的一般法则和人的生活应遵循的基本道德观念,进而制造出一些里则,让个人随缘而来的性情通过教育培育符合这些里则",与之相对,"叙事伦理学不探究生命感觉的一般法则和人的生活应遵循的基本道德观念,也不制造关于生命感觉的理则,而是讲述个人经历的生命故事,通过个人经历的叙事提出关于生命感觉的问题,营造具体的道德意识和伦理诉求"[②]。刘小枫虽未直接给叙事伦理以明确界定,但比照"理性伦理学"的内涵,这段对"叙事伦理学"内涵的表述,体现出叙事伦理的下述特质:与生成于社会、探究一般法则的理性伦理不同,叙事伦理源于个体叙事,

---

[①] 何怀宏:《伦理学是什么》,北京大学出版社2002年版,第32页。

[②] 刘小枫:《沉重的肉身——现代性伦理的叙事纬语》,上海人民出版社1999年版,第3—4页。

从叙事中生成具体的道德意识和伦理诉求；与关注道德的普遍状况的理性伦理不同，叙事伦理只关注道德的特殊状况。

很明显，刘小枫对于"叙事伦理"的思考是在伦理学的视域下，他关注的是叙事中伦理的独特性，而非叙事中伦理所呈现出的叙事艺术特质。女性主义伦理学家阿尔斯坦的研究方式与此非常接近。阿尔斯坦擅长通过讲述普通人的生活，而非抽象的伦理命题阐述，来探讨伦理问题。西方著名伦理学家麦金太尔也常常借助文学叙事进行伦理思考。然而，叙事伦理学对于叙事伦理的思考为我们在叙事学框架下深入探讨叙事伦理提供了有益的启示。

从古到今，由中而西，伦理一直成为人们评价叙事文学作品的重要维度。传统伦理批评忽视了叙事的虚构性和个体性，强调文学对社会的反映功能，把文学单纯地看作是政治教化和德育教化的工具。它没有注意到叙事文本中伦理的独特性，把人的审美兴趣和实用兴趣混为一谈，以普遍的伦理道德为尺度进行文本分析，从而抹杀了文学应有的特性。叙事伦理学对于叙事伦理与理性伦理差异性的强调，展示出叙事文本中伦理的独特性，这为伦理批评以契合叙事文本艺术特性的方式观照文本提供了理论支持。

值得注意的是，叙事伦理与理性伦理并非截然对立、互不相容。叙事伦理中个体命运所呈现的道德状况和伦理诉求往往是某种理性规范的具体化，比如，"正义""公正""真"等具有普适性的伦理规范，就被不同时代、民族的叙事作品以各种方式言说。而叙事伦理对于道德可能性的探究往往先于理性伦理的形成，具有前瞻性特点。

（二）叙事伦理与伦理叙事

不少文学研究者借重刘小枫开启的"叙事伦理"研究维度，基于叙事文本的特性进行伦理考察。谢有顺的研究颇具代表性，他在《铁凝小说的叙事伦理》《中国小说的叙事伦理——兼谈东西的〈后悔录〉》《尊灵魂，叹生命——贾平凹、〈秦腔〉及其写作伦理》《重塑灵魂关怀的维度——构建一种新的文学伦理》等诸多文章中都反复强调，叙事伦理"不是回答社会学和道德意义上的问题，而是通过一种对人性深刻的体察和理解，提出它对世界和人心的创见"①。谢有顺对于叙事伦理的理解无疑更切近叙事的艺术特质。然而，从他的理论表述中，我们不难见出传统伦理批评的影子。尽管叙事的伦理内容确为叙事伦理内涵的题中应有之义，将叙事伦理等同于对叙事的伦理内容的归纳无疑遮蔽了叙事伦理所应有的丰富内涵。这种研究思路显然还囿于叙事主题学的范畴，我们可称之为"伦理叙事"。

除了对叙事文本中伦理独特性的强调，伦理叙事与传统伦理批评的内涵基本吻合。这类研究往往"以叙事为中心的小说，在历史的发展和现实的进程中，逐步从纷纭的人际关系中梳理出有典型意义的伦理叙事模式"②。"所谓'伦理叙事'是主题学范畴的指向"，李复威一语中的，道出了伦理叙事的实质。可见，伦理叙事只是对叙事中伦理主题的归纳、提取式研究，其关注点主要在于作者的伦理观念、立场和文本的伦理主题，而叙事伦理则打破了传统的主题归纳式研究，将研究触角延伸到整个文学活动所涉及的伦理活动和伦理交流关系。

(三) 叙事伦理与阅读伦理

西方的文学研究者更多的是从叙事学的角度来分析、阐释叙事伦理，尤其注重对阅读伦理的探讨。最具有代表性的人物是美国当代著名的文艺理论家布斯和英国研究比较文学的学者亚当·查克里·纽顿（Adam Zachary Newton）。他们把叙事中的伦理看成一种艺术和技巧，而不是对自然道德法规的反映和折射。这是对传统伦理批评以既定的道标准为核心手段的颠覆，也是对只关注结构和形式的纯形式主义批评的批判。

布斯对于叙事伦理的思考始于《小说修辞学》。布斯专辟一章（第十三章"非人格化叙述的道德与技巧"）讨论叙事伦理问题。面对不可靠叙述、非人格叙述引发的道德混乱，布斯认为"作者对非人格化、不确定的技巧选择有着一个道德尺度"，"一位作者负有义务，

---

① 谢有顺：《中国小说的叙事伦理——兼谈东西的〈后悔录〉》，《南方文坛》2005年第4期。

② 张文红：《伦理叙事与叙事伦理》，社会科学文献出版社2006年版，第2页。

尽可能地澄清他的道德立场"①。这里明显见出"布斯的著作必然是以保护作者为取向的,并突出作者意图在决定文本意义方面的重要性"②。也就是说,布斯强调的是以作者为主体的写作伦理,忽略了阅读伦理所体现的读者的主动性。此后,布斯在另一本书《我们相伴:小说伦理学》(The Company We Keep: An Ethics of Fiction)中将关注重心由作者投向了读者。标题中的"我们"指作者和读者。布斯认为作家与读者之间保持了一种关系,即虚构的伦理关系。布斯肯定了叙事的力量,更强调了读者伦理性阅读的主动性,"一旦新的文本被公之于众,我们(指读者)带着对生活的理解来对文本进行伦理性阅读时,这一过程将导致另一方面结果:伦理的读者不仅要对文本和作者负责,而且还要对他或她阅读的伦理品质负责"③。遗憾的是,布斯没有融合曾经对写作伦理的思考,而过分强调读者伦理取向在文本阐释中的重要性,不免有矫枉过正之嫌。

纽顿在他所著的《叙事伦理》(Narrative Ethics)中考察了"叙述故事和虚构人物过程中产生的伦理后果以及这一过程中把讲故事人、听故事人、见证人和读者联结在一起的相互要求"④,描述了叙事的三种伦理结构:叙事伦理,再现伦理,解释伦理,进而从两方面解释"叙事伦理":一方面归因于叙事话语的各种伦理地位,另一方面意指伦理话语依赖叙事结构的方式。也就是说,叙事伦理并不是指一系列超越的理论观念或先验道德准则,而是具体文本中形式安排、话语态度亦即讲述过程所形成的讲述者、读者或听众、证人、作者之间的伦理关系。可见,纽顿所说的叙事伦理强调的不是文本伦理主题的表达,而是由讲述行为所引起的作者、读者和文本之间的伦理对话关

---

① W. C. Booth. *The Rhetoric of Fiction*, Chicago: University of Chicago Press, 1983, p. 388.

② [美]詹姆斯·费伦:《作为修辞的叙事》,陈永国译,北京大学出版社2002年版,第24页。

③ W. C. Booth. *The Company We Keep: A Ethics of Fiction*. University of California Press, Berkeley and Los Angles, California, 1988, p. 10.

④ Adam Zachary Newton. *Narrative Ethics*, Cambridge: Harvard University Press, 1995, p. 11.

系。尽管纽顿对纯形式主义颇不以为然，但纽顿把伦理和叙事结合在一起的"逻辑"，确实如他自己所说"纯粹是实用主义的，它暗指一种互相作用而不是法定秩序，一种通过暂时的文本世界和真正的阅读时间的历时分析"①。尽管纽顿意识到作者作为讲述者在叙事伦理研究中的必要性，但在具体的理论阐发中，作者已经被有意无意地忽视了。詹姆斯·费伦是另一倡导阅读伦理的学者。"我们像布斯和纽顿一样，把焦点放在阅读伦理上，研究阅读行为如何引起伦理思考和回应。然而，我们更关注技巧（文本所提供的标记）与读者的认知理解、情感反应以及伦理取位（ethical positioning）的关系。"② 如果说纽顿只是在阐发中忽略了作者伦理，费伦的表述则直接将作者从整个叙事伦理研究中被清除出去。对于写作伦理的忽视来自于其修辞研究的整体立场，"我所提倡的方法把重点从作为控制者的作者转向了在作者代理、文本现象和读者反应中间循环往复的关系"③。可见，阅读伦理既不同于社会学批评中关于文本伦理维度的主题式研究，它思索读者的价值观如何介入阅读过程，尤其是文本在读者身上唤起的欲望的伦理维度，以及那些介入活动会导致什么样的伦理后果。阅读伦理维度涉及我们的价值观和判断，同时也与认知、情感以及欲望错综交织。

西方学者对于阅读伦理的阐发的确让人耳目一新，引发人们对长期以来遭受伦理批评忽视的读者一维的关注。然而，其缺陷也非常明显。实际上，叙事的伦理分析如果离开作者的伦理观念和伦理思考是难以深入文本的。

（四）叙事伦理的内涵

根据库恩的范式理论，一个学科在成熟以前，往往同时存在许多

---

① Adam Zachary Newton. *Narrative Ethics*, Harvard University Press, Cambridge, Massachusetts, London, England, 1995, p. 13.

② ［美］戴卫·赫尔曼主编：《新叙事学》，马海良译，北京大学出版社2002年版，第48页。

③ ［美］詹姆斯·费伦：《作为修辞的叙事》，陈永国译，北京大学出版社2002年版，第24页。

相互冲突的观念，不同的理论家对同样的研究对象作出不同的解释，以此表明自己的认识，并同其他理论或观念相颉颃。但到了它的成熟期以后，对同样的研究对象的认识，整个学术界便会在某些重大问题或观念上取得一定程度的共识。整体来看，不同的学术积累使论者关注叙事伦理各有侧重：或指叙事的伦理内容，或指叙事的伦理形式；或为关注作者的写作伦理，或为关注读者的阅读伦理。只有综合已有的研究成果，才能对叙事伦理产生全面而深刻的理解。笔者拟从以下三方面把握叙事伦理的内涵。

1. 叙事伦理是产生于叙事文本中的虚构性的个体伦理。

如果说叙事是用话语虚构社会生活事件过程，那么叙事伦理就是用话语虚构的伦理。它可以与现实伦理同构，可以是现实伦理的影子，但不等于现实，读者不能彻底地使用现实伦理意识和标准对叙事伦理作伦理评价。传统伦理批评的弊端就在于将现实生活的伦理规范等同于叙事伦理，其结果必然会产生逻辑上的不对等，从而也产生许多价值误植，我认为这也是《堂吉诃德》这部小说的道德寓意之一。堂吉诃德看骑士小说入了迷，把文学世界当作现实世界看待，结果不仅闹出了种种笑话，而且因此而丧命，这教训无疑是沉重的。

叙事伦理的个体性体现为相对性、当下性和身体性。这种当下性远非伦理道德的历史性，而是个体在当下所探究的道德可能性。文学叙事讲述的就是个体的真实道德选择和生命感觉，"看起来不过在重复一个人抱着自己的膝盖伤叹遭遇的厄运时的哭泣，或者一个人在生命破碎时向友人倾诉时的呻吟，像围绕这一个人的而非普遍的生命感觉的语言嘘气——通过叙述某一个人的生命经历触摸生命感觉的一般法则和人的生活应遵守的道德原则的例外情形，某种价值观念的生命感觉在叙事中呈现为独特的个人命运"[①]。刘小枫诗意的表达恰切地展示出叙事伦理的个体性特质。

---

① 刘小枫：《沉重的肉身——现代性伦理的叙事纬语》，上海人民出版社1999年版，第3—4页。

2. 叙事伦理是读者、文本与作者之间的对话伦理。

叙事文本在被创作和阅读的过程中，又存在作者、人物和读者之间的伦理对话。叙事文本并非一个封闭的整体，文本内外主体之间呈现为交流与对话的关系。每个人都带有自己的"真理"，都有自己的生活立场，在创作或是阅读过程中，正是这些不同的"真理"与生活立场的不断冲撞，彰显了作品的思想，推动了作者的创作积极性，激发了读者对自己生活和周遭世界的重新审视。这个过程中，必然存在着伦理。在创作和阅读的过程中，各主体都自觉不自觉地把自己置于他人的思想意识和生活情境之中，积极与他人对话，并在对话中理解他人，同时，也只有在倾听他者声音的时候，我们自己或许才有可能对发生在自己身上的相似情节和心绪释怀，原谅自己，才有可能发现一直隐藏着的另一个自己，才有可能听见自己做梦也不敢想的种种可能性。所以，叙事伦理离不开对主体间伦理对话的考察。

3. 叙事伦理是探究伦理的可能性的形式伦理。

叙事伦理"让人们面对生存的疑难，搞清楚生存悖论的各种要素，展现生命中各种选择之间不可避免的矛盾和冲突，让人自己从中摸索伦理选择的依据，通过叙事教人成为自己，而不是说教，发出应该怎样的道德指引"[①]。

叙事伦理要探究叙事的各种要素如何构成文本的伦理框架，叙事策略在何种程度上如何成为伦理行为。文学活动作为一种语言活动，不是简单地通过语言复制和传达现实生活，而是积极地改写现实，重新诠释我们的生活，创造出另一种生活空间和另一种生活的可能性。维特根斯坦就曾说"想象一种语言就是想象一种生活方式"[②]。选择一种语言，就是选择了一种生活方式，选择了一种伦理。作家正是借用语言构造了五彩缤纷的生活形态。所以，对于作家来说，如何更好地构架语言，选择什么样的话语，以使写作意图与所选话语达到完美

[①] 刘小枫：《沉重的肉身——现代性伦理的叙事纬语》，上海人民出版社1999年版，第6页。

[②] ［英］维特根斯坦：《哲学研究》，汤潮、范光棣译，生活·读书·新知三联书店1992年版，第7页。

的结合,就显得尤为重要。讲述的方式不同,话语的选择不同,就会产生不同的伦理效果。从这个意义上讲,语言或者说叙事话语具有伦理性。同时,它又关涉个体,这意味着"语言伦理不同于一般的道德伦理,道德伦理注重价值判断,而语言伦理则注重呈现生存的状态,注重理解个体的生活"①。比如,鲁迅小说的形式就有着鲜明的伦理向度:从文体看,鲁迅只写短篇小说;从小说叙事形式和技巧看,鲁迅使用了大量的"曲笔",而且有意安排各种"中介叙述人"。表面上,这只是小说的叙事策略,深入剖析,则是鲁迅个体伦理内在紧张、矛盾的体现和调解方式。

二 叙事伦理进入不可靠叙述研究的必要性

尽管叙事伦理所展现的丰富图景非常令人着迷,笔者也只好暂且搁置对叙事伦理的全景式研究,将视点聚焦于不可靠叙述。这样,我们就回到了前面的问题,为何不可靠叙述研究一定要从叙事伦理角度进入?我们可以从以下两方面来看。

第一,叙事伦理是文学研究不可或缺的维度,不可靠叙述所呈现的丰富的伦理交流关系更需要叙事伦理的介入。

无论我们承认与否,伦理立场和伦理判断都是小说价值结构中一个具有重要意义的构成部分。任何一部文学作品都是一种伦理的述说,都能传达一种带有价值论断的个体生命的感受。王尔德通常被认为是反伦理批评的代表。他曾在《道连·格雷的画像·自序》中,义正词严地宣称:"书无所谓道德的或不道德的。……艺术家没有伦理上的好恶,艺术家如在伦理上有所臧否,那是不可原谅的矫揉造作。"② 颇为有趣的是,紧接前言之后的小说却以极为隐晦的方式提出了伦理道德问题:自我中心主义必然遭受挫败和痛苦。当然,这样的伦理表达并非直接呈现,而是隐蔽于唯美主义美学的言说中。实际上,以王尔德为代表的反伦理批评是针对传统伦理批评而言的。传统

---

① 谢有顺:《先锋就是自由》,山东文艺出版社2004年版,第247页。
② [英]王尔德:《道连·格雷的画像》,《王尔德全集》(小说童话卷),荣如德、巴金译,人民文学出版社2000年版,第3页。

伦理批评将现实生活中的伦理规范与艺术作品中的伦理表达混为一谈，以生活中的伦理准则直接评判文本中的伦理情境。王尔德们反对的就是这种非艺术的道德说教，即艺术家伦理取向在文本中的直接表达。反伦理批评为此将伦理道德彻底逐出艺术领域的行为，颇有些泼洗澡水把婴儿也泼掉的味道。事实上，唯美主义小说往往展现出极为复杂的伦理面相。只要存在叙事，伦理就无法避免。叙事伦理是基于小说的艺术特质而进行的伦理观照，它突破了传统伦理批评的局限，成为伦理批评的一个转折点，也成为文学研究不可或缺的维度。

作为20世纪一种重要的不可规约的文学现象，不可靠叙述呈现出极为丰富的伦理交流关系。传统伦理批评只注重从现实伦理规范出发，对文本内人物道德进行臧否，并不关注主体间伦理的对话和交流。叙事伦理所特有的对话性恰恰能充分展示出不可靠叙述伦理交流的复杂、丰富。传统的可靠叙述文本中，作者总是借助于叙述者或戏剧化的代言人直接表明自己的伦理取向。作者所建构的隐含作者基本会承认叙述者的权威性，这样就表现出作者、隐含作者、叙述者伦理取向的一致性。这种做法确保叙述者占据着文本空间内伦理位置的最高点，从而对人物、事件进行道德评判。除了文本可靠性因社会文化语境的变动而发生变化外，读者总是乐于接受叙述者的引导，采纳其所作出的道德判断。可见，可靠叙述文本的伦理交流表现为作者（隐含作者）、叙述者、读者之间的同一性关系。这种同一性遮蔽了读者个体伦理位置对于文本的影响，或者说，可靠叙述文本基本只需要读者接受，而非参与。因而，我们只需要透析作者通过叙述者所展现的叙事姿态、道德价值判断，便能获得对文本的把握。

不可靠叙述的情况则复杂得多。不可靠叙述文本呈现出隐含作者、叙述者、人物各异的伦理位置，这些主体间伦理取向的不同在文本内部形成局部的伦理对话关系，尤其是隐含作者与叙述者之间的伦理交锋：或是隐含作者从背后否定叙述者的伦理观念，或是隐含作者以否定的形式对叙述者的伦理观念进行肯定。处于文学交流活动两端的作者和读者的位置也复杂起来。由于不可靠叙述者处于前景，作者无法如可靠叙述一样直接介入文本，无法形成某种权威的伦理导向。

作者伦理位置的隐蔽性，不但需要读者积极介入文本，通过某些文本迹象读出不可靠叙述者背后作者（隐含作者）的声音，而且使读者个体的伦理位置显得更为重要。尤其当面对缺乏道德激情、放弃伦理判断的作者时，读者更需要参照社会伦理规范，以个体的伦理观念与文本内主体进行对话，从而在叙事中培养有益的道德趣味。文本内外形成错综复杂的伦理交流场域。叙事伦理的对话性强调的是作者、文本、读者间动态的伦理交流，与可靠叙述相比，不可靠叙述显然更能展现叙事伦理的理论应对能力。反之，不可靠叙述对于叙事伦理角度进入的要求也显得更为迫切。

第二，不可靠叙述引发的道德混乱亟须伦理维度进入，叙事伦理以其对叙事文本伦理情境的独特观照，契合了这一要求。

在传统的可靠叙述文本中，伦理判断是清晰而明确的。读者可以从《悲惨世界》《红与黑》《汤姆·琼斯》等文本的叙述者那里得到清楚的指引：赞美什么、反对什么；何者为善，何者为恶……即便是《苔丝》《爱玛》等展示伦理冲突的文本，叙述者的可靠议论也能为读者作出正确的伦理判断提供帮助。然而，面对《洛丽塔》《说谎者》《螺丝在拧紧》等不可靠叙述文本，即便是训练有素的批评家们也困惑不已。

随着不可靠叙述者的大量出现，读者的理解力不断受到挑战。与此同时，读者的伦理观念也受到了很大冲击。现代小说的许多叙述者都是邪恶堕落的人物，尽管读者能从他们的叙述中读解出不可靠性，然而，由于他们占据着表达的有利位置，不断地向读者显露内心世界的冲突，往往容易导致对这些人物的同情。比如，纪德将杀人犯拉弗卡迪塑造成一个冷漠可爱的罪犯，他以谋杀来表达他的"自由道德"，即用剥夺无辜生命来换取杀人犯自己的道德快乐。此外，一些自觉的不可靠叙述者有力的花言巧语往往使读者非常容易掉入修辞陷阱，从而产生理解和判断的混乱与困惑，如纳博科夫《洛丽塔》中的亨伯特、鲁迅《伤逝》中的涓生等。这类叙述者不仅以"内心世界"的展露拉近与读者的距离，而且他们常常表现出忏悔意识，为自己不道德行为造成的过失而自责。而实际上，这些叙述者们的忏悔都存在潜在的自我辩解。我们可以这样表述这类叙述者的修辞逻辑：以忏悔的姿态赢得信赖，然后读者便会接受引导聆听他的心路历程，只要读者愿意耐着性子听，丰富的修辞艺术足以让大多数读者对其行为产生谅解。谅解的达成往往使读者陷入道德混乱。在《洛丽塔》的"引子"中，即便非常注重艺术品伦理影响的叙述者雷博士，对亨伯特自述与未成年少女洛丽塔的畸恋，也都不得不感叹："我们一边憎恨这本书的作者，一边又为这本书深思恍惚，这有多么神奇！"何况那些轻信的读者？面对这样一位老练成熟的不可靠叙述者，多少读者能抵制他的修辞艺术，不去宽容本该受到谴责的行为呢？

文学对于社会的深刻影响早已为人们所认识，"当艺术反映人的理想和规范的时候，当它创造新的习惯、道德和思想方式的时候，它对社会构成了富规范和榜样"①。当越来越多的读者被文本中的不可靠叙述所迷惑，对最邪恶的人物产生同情，甚至予以理解时，不可靠叙述者的价值观念将会或隐或显地作用于读者，导致读者的道德混乱，甚至引发不道德的实践行为。当那些轻信的读者将叙事的伦理影响付诸具体的行为实践，这该是多么可怕的事情！其实，真正可怕的还不是效仿亨伯特对洛丽塔犯下的罪行，而是意识到罪恶却仍然沉醉于其中的亨伯特式的道德"忏悔"！

那么，如何有效避免不可靠叙述带来的道德困惑呢？如前文分析，传统伦理批评的方法显然不可取。传统的伦理批评总是以现实理性的规范伦理和道德风俗评价文学中的道德意义，总是想要以正统的思想给文学一个明确的道德立场，从而抹杀了文学的特性。叙事伦理批评走的则是主体间平等的对话路线，强调读者阅读时积极介入文本，主动进行道德评价。叙事伦理作为一种适合于小说特性的伦理批评方式，能有助于引导读者对不可靠叙述的读解。

叙事伦理是一种虚构性伦理，文学本身就区别于生活，作为文学人物的亨伯特毕竟不同于现实中的罪犯。这种想象出来的人的命运的

---

① ［匈牙利］阿诺德·豪泽尔：《艺术社会学》，居延安译，学林出版社1987版，第62页。

愿望不同于对真实生活中人的命运的愿望。亨伯特的行为体现了纳博科夫对某种（非）道德可能性的探求，我们可以从这种可能性中反观自己，但绝不能将文学与生活等同，以现世的规范伦理和道德风俗作决定性的评判标准，那只会扭曲文学。从这个意义上讲，叙事伦理批评是尊重文学的批评，是回归文学本身的批评。然而，叙事伦理的道德实践作用又将现实与文学勾连起来，在真实生活中让人或爱或恨的性格、精神在小说中将产生同样的效果。因此，我们在分析不可靠叙述文本时，既要分清叙事伦理交流的虚构性，又要兼顾叙事伦理影响的实践性。

三　叙事伦理进入不可靠叙述研究的适用性

作为一种基于小说伦理特性而建立的理论，叙事伦理涉及对一切叙事文本的伦理考量。不可靠叙述需要叙事伦理维度的进入，然而，叙事伦理的理论辐射力却不仅仅限于不可靠叙述。为此，我们不得不面对这样一个问题：叙事伦理该如何进入不可靠叙述当中，或者说，面对不可靠叙述这一特异的文学现象，叙事伦理如何体现出其理论应对力？让我们先看看前人的思考。

布斯在《小说修辞学》中率先从叙事伦理角度论及不可靠叙述。他着重考察了作者（隐含作者）、叙述者与读者间的伦理交流情况。从大量不可靠叙述文本中，布斯归纳出两种伦理交流类型。

一是作者、叙述者、读者的伦理取向一致。"叙述者与读者共同努力，达到完全的一致，作者虽沉默而隐形，但却含蓄地表示赞同，甚至还要与他的叙述者共同处于困境之中。"叙述者的不可靠多表现为错误地评价了自己的伦理观念，而他所选择的伦理位置恰是作者和读者予以肯定的。《哈克贝利·费恩历险记》《梅西知道什么》等天真叙述文本多属于这种类型。

二是作者与读者共同否定叙述者的伦理观念。"作者与读者背着叙述者进行秘密交流"，"我们与沉默的作者进行交流，如同从后面来观察处于前面的叙述者，观察他幽默的，或不光彩的，或滑稽可笑的，或不正当的冲动等行为举止"①。这一类型基本采用具有严重道德缺陷的叙述者，他们在叙述中所表现出来的冷酷、残忍、偏执有悖于作者和读者的道德选择，从而取缔其叙述的可靠性。《泄密的心》、《喧哗与骚动》（杰生）等文本基本是这一类型。

作为不可靠叙述的首倡者，布斯的论述颇具开创性，但也存在不少问题。

第一，过分强调写作伦理，忽略了对阅读伦理的考察。布斯只强调作者对读者的控制诱导，轻视了读者自己阅读时主动积极的道德评价，及其个体伦理位置对于文本理解的影响，仿佛读者唯有对作者判断的被动接受，而无自己的主动介入和评判。"布斯强调作者是文本的建构者，他对叙事因素的选择大致上控制着读者的反应，这一强调决定了布斯的著作必然是以保护作者为取向的，并突出作者意图在决定文本意义方面的重要性。"②费伦的这一评价是非常恰切的。

布斯多次强调以不可靠叙述写成的许多作品的效果取决于作者与读者间的共谋，这似乎将作者和读者置于同一位置，但布斯的进一步发挥让我们看清了"共谋"的实质：每当读者通过叙述者设置的半透明的屏幕去推断作者的立场时，在某种程度上，这里总存在三种常见的快感——破译的快感、合作的快感、秘密交流，以及共谋与合作等三种。③在布斯看来，伦理交流的意义在于：作者如何通过巧妙控制与安排，以可靠暗示和指引为读者提供正确的伦理取向。可见，这种"共谋"式伦理交流带有很强的单向传递色彩。由此可以清晰见出传统伦理批评的影子。然而，布斯的伦理考察始终牢牢建立在叙事的艺术特质上，从而与传统伦理批评区分开来。尽管布斯在《我们相伴》一书中由写作伦理转向了阅读伦理，但并未将之应用于不可靠叙述研

---

① W. C. Booth. *The Rhetoric of Fiction*, Chicago: University of Chicago Press, 1983, p. 300.

② ［美］詹姆斯·费伦：《作为修辞的叙事》，陈永国译，北京大学出版社2002年版，第24页。

③ W. C. Booth. *The Rhetoric of Fiction*, Chicago: University of Chicago Press, 1983, pp. 301–306.

究中。但这种转变却影响了詹姆斯·费伦,"我们像布斯和纽顿一样,把焦点放在阅读伦理上,研究阅读行为如何引起伦理思考和回应"①。下文将具体评述费伦的观点,在此不再赘述。

第二,忽视了文本内各主体间伦理交流的复杂性。多种声音共存于文本,是不可靠叙述的一大特点。叙述者可靠性的消解,使隐含作者、人物都具有了独立的声音。不同的声音体现出各主体不同的伦理位置。尽管布斯创造性地提出了"隐含作者",但在具体分析中,他往往将作者等同于隐含作者,从而取消了对隐含作者的伦理考察。作者与隐含作者的伦理取向并不总是一致的,比如《洛丽塔》的隐含作者就比真实作者更具有道德感。"隐含作者"是一个双向建构的概念,它既是作者"第二自我"的植入,又是读者对文本主体的建构,二者的遇合产生不同隐含作者的变体。当然,在同一历史文化语境下,隐含作者有着相当的稳定性。这样,就如他所提出的两种伦理交流类型所展示的,布斯直接将叙述者带入文本之外作者与读者的伦理交流当中,文本内复杂的伦理交流自然也就被遮蔽了,文本内外之间的伦理交流关系也相应地被忽略。

费伦正是在对布斯理论的修正中,展现出叙事伦理运用于不可靠叙述文本分析中的活力。费伦的观点主要体现在《威茅斯经验:同故事叙述、不可靠性、伦理与〈人约黄昏时〉》一文中。费伦意识到,过分强调作者对读者的伦理诱导存在很大问题,"我并不认为作者的意图是完全可以复原的,并控制着读者的反应","我所提倡的方法把重点从作为控制者的作者转向了在作者代理、文本现象和读者反应中间循环往复的关系,转向了我们对其中每一个因素的注意是怎样既影响了另外两种因素,同时受到这两种因素的影响的"②。在此基础上,费伦提出了"四维伦理情境说",以此解析不可靠叙述文本中的伦理交流关系。"四维伦理情境说"即指读者在叙事中所处的任何一个位

---

① [美]戴卫·赫尔曼主编:《新叙事学》,马海良译,北京大学出版社2002年版,第48页。

② [美]詹姆斯·费伦:《作为修辞的叙事》,陈永国译,北京大学出版社2002年版,第24页。

置都是文本中隐含作者、叙述者、人物及真实读者伦理情境互动的结果。在他看来，阅读的伦理维度涉及读者的价值观和判断，同时也与认知、情感以及欲望错综交织：读者的理解影响着读者对文本所要激活的那些价值观的感觉，那些价值观的激活影响着读者的判断，读者的判断影响着读者的情感，而读者的情感影响着读者的欲望。也可以反过来进行。[①] 为了进一步说明阅读伦理的具体操作，费伦提出并说明了"伦理取位"的方法，该术语既指叙事技巧和结构决定读者对于叙事位置的方式，也指个体读者不可避免地从特定位置进行阅读的方式。依此方式，费伦指出："文本通过向作者的读者发送信号，收到预期的具体伦理回应，而个体的伦理回应则依赖于那些预期目标与我们自己的特定价值以及信念之间的互动关系。"[②] 为了说明这一点，费伦和马汀对依施古罗的叙事高潮进行了分析，显示他们在如何得当地对史蒂文斯作出伦理回应这个问题上，并没有一致的意见。在伦理取位的理论建构上，费伦特别强调四种伦理情境之间的互动关系。费伦的"四维伦理情境说"很有创见：第一，费伦将伦理考察根植于叙事，没有将抽象的伦理判断应用于叙事分析当中；第二，费伦强调读者、人物、叙述者、隐含作者之间的伦理动态交流关系，与结构主义叙事学家力图建构静态的"普遍叙事语法"形成了鲜明对比；第三，费伦提出的伦理取位，充分尊重了读者从各自伦理位置对于叙事的理解，这种对于阅读开放性的提倡有着积极的意义。

整体来看，费伦的"四维伦理情境说"显然优于布斯的"两类型说"：对于四维伦理位置的独立考察和四者相互关系的分析，有助于动态地呈现不可靠叙述文本丰富而各异的伦理交流关系。"四维伦理情境说"以其精细、可操作性强、富有动态感等特点受到了许多学者的认可。然而，费伦的理论也存在一些不足。

首先，费伦对于读者伦理反应主动性的强调，是以放弃对作者伦理位置的考察为代价的。这显然是矫枉过正之举，不能不说是一大缺

[①] [美] 戴卫·赫尔曼主编：《新叙事学》，马海良译，北京大学出版社 2002 年版，第 48 页。

[②] 同上书，第 35 页。

陷。作者的伦理观念对于把握隐含作者的伦理位置有着极为重要的参照意义。如果离开了作者的伦理观念和伦理思考，分析是难以深入文本的，因为伦理本质上是一种心态气质，在一定程度上，正是作者的心态气质操作着文本建构，决定文本的形式结构安排，尽管有时是在一种毫无意识的情况下实现的。作者的伦理观念不仅影响创作中对伦理主题的表达，而且也规定着小说形式的伦理向度。

其次，费伦尽管在理论上强调四维伦理情境之间的互动，遗憾的是，在具体论述中，却没有有效地贯彻互动的思路，费伦似乎将四种情境关系分了家，采用平行法的方式来对它们加以论述，没有阐明四种伦理情境之间在何种意义上存在互动关系。

布斯和费伦分别以作者和读者为重心，从写作伦理和阅读伦理的角度探讨不可靠叙述文本中的叙事伦理问题。由此，他们在具体的文本分析中也呈现出不同的理路。布斯更多强调作者的伦理控制，而费伦则着意展现不同读者面对文本内伦理冲突所呈现的个体伦理取向。如前所述，由于各自的理论局限，二者在分析的深度和广度上都受到了影响。我们只有汲取二者所长，从叙事伦理的角度对作者、文本、读者进行整体观照，才能展现不可靠叙述丰富的伦理交流场域。为此，笔者提出"五维度叙事伦理分析法"，即在隐含作者、叙述者、人物、读者这"四维"之外增加作者这一维。这种拓展不仅仅是数量上增加了一个伦理观照角度，而且由写作伦理、阅读伦理的局部观照发展为整体观照，从而呈现出不可靠叙述文本丰富的伦理交流场域。

第二节　不可靠叙述：丰富的伦理交流场域

作为叙事性文体，小说所叙之事往往是处于特定伦理关系和道德情境之中的人的"事"，关注点投向人在情理、善恶、利害等冲突中的精神危机和道德痛苦。因此，有论者指出："如果说艺术的价值结构中，总有一个道德的方面，而这种教谕因素，通常会因艺术样式的不同而有多少、强弱的变化的话，那么，小说也许是与伦理道德问题联系最密切、最广泛的文学样式了。"① 随着叙事艺术的发展，作者放弃对读者的直接诱导，而将不可靠叙述这一文学观念贯注到文本中，并通过各种叙事策略展现出来。不可靠叙述产生了多种独特的文本效果。从伦理维度看，不可靠叙述让作者、文本、读者间的伦理关系复杂起来。具体而言，在不可靠叙述文本中，作者、隐含作者、叙述者、人物、读者等一系列主体，由于处于不同的伦理位置，秉持不同的道德标准，产生伦理规范、道德认知的巨大差异，从而形成了丰富的伦理交流。

一　不可靠叙述的伦理交流情况

作为叙事交流的一部分，不可靠叙述的伦理交流由外而内形成三种对应的交流关系：作者与读者、隐含作者与隐含读者、叙述者与受述者（有些文本没有受述者，而是直接面向读者讲述）。在传统可靠叙述中，作为作者以及隐含作者伦理规范的代言人，叙述者表现出合乎叙事世界所能达到的最高道德标准，并以这种标准去叙述事件、评判人物。人物（包括作为人物的受述者）总是处于被审视的地位，其伦理观念要么随着事件的发展不断得到提升，要么始终处于道德劣势，成为叙述者嘲讽、否定的对象。除去历史文化因素对于现实读者伦理观念的影响，作为叙述的接受者，叙事读者、隐含读者、有血有肉的读者之间也大体享有共同的伦理规范。可靠叙述这种叙事的单向传递特征，决定了伦理交流的单维性。

不可靠叙述叙事交流的复杂性，向我们展示出文本丰富的伦理交流层次。首先，作者、隐含作者与叙述者之间发生分裂。一般而言，作为作者的第二形象，隐含作者与作者基本还是处于非常接近的位置，只是在少部分作品中才出现分离的局面，比如作者拒绝置评的文本、文本主题发展超过了作者意图的文本等。不可靠叙述文本中，叙述者因其不可靠与前两者明显地拉大了距离，无论是直接的否定，还是含蓄的赞同，叙述者基本都是作为作者、隐含作者伦理观念的异己

---

① 李建军：《小说修辞研究》，中国人民大学出版社2003年版，第311—312页。

者出现。其次,叙事读者、隐含读者、真实读者之间的距离也明显拉大,第一章已有论及。最后,人物的主体性得到加强,人物的伦理位置在文本中的重要性得以凸显,布斯指出不可靠叙述更需要作者的明确指引,认为议论反而应该加强,可是如何加强,却未置一词。叙述者是整个文本的语言主体,既然叙述者都是不可靠的,读者如何获得这种指引呢?费伦敏锐地意识到了这个问题,他十分看重人物的伦理情境在整个文本中的作用。在不可靠叙述文本中,由于叙述者的不可靠,作者往往借助于人物的声音表达对叙述者的否定。

不可靠叙述伦理交流的丰富性是基于其叙事交流的复杂性而产生的。换句话说,我们只有借助于对不可靠叙述的叙事交流复杂性的把握,才能揭示出不可靠叙述丰富的伦理交流。

二 不可靠叙述的五维度叙事伦理分析

五维度叙事伦理分析法,是指从五个维度对文本进行叙事伦理分析。位置是叙事伦理分析的中心概念,读者在叙事里所处的任何一个伦理位置都是五种伦理情境互动的结果:(1)作者创作文本时的伦理情境,主要指作者所秉持的伦理观念和价值规范;(2)故事世界里的人物的伦理情境,包括人物的伦理取向以及与其他人物之间构成的伦理关系;(3)与讲述行为直接联系的叙述者的伦理情境,譬如各种不同的不可靠性会再现各种不同的伦理位置;(4)与作者的读者相联系的隐含作者的伦理情境,这是作者所建构的"第二自我"所持的伦理规范与读者在阅读中植入个体伦理位置交互作用的结果;(5)真实读者的伦理情境,表现为读者在现实所持有的价值观和信念系统,它与叙事文本引导读者去占据的伦理位置相联系。五种伦理情境的互动使不可靠叙述文本呈现丰富的伦理交流。本书的第六章曾论及不可靠叙述两种主要的艺术效果——反讽和含混。当然,这两种效果常常是共存于文本中,笔者只是就主导性效果而言。我们不妨结合具体文本,以五维度叙事伦理分析法,分别对这两类效果的不可靠叙述文本进行分析。

(一)反讽型不可靠叙述文本的叙事伦理分析

从叙事伦理角度看,反讽与含混的差异主要在于文本伦理取向的清晰与否。反讽型不可靠叙述文本总能呈现出隐含作者明确的反讽指向，总是指向某种值得肯定的伦理观念，比如《哈克贝利·费恩历险记》对"平等"的追求、《梅西知道什么》对"爱"的呼唤，等等。因而，无论文本内部的伦理交流情况多么复杂，文本之外的作者与读者之间总能就文本的伦理判断大体保持一致性。很大一部分原因在于，这类文本中作者与隐含作者的伦理位置总是合一的，作者在现实生活中所秉持的理性伦理规范总是渗透进叙事当中，支配着叙事伦理的趋向。《哈克贝利·费恩历险记》所寄寓的反对种族歧视的主题，是马克·吐温"平等"伦理观念的一种具体表现。马克·吐温从小就对黑人有好感，在晚年写的《自传》里说道，"我爱上了这个种族的某些优良品质"，"直到现在，我还是像当年一样，一见到黑面孔，心里就高兴"。马克·吐温在《哈克贝利·费恩历险记》中借哈克之口表达了对黑人的同情和关切，"我相信他惦记着家里人，也是跟白种人一样的"。可以说，反讽型不可靠叙述文本的作者，往往具有很强的道德责任感，他们总是在文本内复杂的伦理情境中，巧妙地为读者标示出文本的伦理指向。鲁迅就是这样一位作家。鲁迅通过不可靠叙述者既表达了他的伦理趋向，又借此掩饰自己内心的伦理紧张。《狂人日记》是由双重不可靠叙述者的"二度叙事"所构成，这点前文已经论及，在此不再赘述。让我们直接进入文本，感受不可靠叙述展示的丰富的伦理交流。

  我们不妨先依据五个维度的划分分别考察各个位置的伦理情境。鲁迅创作《狂人日记》是有其伦理指向的，《狂人日记》意在暴露礼教的弊害，因而，鲁迅所建构的"隐含作者"无疑也将矛头指向了封建伦理体系。而事实上，该文本一经问世，就以格式的特别和表现的深切打动了青年读者。无论从何种角度看，文本中以"大哥"为代表的"常人世界"无疑是共同受到批判的对象，常人世界实际上就指涉着"四千年吃人履历"封建伦理体系，即便在狂人多少有些紊乱的叙述中，读者仍能从大哥身上清晰见出封建伦理体系中"长兄为父"观念的影子。"狂人"的伦理位置显然站在常人世界的对立面，他的胡言乱语曲折地表达了隐含作者对中国社会与历史、中国封建伦理体系的认识和控诉。

　　较为复杂的是作为外层叙述者的"余",其伦理位置的确定要通过闪烁其词的叙述来推断。如果暂且相信"余"的目的是"以供医家研究",从"余"的语言形态,读者大致可以推断"余"是一位身处封建伦理体系中对医学颇有研究的知识分子,他可能只是从病理研究的角度看待日记,这样,他和大哥他们并没有太大的区别。然而,少有读者会这样认定:一方面,鲁迅本人是学医出身,也精于文言表述,"余"很容易让读者联想到作者;另一方面,"医家"既明指悬壶济世的"医病"之人,也暗指拯救国家于危难之中的"医国"之人,"余"在何种意义上使用?前文已经分析"余"是一位不可靠叙述者,这就要求读者必须先回答以下问题:"余"撮录该日记的动机何在?换言之,"余"想让狂人的叙述服务于哪些修辞目的?"余"不惜花费时间和精力在两册日记中"撮录一篇,以供医家研究",那么,这十三则日记就不仅贯注了狂人的叙事意图,同时也必然寄寓了"余"作为编选者的某种意图。只有有研究价值的日记才会被选录进来,每则日记必然能够透视出"余"的眼光,事实上,狂人并没有参与文本结构的建构,因而,"余"的意图不仅体现在每则日记中,更体现在整个日记相互关联的逻辑结构上。正因为有了处于常人世界的"余"的潜在声音,狂人的荒唐之言中的象征意味才更多地在"匡正"中生发出来(这是"余"可能的伦理指向)。

　　对"余"伦理位置推断的实现与读者个体伦理位置的进入是分不开的。该文本的二度叙事及其序文相对的结构决定了读者对于该叙事的位置,即在对于"余"与狂人的伦理探求中寻求隐含作者的意旨所在。李欧梵曾这样谈及"序"的作用:"由于狂人的声音可能被认为是作者内心声音的艺术表现,这'序'也就起到了把作者的精神和读者拉开距离的作用。看来,鲁迅在创作这样一种虚构的文本来'保护'后来那些零碎的心理'次文本'时,并不真正期望他同时代的读者能够接受。"[①] 在此,李欧梵没有简单地以语言形态的不同而将

[①] [美] 李欧梵:《铁屋中的呐喊》,岳麓书社1999年版,第59页。

"余"与"狂人"对立起来,而是在细致的分析中直抵隐含作者所面临的伦理困境。结合对"余"伦理情境的认定,我们可以从伦理维度来考察现实读者的伦理取位,这就要求我们必须面对以下几个问题:"余"是否本应该采取不同的方式来展示狂人日记?鲁迅是如何通过这种叙事模式设置的伦理推理模式来引导我们理解狂人的形象及其意义的?作为每一个真实的阅读个体,这一取位与我们对狂人的情感和欲望有什么关系?通过"余"的叙述,可知狂人已经赴外地候补,许多论者由此认定这就是狂人向常人世界的妥协之举,狂人对吃人的集体无意识的发现与关于食人民族自我毁灭的末日审判式预言都被康复后的行为所否定。他们的伦理取位由此呈现。但这实际上与鲁迅历来主张的"韧的精神"是一致的。"救救孩子……"这一石破天惊的呐喊在那样沉重的环境下如何实现?孩子不是凭空而成为"真的人"的,他们肯定是在作为"真的人"的父母的教导下成长起来的。那么,对于"候补"的读解就有了两种可能:一方面,正是候补所可能昭示的韧的战斗精神使救救孩子有了实现的可能;另一方面,即便狂人已然变为庸众,然而狂人的呓语"颇激动了一部分青年读者的心",具有了醒世作用,也便使"救救孩子"成为可能。无论从哪一方面看,狂人日记绝不仅仅具有医学上的意义,更具有深刻的社会意义。那么,鲁迅因何将"余"寓于文言的表达中呢?一方面,狂人产生于常人世界,我们不是要排斥狂人,而是由狂人反观常人,从而创建新的常人世界。狂人于无意中充当了常人世界的先觉者,也或许正因为有这种异己力量的存在,才能让人们去反思习以为常的常人世界,从而于麻木中惊醒。另一方面,序文的文言形态很可能是余有意为之,从而从语言形态上凸显出正文。这是另一种可能的阅读伦理取向。

《狂人日记》因不可靠叙述展示出多样的伦理情境,那么,这五种伦理情境是如何互动的呢?笔者认为,五种伦理情境之间即主要呈现为因果关系。由于这五种伦理情境(尤其是叙述者狂人及其他人物的伦理位置几乎没有变化)相对固定,因而相互间的互动并不明显,文本的伦理交流主要在作者(隐含作者)与读者间进行。作者(隐含作者)显然有着明确的修辞目的,序文与正文在语言形态等方面的对立，从表面看是文本的形式结构，只是属于小说的叙事策略，然而，深入剖析，读者可以发现文本形式所蕴含的伦理向度，比如，"救救孩子"这一石破天惊的话语，显然是鲁迅反对"古文"、倡导"白话"在文本中的回应，语言形式的冲突实际是新旧伦理观念激烈斗争的一种表现。值得一提的是，语言形态的对立还是鲁迅个体伦理内在紧张、矛盾的体现和调解方式。鲁迅害怕对小说叙事负全部责任，这种内心深刻的矛盾心态影响他对写作本身价值的怀疑。他觉得，如果写作，"惊起了较为清醒的几个人，使这不幸的少数者来受无可挽救的临终的苦楚"，是对不起他们的。"然而说到希望，却是不能抹杀的，因为希望是在于将来，决不能以我之必无的证明，来折服了他之所谓可有"，① 为此，鲁迅宣称写作是为抚慰"革命者""先驱"云云，无非出于避免对小说叙事负完全的伦理责任。《狂人日记》以"余"对狂人"病情"的强调，削弱了结尾"救救孩子"振聋发聩的力量。然而，曲折的表述依然无法掩饰作者（隐含作者）的伦理指向，也正因为此，读者会对狂人这一不可靠叙述者产生强烈的认同，尽管他的不少主观臆测很不靠谱，然而，不少读者更多愿意将某些胡言乱语看作"大哥"等人迫害的结果，其实，从文本看，大哥的行为并不及他所取的伦理立场那么惹人反感。也正因为此，多数研究者没有因引文与正文在语言形态上的对立，而将"余"置于狂人伦理位置的对立面。作为文学经典，《狂人日记》在不同语境下被反复阅读。文本所蕴含的复杂的伦理维度在读者阅读中动态地发展。当下读者的阅读感受自然是不同于五四时期的读者。《狂人日记》中"吃人"话语讲述的背景，只有在五四新文化背景中，在摧毁一切、破坏一切和"打倒孔家店"的激烈反传统呼号声中，才会产生"仁义道德"即"吃人"的命题。与"余"复杂的伦理取向相对照的是，鲁迅与我们交流本身就是让我们与他一起思考。尽管他无法直接袒露自己，但他在与我们一起为狂人的呓语而思考。这意味着他坚信我们有能力读解出"格式的特别"中所蕴含的真意并激发我们进一步思考。可见，鲁

---

① 鲁迅：《呐喊·自序》，安徽人民出版社2005年版，第4—5页。

迅创作《狂人日记》本身就是一种出色伦理行为。

类似的文本还有很多，比如福克纳的《喧哗与骚动》《押沙龙，押沙龙！》《我弥留之际》、爱伦·坡的《泄密的心》、拉德纳的《理发》、马克·吐温的《哈克贝利·费恩历险记》、亨利·詹姆斯的《梅西知道什么》等。

（二）含混型不可靠叙述文本的叙事伦理分析

含混型不可靠叙述的情况则要复杂一些。控制型含混的不可靠叙述与反讽型不可靠叙述类似，这类文本往往能由含混的文本表层，呈现出隐含作者某种确定的伦理指向，而且读者往往能借助作者对创作意图的表述获得伦理指引，比如，芥川龙之介的《竹林中》《地狱变》等。非控制型含混的伦理交流则更为丰富，原因就在于隐含作者的伦理位置暧昧不明、模棱两可，读者无法获得明确的伦理指引：一方面，即便作者能提供某种伦理指向，由于文本自身的复杂性，文本往往超出作者设定的伦理取向，这样，作者的伦理立场只具有参照作用，亨利·詹姆斯的《螺丝在拧紧》《说谎者》属于这一类型；另一方面，作者基本放弃对文本的道德指引，不可靠叙述者径直以富于修辞的叙述对读者施加强烈影响。俄裔美籍作家纳博科夫的《洛丽塔》突出代表了这类不可靠叙述文本。《洛丽塔》由两位隐蔽的不可靠叙述者（小约翰·雷博士和亨伯特）的"二度叙事"交织而成。叙述者亨伯特的自述无疑是文本的主体部分，也是《洛丽塔》引发巨大争议的部分。让我们先回到亨伯特的叙述：

> 我并未受到她的自供的过分干扰。我现在仍然坚定地要追求我的方针，趁黑夜对那个已完全麻醉的小裸体进行秘密行动而不侵占她的贞洁。①
>
> 陪审团严正的女绅士们！我想过，在我敢于把自己袒露给多洛雷斯·黑兹之前，大概多少个月，甚或多少年都已过去了；但现在六点时她已大醒，到六点十五分我们就形式上成了情人。我

---

① [美]纳博科夫：《洛丽塔》，于晓丹译，译林出版社2000年版，第163页。

将要告诉你们一件怪事：是她诱惑了我。①

我说我不知道她和查理做过的游戏是什么。"你的意思是你从来没……"——她的面容扭曲成一种反感的怀疑，瞪大了眼睛。"你从来没……"她又问起。我乘机朝她挪近。"躺开，行不行啊你，"她说，带着鼻音的哀怨，迅速地将她褐色的肩膀从我唇边移开。②

这三段是亨伯特讲述他与洛丽塔形成情人关系的开始。第二段显然是叙述者亨伯特的声音，第三段则是叙述者亨伯特和人物亨伯特的双重聚焦，而第一段中"我并未受到她的自供的过分干扰"也是双重聚焦，后一句中的"现在"一词则显示此处是人物亨伯特的声音。通过仔细分辨，我们可以发现叙述中极为隐蔽的不可靠性：亨伯特在全文中表现的忏悔是不彻底的。无论是作为叙述者还是人物，亨伯特都有着很强的道德感，即便在全神贯注地捕捉最销魂夺魄的欲望细节时，也不时扯进令他倍感煎熬的道德困惑。前面文中提到一个细节，人物亨伯特诱骗洛丽塔在睡前吃下了安眠药，以便达到"趁黑夜对那个已完全麻醉的小裸体进行秘密行动而不侵占她的贞洁"的目的。可见，尽管有着强烈的欲望，人物亨伯特也意识到了乱伦的"不道德"，故而试图寻求一种折中的办法。叙述者亨伯特显然知道"侵占她的贞洁"是"不道德"的行为，也看到了乱伦对洛丽塔造成的巨大伤害，然而，在忏悔中，他依然叙述道，"是她诱惑了我"。这一判断是文本的关节点，读者对其可靠性与否的判断直接影响到对叙述者亨伯特的道德评判。更为重要的是，这一判断决定了读者对于亨伯特（无论是作为人物还是叙述者）的伦理位置。很多读者正是因为认同亨伯特的此类叙述才对其怀有深深的同情。无论是叙述者还是人物亨伯特都一直持续展现内心激烈的冲突，尤其是克制的痛苦，"是她诱惑了我"无疑极大地减轻了亨伯特应负的道德"责任"。那么，"是她诱惑了

---

① [美]纳博科夫：《洛丽塔》，于晓丹译，译林出版社2000年版，第174页。
② 同上书，第175页。

我"这一叙述可靠吗？这又涉及洛丽塔这一人物的伦理情境。

隐含作者的伦理情境只能从整个文本结构中得到把握。两位不可靠叙述者的隐蔽性极大地影响着读者对隐含作者的建构。我们知道，隐含作者伦理取向的建构来源于两种力量的遇合：作者的写作伦理和读者的阅读伦理。在大多数情况下，作者在文本中植入的"第二自我"对于文本伦理的导向性往往超出了读者个体伦理位置对于文本的影响。除了历史文化语境有时造成对某些文本伦理指向的改写外，可靠叙述文本的伦理取向基本来源于作者写作伦理的影响。不可靠叙述，尤其是含混型不可靠叙述则更多需要读者个体伦理位置的进入。即便如此，作者的写作伦理仍然是一个极为重要的参照。

当试图让作者纳博科夫就《洛丽塔》给出某种伦理指向时，读者显然要大失所望。纳博科夫讨厌任何有关他的小说是不是道德的提问，他当然明白《洛丽塔》会触动社会的道德神经，但他始终不想追究亨伯特暧昧行为的社会内涵和道德后果。"对于说教小说我既不想读，也不去写。尽管约翰·雷的断言称《洛丽塔》没有道德支撑。在我以为，小说之所以存在，是因为它带给我（勉为其难地称之为）审美的福祉，一种不知怎么，不知何地，与存在的另一种状态联系起来的感觉，艺术（好奇心、柔情、善意和迷狂）是那种状态的准则。"[①]在他看来，在《洛丽塔》的世界里，艺术不是"不道德"的，而是"非道德"的，是在道德之外的。"深感亨伯特同洛丽塔的关系不道德的不是我，而是亨伯特自己。他关心这一点，而我不。"纳博科夫的意见当然不是说亨伯特同洛丽塔的关系是道德的，而是说这个问题与他的小说艺术毫不相干。有意思的是，他在《谈谈一本名叫〈洛丽塔〉的书》谈道，"我笔下的亨伯特是一个外国人和无政府主义者，除了早熟少女外，我还有许多事情不能与他苟同"[②]，这种"澄清"难道不是对亨伯特行为"不道德"的潜在批评吗？既然否定这种行为，纳博科夫为何又执意拒绝读者对文本的道德追问呢？刘小枫对于

---

① [美]纳博科夫：《洛丽塔》，于晓丹译，译林出版社2000年版，第323—324页。
② 同上书，第324页。

叙事伦理与理性伦理的区分给我们提供了启示。从理性伦理看，如果将亨伯特从文本中拉入现实生活，他的行为显然是不道德的，难怪如此反对对他进行道德审判的纳博科夫也明确与之划清界限。但亨伯特毕竟只存在于虚构的文本时空，作为一部艺术品，《洛丽塔》中所涉及的一切伦理行为（即便某些行为在现实中是很不道德的）都属于叙事伦理的范畴，如果以理性伦理对文本进行道德审判显然会违背小说本性。米兰·昆德拉也表达过类似的看法："悬置道德审判并非小说的不道德，而是它的道德。……如此热衷于审判的随意应用，从小说智慧的角度来看是最可憎的愚蠢，是流毒最广的毛病。这并不是说，小说家绝对地否认道德审判的合法性，他只是把它推到小说之外的疆域。"① 纳博科夫正是在此意义上强调《洛丽塔》的非道德性。这种"艺术无关道德"叙事姿态决定了纳博科夫所建构的"第二自我"显然无意，也无法为读者提供任何伦理指向。雷博士的叙述，与其说是为读者提供的"引子"，不如说是对于那些如雷博士一样的读者的嘲弄。"引子"表面上是为了使小说的真实性和意义更加明确，而实际上却表达了自我颠覆和自相矛盾的内容，凸显了作者（隐含作者）的态度，嘲弄了以雷博士为代表的传统的文人、学者对小说的"真实性"、"道德性"、"说教性"及"社会意义"等的追求，完成了作者（隐含作者）对"小说是什么"的辩护。相反，作者（隐含作者）对于亨伯特则要宽容得多，我们发现，亨伯特比雷博士在思想上更贴近作者。亨伯特与纳博科夫有着十分相似的生活经历：大学里的文学教授，欧洲移民，有着四处流浪的经历……关于亨伯特的这些信息使熟悉纳博科夫的读者联想起他的身世和他的旅行、捕蝶经历——纳博科夫系俄裔流亡贵族，二战期间辗转各国，在大学里教过书，1949—1959年纳博科夫开车行驶了15万多公里，住过不计其数的汽车旅馆，就连洛丽塔的名字也来自他发现的一类蝴蝶中的一种雌性蝴蝶，他将之命名为多洛斯。由此，读者似乎陷入了一团迷雾：纳博科夫莫不是

---

① ［捷］米兰·昆德拉：《被背叛的遗嘱》，余中先译，上海译文出版社2003年版，第8页。

在讲述自己的故事？这部小说是否纳博科夫的自传？难怪纳博科夫急忙辩解，"我笔下的亨伯特是一个外国人和无政府主义者，除了早熟少女外，我还有许多事情不能与他苟同"。纳博科夫并非完全没有考虑《洛丽塔》的道德影响，"的确我的小说中包含了对一个变态者的生理冲动的种种暗示。但毕竟我们不是儿童；不是没有文化的不良少年"。那么，如何解释众多读者对亨伯特的"同情"呢？因为他们轻信？文学理解力低？……难道真的与纳博科夫全然无关吗？纳博科夫对于小说带来的"审美的福祉"的追求显然影响到"隐含作者"模糊伦理位置的构建，亨伯特的叙述不可靠性极为隐蔽，尤其是双重聚焦的运用，很容易让读者对这位恋童癖者产生同情。纳博科夫显然知道故事本身在道德上的挑衅性，明明知道让一个性变态者喋喋不休地追述自己欲望历程的所有细枝末节只会更深地刺激读者的道德神经，为什么又要求读者绝对不要追问任何道德问题呢？在纳博科夫看来，这正是对读者最好的调侃。他决心要在最容易引起追问的地方使道德变成一个最易见然而又追问不出名堂的问题。费伦一针见血地指出，《洛丽塔》一书，甚或是作者纳博科夫的伦理阴暗面，在于他没有对亨伯特的不道德加以反对或嘲讽。相反，纳博科夫对亨伯特的不道德还表示出一定程度的"喜欢"。①

　　小说的字里行间体现了隐含作者对亨伯特的理解、同情和怜悯，对艺术这一魔法的顶礼膜拜，并呼应了"引子"中道德家、教育家雷博士也无法摆脱的艺术的魔力。"引子"中的雷博士竭尽其所能，用各种词汇痛斥亨伯特的道德败坏："毫无疑问，他是极其可怕的，他是卑鄙的，他是道德堕落闪光的典型，是残暴和机智的混合体……他是反复无常的，令人厌倦……一种贯穿自白书始终的绝望的诚实，也不能解除他残酷奸诈的罪恶。他是变态者。他不是绅士。"然而读者在倾听亨伯特的故事时往往不自觉地忘记了"道德"，沉浸在小说的艺术世界中，就连雷博士也不得不承认亨伯特"婉转的小提琴悠扬乐

---

① James. Phelan. Living to Tell about It: A Rhetoric and Ethics of Character Narration, Ithaca: Cornell University Press, 2005, pp. 130-131.

声"的魔力。引子与正文在此遥相呼应,隐含作者的声音也不言而喻:无论雷博士怎样道德至上,也摆脱不了艺术的魔力;无论亨伯特怎样道德低下,也无法抹灭小说的艺术魅力,因为小说是超越道德而独立存在的。

尽管由于作者的"非道德"姿态对隐含作者的影响,不少读者被亨伯特的花言巧语所蒙蔽,但类似莱昂内尔·特里林这样的读者,在阅读亨伯特生动的辩解后,并没有把他的自我谴责当成真实,也就是说,并没有陷入亨伯特的修辞陷阱。可见,读者的个体伦理位置在隐含作者的构建中也有着极为重要的作用。尽管双重聚焦的运用、长时期生动的心理展示为亨伯特施展修辞提供了极大的便利,然而,读者依然能通过叙述语调及叙述内容辨析出亨伯特叙述的不可靠。作者建构的隐含作者使读者更容易辨析雷博士叙述的不可靠。从读者来说,一旦确定不能对叙述者轻信其辞,他们就会采取两种根本不同的行动:抛弃那些言辞,尽可能重建一个更为满意的叙述;接受叙述者的讲述,但是加以增补。从文本来看,对这两位叙述的接受显然属于后者。雷博士对于《洛丽塔》伦理意义的强调混同了现实与艺术两种不同伦理秩序,这显然不是应有的小说批评态度。然而,雷博士的强调是建立在他感受到了小说的巨大魔力。既然小说有让读者为"不道德"的亨伯特着迷的神奇力量,就难免不让人对作品可能出现的负面道德影响担忧。值得注意的是,雷博士自身就是一位作家,他都无法抵制文本的魔力而"神思恍惚",何况其他读者?就笔者个人阅读感受来看,相较于纳博科夫所建立的隐含作者与亨伯特的接近,笔者更认同雷博士的忧患意识,尽管这是以牺牲对小说艺术特性为代价。事实上,"引子"与"正文"的形式,让读者先接触到雷博士的叙述。尽管雷博士也并非可靠的叙述者,但他的看法无疑会影响到读者对于亨伯特叙述的接受。何况雷博士的不可靠性也比较隐蔽,如果读者读解不出来,更容易形成对亨伯特叙述的先在否定。试想,如果纳博科夫去掉"引子",或采取"正文"与"后记"的写法,可能会更有利于亨伯特的修辞。纳博科夫不关心《洛丽塔》的道德问题,他采取现有的文本结构显然不是引导读者遵从雷博士的伦理解读。可见,文本内隐含作者显然比纳博科夫本人更有道德感。这种效果的产生源于读者对文本的介入。读者是在雷博士叙述之后聆听亨伯特的"痛苦心史"。也就是说，隐含作者已经向读者展示了：无论雷博士怎样道德至上，也摆脱不了艺术的魔力。这就让读者在进入正文时更加谨慎，时刻注意辨析文本的修辞陷阱，在对于亨伯特叙述的识别中重建更为切近的"真相"。对于洛丽塔，雷博士显然比纳博科夫倾注了更多的同情。纳博科夫让读者关注亨伯特的叙述与行动是以牺牲洛丽塔的叙述与行动为代价的。尽管我们能从亨伯特某些"可靠的"回忆中感受洛丽塔的痛苦，然而，纳博科夫显然剥夺了洛丽塔独立充分表达自我的权利，也剥夺了读者直接面对洛丽塔等其他人物的权力，使亨伯特在行动层上始终处于控制洛丽塔的地位。然而，纳博科夫显然无法剥夺读者独立思考的能力。尽管他给亨伯特施展修辞提供了最大限度的帮助，然而，细心的读者依然能通过文本迹象判断出亨伯特叙述的不可靠。

　　对于《洛丽塔》的每一次阅读，读者都身兼叙事读者、隐含读者、真实读者三种身份。这也就意味着读者不仅身处相信与否定叙述者所产生的自我矛盾，而且还要面对纳博科夫以"艺术无关道德"为名，对"不道德"行为"非道德"性的"辩护"，从而消除纳博科夫所建构的"第二自我"的影响，以积极的伦理态度建构隐含作者，认清亨伯特的不可靠叙述。作为文学形象，对于亨伯特道德问题的理解自然不能回到雷博士的伦理判断，但同时也要对其可能的道德实践力量保持警惕。无论纳博科夫承认与否，道德问题始终是作为前景出现在文本中。读者不能简单地采用传统伦理批评的方法直接对亨伯特进行道德审判，并不意味着读者在审美判断中不能掺杂任何道德情感。事实上，作为典型的伦理叙事文本，《洛丽塔》的审美质素很大程度来源于文本内的道德力量，尤其是亨伯特所展示的道德煎熬所生成的审美空间。

　　从以上分析可以见出，我们在文本中所处的任何一个位置都是作者纳博科夫、隐含作者、叙述者雷博士和亨伯特、人物亨伯特和洛丽塔、读者等五维伦理情境互动的结果。这五维伦理情境既互为因果关系，又互为时序关系。叙述者的伦理情境的变化导致了人物伦理情境的变化，而叙述者伦理情境的变化与人物伦理情境的变化又引起了读者（作者的读者）伦理情景的变化，而读者会因为自己伦理情境的变化，去有意识地推断隐含作者（真实作者）的伦理情境的变化。真实作者的伦理情境又影响着读者的推断。文本丰富的伦理交流场域也便在五维伦理情境的互动中生成。有意思的是，尽管纳博科夫一再否认对《洛丽塔》的任何伦理解读，然而，其非伦理的追求却最终让文本成为伦理的焦点，这正是纳博科夫"非道德的艺术"在伦理上的二律背反。无论如何，《洛丽塔》"因其特异的创作风格，非凡的叙事技巧被英国编入二战以来影响世界的 100 部书之中"[1]。就此而言，纳博科夫的创作本身就是一个无与伦比的伦理行为。

第三节 不可靠叙述的文化伦理考察

　　不可靠叙述是 20 世纪中西方普遍存在的一种文学现象，往往呈现出复杂的伦理交流关系，引发读者的伦理困惑。文学文本的叙事伦理与作家的伦理关怀，以及文化建构中的伦理思想在很大程度上具有同构关系。从文化伦理角度审视不可靠叙述尤为必要。

　　叙事具有独特的道德意义，而且往往对于人们的道德实践行为具有形塑作用。社会伦理规范的形成，与文学审美有着切近的精神联系，恰如 A. 齐斯说："道德问题总是出现在艺术作品中，而美学问题也总是包含伦理学问题，这种伦理学问题不是什么'附加'给美学的问题，而是艺术自身的一个内在组成部分。"[2] 艺术、文学与伦理、道德血肉相连这一事实，是谁也否定不了的。文学世界表面看来是叙事策略营造的虚构世界，但其中所蕴含的伦理范型无疑超出了叙事自身，成为社会生活乃至思想文化极为重要的组成部分。我们既要关注

---

[1] [美]纳博科夫：《洛丽塔·前言》，于晓丹译，译林出版社 2000 年版，第 8 页。

[2] [苏] A. 齐斯：《马克思主义美学基础》，彭吉象译，中国文联出版公司 1985 年版，第 106 页。

文本的伦理表达与现实伦理规范之间的关系，又不能简单以现实理性的规范伦理直接评价文学中的道德意义，从而抹杀文学的特性。也就是说，我们既要关注小说创作作为社会行为的一般性伦理问题，更要关注其作为艺术的特殊性伦理问题，力图在关注小说作为叙事艺术的内在特质的前提下，探究叙事的各种要素如何构成文本的伦理框架，叙事策略在何种程度上如何成为伦理行为。可见，对于不可靠叙述的文化伦理考察，应立足于叙事文本中伦理的独特性，既要注意文学文本中伦理交流的虚构性，又要考虑到其伦理影响的实践性。

随着不可靠叙述者的大量出现，读者的理解力不断受到挑战，即便如韦恩·C.布斯这样的批评家也常常困惑不已。与此同时，读者的伦理观念也受到了很大冲击。现代小说的许多叙述者都是邪恶堕落的人物，尽管读者能从他们的叙述中读解出不可靠性，然而，由于他们占据着表达的有利位置，不断向读者显露内心世界的冲突，往往容易导致对这些人物的同情，如福克纳《大宅》中的弗莱姆·斯诺普斯、托尔斯泰《克莱采奏鸣曲》中的波茨金谢夫等。更有甚者，如《洛丽塔》中亨伯特这般不可靠叙述者，有力的修辞艺术往往使读者产生理解和判断的混乱与困惑，鲁迅《伤逝》中的涓生、爱伦·坡《黑猫》中的"我"、爱伦·坡《威廉·威尔逊》中的威廉·威尔逊等都属于此种类型。这类叙述者不仅以"内心世界"的展露拉近与读者的距离，而且他们常常表现出忏悔意识，而实际上，忏悔中往往都存在潜在的自我辩解。

即便是具有自我道德批评意味的剖析式叙述，试图通过自审甚至忏悔还原"真相"，然而由于叙述视角的限制，叙述者伦理观念的限定，并不考虑，或者说无从真正考虑他者的伦理语境，反而导致了更具隐蔽意味的意义的单向控制。此种悖论表明不可靠叙述文本所呈现的伦理意味的复杂性，也让身处显示特定文化语境下的读者不得不面对这样一些问题：如何处理个体的伦理观念与不可靠叙述文本中多样伦理意识间的内在紧张关系？如何面对不可靠叙述文本在文化的多样性与同一性面前的两难选择？如何看待经典文学文本（如亨利·詹姆斯的《螺丝在拧紧》、鲁迅的《狂人日记》等）从可靠叙述到不可靠叙述判定中蕴含的伦理变迁乃至变革？文学对于社会的深刻影响早已为人们所认识，"当艺术反映人的理想和规范的时候，当它创造新的习惯、道德和思想方式的时候，它对社会构成了规范和榜样"①。当越来越多的读者被文本中的不可靠叙述所迷惑，对最邪恶的人物产生同情，甚至予以理解时，不可靠叙述者的价值观念将会或隐或显地作用于读者。尽管我们不能要求文学为生活提供道德指引，然而，当某些作品确实以不可靠叙述等出色的技巧，引发类似的道德实践行为，我们还能无视叙事的道德安全问题吗？②

文化伦理的追求是人自身意义的追问和反思。文化伦理领域对于社会其他领域的应答，可以成为观察和思考不可靠叙述所呈现的复杂伦理图景的一个有效视角。

本章着力对不可靠叙述所引发的伦理问题进行探讨。面对不可靠叙述可能产生的道德混乱，笔者提出应从叙事伦理角度对不可靠叙述进行观照。基于对叙事伦理内涵的探讨，笔者认为，与传统伦理批评相比，叙事伦理批评是更契合叙事文本的伦理观照方式，并进一步阐述了叙事伦理在运用于不可靠叙述研究中的必要性和适用性，进而提出"五维度叙事伦理分析法"作为叙事伦理的具体观照方式，选取代表性文本进行细致分析，从而展现出不可靠叙述文本中丰富的伦理交流。文化总是体现为各种各样的符号，并借助符号来传达意义的人类行为，而文学往往借助于文字符号呈现出虚拟化了的人类社会，展现出虚拟社会中的伦理万象。社会文化伦理观念与文学发展有着密切的联系。不可靠叙述所呈现出的这种复杂而生动的伦理交流关系，丰富了文本的艺术效果和读者的审美感受，而且在传达社会文化及伦理观念的同时，显示出其独特的文化伦理价值。

---

① ［匈牙利］阿诺德·豪泽尔：《艺术社会学》，居延安译，学林出版社1987年版，第62页。

② 参见王成军《叙事伦理：叙事学的道德思考》，《江西社会科学》2007年第6期。

结　　语

不可靠叙述研究：在问题意识下的理论创新

本书以不可靠叙述为研究对象，这一研究对象的确立产生于20世纪文学实践和叙事理论发展的整体现状。作为现代小说的特征之一，不可靠叙述是传统小说过渡到现代主义小说时期的一种重要的文学现象。不可靠叙述的普遍存在与运用的个体差异和丰富多样性，增加了人们认识和把握的难度。

不可靠叙述研究产生了具有代表性的三派：布斯、费伦为代表的修辞派；雅可比、安塞加尔·纽宁为代表的认知派；泽维克为代表的历史文化意识派。在对于上述各派观点的辨析、评述中，本书对不可靠叙述的内涵进行界定，明确了讨论的对象。当叙述者对于虚构世界的讲述、感知和价值判断，与隐含作者所可能提供的讲述及其价值规范之间形成冲突，从而引发读者对叙述话语可靠性的怀疑，我们称之为不可靠叙述。不可靠叙述存在样态的复杂性，使我们有必要对叙述不可靠性的类型进行更为细致的划分。在评述众多类型研究利弊得失的基础上，笔者提出以叙述主体为标准对叙述不可靠性进行划分，是更为可取的方式，从而确立了叙述不可靠性的三种类型：叙述者—叙述的不可靠性、人物—叙述的不可靠性、隐含作者—叙述的不可靠性。这一划分突破了长期以来将不可靠叙述研究仅仅等同于不可靠叙述者研究的局限，强调了人物、隐含作者等叙述主体对于叙述不可靠性的影响，从而获得对叙述不可靠性更为全面而细致的理解。

对于不可靠叙述形成机制的探寻是另外一个非常值得关注的问题。不可靠叙述并不是一种毫无文本依据的主观判断，本研究主要从有缺陷的人物充当叙述者、异常的叙述声音、同故事叙述、省叙和赘叙、二度叙事等方面进行分析。对于形成机制的研究，有助于将不可靠叙述的探讨定位于一个较为客观的基点上。不可靠叙述的效果研究也是人们颇为关切的问题。不可靠叙述的效果主要可以从两个方面看：一是基于文本审美特质而产生的艺术效果；二是由于可能的道德混乱而引发的伦理效果。在布斯的基础上，本研究对反讽和含混两种艺术效果进行了更为细致的分析。对于不可靠叙述的伦理探求，则跳出了传统伦理批评的樊篱，从叙事伦理角度进行观照，并提出"五维度叙事伦理分析法"这一新的批评方法，展现不可靠叙述文本中丰富的伦理交流场景。

  本研究通过内涵分析、类型研究、形成机制、艺术效果和伦理探求等方面的论述，实现了对不可靠叙述的整体性探讨，从而为不可靠叙述研究的深入搭建了一个合理的理论框架。框架的初步建立并不意味着给研究划定边界，而只是为今后的研究提供一种可资借鉴的模式。纽宁构设了不可靠叙述研究框架，"对不可靠叙述进行重构，主要涉及四个方面：（1）不可靠叙述的理论和定义；（2）不同类型的不可靠叙述的区分；（3）显现不可靠叙述者的文本线索和参照框架；（4）读者、文本以及（隐含）作者各自的作用"[1]。这一构想与本书的构架基本吻合，只是在关于读者的理解上有所差异。纽宁指的是单个读者，而笔者则就"类读者"而言，即不可靠叙述不是某一读者的偶然判断，而是众多读者判断的共性表现。这样，读者对于不可靠叙述的影响，实际上也就纳入到了历史文化语境变动的范围之内。

  作为 20 世纪一种普遍的文学现象和重要的文学观念，不可靠叙述的繁盛有着深厚的社会历史文化背景，因而，对于不可靠叙述的反思可以从哲学、文化学等多个角度进入。然而，追本溯源，不可靠叙述直接生成于叙事学领域内，从叙事学视角对其进行反思，对于推进不可靠叙述研究走向深入无疑具有根本性的重要意义。不可靠叙述产生于西方经典叙事学语境下，是作为一种重要的叙述类型提出的。经

---

[1] ［美］詹姆斯·费伦、拉比诺维茨主编：《当代叙事理论指南》，申丹等译，北京大学出版社 2007 年版，第 82—83 页。

典叙事学主要是一种限制性的小说诗学，推崇对于叙事作品进行内在性和抽象性的研究，经典叙事学的极端技巧化仅仅考虑到小说创作的形式层面，因而涉及判断的不可靠叙述几乎未受关注。然而，经典叙事学对于不可靠叙述研究仍然有着相当的方法论意义。经典叙事学强调对文本的细致读解，对于不可靠叙述的讨论，建基于对叙述可靠性与否的判断，因而，我们有必要对不可靠叙述的形成机制进行精细分析，关注各种文本机制如何引发不可靠叙述，否则，就会因过分强调阅读个体判断的差异，而使不可靠叙述研究陷入相对主义的境地。后经典叙事学对于语境、读者的关注，让理论家们开始重视文本的价值判断，不可靠叙述再次进入叙事研究领域，并逐渐成为一个中心话题。文本的概念越来越宽泛，电视、网络等各种媒介的叙事都被囊括进来。不可靠叙述已日益走出小说文本，进入戏剧文本、音乐文本、影视文本，电子文本等其他文本类型中。拉比诺维茨就提出过音乐中的不可靠叙述问题。刘江则认为，"戏剧文学中的叙述不可靠性却尚未引起学界足够的关注"，"不可靠叙述不仅具有反讽的功能，更有助于营造出独特的戏剧幽默和戏剧气氛"[①]。当然，就目前看来，以小说文本为依托的不可靠叙述研究发展得最为充分，对其他媒介中的不可靠叙述研究有着很强的借鉴作用。

在对不可靠叙述研究的过程中激发了笔者对学科意识、问题意识等一系列问题的思考。学科意识就是研究者对于本学科的学科定位、研究领域、研究范式等方面的一种清醒自觉的意识，它对于人类社会发展中具体学科的构建而言是必要的。问题意识是对一些尚待解决的有科学价值的命题或矛盾的承认以及积极解决这些问题的自觉。问题意识不仅体现了个体思维品质的活跃性和深刻性，也反映了思维的独立性和创造性。强烈的问题意识作为思维的动力，促使人们去发现问题，解决问题，直至进行新的发现、创新。以"问题意识"为中心，采取开放的思维方式和合作方式，打破不合理的学科壁垒，这对在传

---

① 刘江:《莎士比亚〈第十二夜〉中的叙述不可靠性解读》，《重庆交通大学学报》2007年第2期。

统的学科框架内讨论问题的研究范式提出了挑战。

　　文学是人学，所涉及的问题关涉人类生活的方方面面，以文学为主要研究对象应该突出研究中的问题意识。文学是一种与人类生活实践密切相连的精神创造活动，是人的自我意识的体现，人类社会的许多问题都会在文学中呈现出来。问题与学科领域之间原本没有一一对应关系，问题是真实的，但学科领域常常是设定的。因而，文学内部生成的问题并不都能在文艺学框架内得到很好的解决，往往需要借助于相关学科的知识从多个层面进入。突出文艺学研究中的问题意识有助于构成多话语共生的合理格局，它既对应于文学构成的多向度、多层面、交叉性和复合性，又开启了研究的多样性和阅读阐释的无限可能性。这种研究范式正是契合当前文学研究现实的合理形态，它通过学科间的交叉作用，有效回应某些文学现象，比如不可靠叙述。作为20世纪以来一种重要的文学现象，不可靠叙述已经成为国内外理论界关注的一个重要问题。不可靠叙述的提出源于对文学文本叙述似是而非、模糊含混、前后矛盾现象的归纳，是对文学现象的一种界定。然而，对不可靠叙述的研究已经无法局限于文艺学领域，我们需要借助于语言学方面的知识，对生成不可靠叙述的语言机制进行分析，而且，一般的指出叙述是否可靠并没有太大的意义，叙述的不可靠往往与叙述者的伦理位置息息相关，对其艺术效果的探究，必然涉及对于作者、叙述者甚至读者各自伦理位置及其相互间伦理关系的考察，由此，伦理学观照也成为不可靠叙述研究中的一个重要维度。由此可见，我们要解决文艺学中的问题，不能将思路仅仅限定在文艺学框架内，而应该以问题为主导，综合借鉴相关学科的知识。如果只是将视界锁定在文艺学范围内，将使问题单一化、平面化，无法对问题产生有效的回应。

　　不可靠叙述为我们开创了一个新的批评空间，提供了一种新的观照文学的角度和方式，从而为反思和重构我们已有的文学理论，更新我们的批评话语提供了一种契机。可以说，不可靠叙述研究是我们基于20世纪以来的文学创作的基本状况而采取的一种具有针对性和策略性的批评实践。

不可靠叙述的研究有着很大的拓展空间，纽宁认为，"第一，叙述者的可靠性问题是一个蕴含极为丰富的议题，牵涉许多复杂的理论问题（例如，我们是否需要隐含作者的烦人问题；同样麻烦的问题是，读者对文本中的矛盾和歧义是如何解决的）。第二，由于不可靠叙述处在审美与伦理、描述与阐释的相交界面，所以它是理论研究与阐释探索的重要结合，关于叙述者的（不）可靠性的任何结论都会产生深远的阐释结果。第三，不可靠叙述普遍存在于现代和后现代小说里，这一事实对每一个批评家以及我们对不可靠叙述者的通常定义都提出了很大的挑战。最后但十分重要的一点是，不可靠叙述并非只限于虚构叙事，而是在各种文类、媒介和不同学科中普遍存在的一种现象"①。保罗·德·曼有云："洞察力不可避免地造成一定的盲目性。把任何一种特定的事物放在焦点上，必然会使其他事物退出焦点。突出某一方面的内容就会使其他潜在的亮点退居背景。"② 本书主要探讨的是小说文本中的不可靠叙述，尽管也论及纽宁所提到的多种理论角度，如关于不可靠叙述审美与伦理、描述与阐释的问题，然而还有不少问题有待今后进一步思考，比如，尽管吸收了认知派的某些观点，但本书主要还是从修辞角度出发看待不可靠叙述，对于个体读者阐释框架的关注还不够。此外，在探讨不可靠叙述时，仍然还有许多值得挖掘的问题，比如，不可靠叙述与文学经典的关系，具体而言，不可靠叙述这一文学观念在反观20世纪以前的经典文本时，能让我们获得何种新的认识？这种认识反过来又能在何种意义促进我们对不可靠叙述的理解？此外，笔者对于不可靠叙述的叙事伦理观照，只涉及不可靠叙述与叙事伦理之间复杂关系的一个方面。实际上，不可靠叙述文本所呈现的丰富的伦理交流场域，也会不断向叙事伦理理论提出挑战，理论的创新也就在其中了。由于本书构架、篇幅等限制，这一系列有趣的问题只能留待以后进一步研究。

---

① ［美］詹姆斯·费伦、拉比诺维茨主编：《当代叙事理论指南》，申丹等译，北京大学出版社2007年版，第82页。
② ［美］苏珊·斯坦福·弗里德曼：《超越女作家批评和女性文学批评》，转引自王政、杜芳琴《社会性别研究选译》，生活·读书·新知三联书店1998年版，第450页。

参考文献

一 专著类

［匈牙利］阿诺德·豪泽尔：《艺术社会学》，居越安译，学林出版社1987年版。

［波兰］埃娃·多曼斯卡编：《邂逅——后现代主义之后的历史哲学》，彭刚译，北京大学出版社2007年版。

［法］A.J.格雷玛斯：《结构语义学》，蒋子骅译，百花文艺出版社2001年版。

［苏］A.齐斯：《马克思主义美学基础》，彭吉象译，中国文联出版社1985年版。

［俄］巴赫金：《小说理论》，白春仁、晓河译，河北教育出版社1998年版。

［俄］巴赫金：《文本·对话与人文》，白春仁等译，河北教育出版社1998年版。

［法］贝尔纳·瓦莱特：《小说——文学分析的现代方法与技巧》，陈艳译，天津人民出版社2003年版。

［比］布洛克曼：《结构主义》，李幼蒸译，商务印书馆1986年版。

陈家宁：《中西小说艺术谈》，北京师范学院出版社1990年版。

陈平原：《中国小说叙事模式的转变》，上海人民出版社1988年版。

陈顺馨：《中国当代文学的叙事与性别》，北京大学出版社1995

年版。

程德培：《小说本体思考录》，上海文艺出版社1987年版。

[日] 大江健三郎：《小说的方法》，郑民钦译，河北教育出版社2000年版。

[英] 戴维·洛奇：《小说的艺术》，王峻岩等译，作家出版社1998年版。

[美] 戴卫·赫尔曼主编：《新叙事学》，马海良译，北京大学出版社2002年版。

丁琴海：《中国史传叙事研究》，国际文化出版公司2002年版。

董乃斌：《中国古典小说的文体独立》，中国社会科学出版社1994年版。

董乃斌主编：《中国文学叙事传统研究》，中华书局2012年版。

董希文：《文学文本理论研究》，社会科学文献出版社2006年版。

董小英：《叙事艺术逻辑引论》，社会科学文献出版社1997年版。

董小英：《叙述学》，社会科学文献出版社2001年版。

[英] D.C.米克：《论反讽》，周发祥译，昆仑出版社1992年版。

[英] E.M.福斯特：《小说面面观》，朱乃长译，中国对外翻译出版公司2001年版。

冯宪光：《审美意识形态的文本分析》，四川大学出版社2001年版。

[英] 弗吉尼亚·伍尔夫：《论小说与小说家》，瞿世镜译，上海译文出版社1986年版。

[加拿大] 弗莱：《批评的剖析》，陈慧、袁宪军、吴伟仁译，百花文艺出版社1998年版。

[法] 福柯：《知识考古学》，谢强、马月译，生活·读书·新知三联书店1998年版。

[美] 福克纳：《福克纳评论集》，李文俊编，中国社会科学出版社1980年版。

傅修延：《文本学》，北京大学出版社2004年版。

傅修延：《先秦叙事研究》，东方出版社 1999 年版。

盖生：《价值焦虑：新时期以来文学理论热点反思》，上海三联书店 2008 年版。

格非：《小说叙事研究》，清华大学出版社 2002 年版。

耿占春：《叙事美学：探索一种百科全书式的小说》，郑州大学出版社 2002 年版。

何怀宏：《伦理学是什么》，北京大学出版社 2002 年版。

［德］黑格尔：《美学》，朱光潜译，商务印书馆 1979 年版。

［美］亨利·詹姆斯：《小说的艺术》，朱雯等译，上海译文出版社 2001 年版。

胡日佳：《俄国文学与西方——审美叙事模式比较研究》，学林出版社 1999 年版。

胡全生：《英美后现代主义小说叙述结构研究》，复旦大学出版社 2002 年版。

胡亚敏：《叙事学》，华中师范大学出版社 2004 年版。

［美］华莱士·马丁：《当代叙事学》，伍晓明译，北京大学出版社 1990 年版。

黄子平：《"灰阑"中的叙述》，上海文艺出版社 2001 年版。

姜文振：《文学何为——中西传统文学价值观比较研究》，人民出版社 2014 年版。

［美］J. 希利斯·米勒：《解读叙事》，申丹译，北京大学出版社 2002 年版。

［意］卡尔维诺：《为什么读经典》，黄灿然、李桂蜜译，译林出版社 2006 年版。

［意］克罗齐：《美学原理·美学纲要》，朱光潜等译，外国文学出版社 1983 年版。

李建军：《小说修辞研究》，中国人民大学出版社 2003 年版。

李晶：《历史与文本的超越——小说价值学导论》，上海社会科学出版社 1992 年版。

［美］李欧梵：《铁屋中的呐喊》，尹慧珉译，岳麓书社 1999

年版。

[美]李湛忞:《全球化时代的文化分析》,杨彩霞译,译林出版社 2008 年版。

[以]里蒙—凯南:《叙事虚构作品》,姚锦清等译,生活·读书·新知三联书店 1987 年版。

刘俐俐:《外国经典短篇小说文本分析》,北京大学出版社 2004 年版。

刘俐俐:《中国现代经典短篇小说文本分析》,北京大学出版社 2006 年版。

刘象愚主编:《外国文论简史》,北京大学出版社 2005 年版。

刘小枫:《沉重的肉身——现代性伦理的叙事纬语》,上海人民出版社 1999 年版。

吕同六主编:《20 世纪世界小说理论经典》,华夏出版社 1995 年版。

罗钢:《叙事学导论》,云南人民出版社 1994 年版。

[法]罗兰·巴特:《随笔选》,怀宇译,百花文艺出版社 1995 年版。

[美]马克·柯里:《后现代叙事理论》,宁一中译,北京大学出版社 2002 年版。

马新国主编:《西方文论史》,高等教育出版社 2002 年版。

孟悦:《历史与叙述》,陕西人民教育出版社 1990 年版。

[荷]米克·巴尔:《叙述学:叙事理论导论》,谭君强译,中国社会科学出版社 2003 年版。

[捷]米兰·昆德拉:《小说的艺术》,唐晓渡等译,作家出版社 1993 年版。

[捷]米兰·昆德拉:《被背叛的遗嘱》,余中先译,上海译文出版社 2003 年版。

[法]米歇尔·福柯:《癫狂与文明》,孙淑强、金筑云译,浙江人民出版社 1990 年版。

南帆:《小说艺术模式的革命》,上海三联书店 1987 年版。

［美］浦安迪：《中国叙事学》，北京大学出版社1996年版。

［美］乔纳森·卡勒：《结构主义诗学》，盛宁译，中国社会科学出版社1991年版。

［英］乔纳森·雷班：《现代小说写作技巧》，戈木译，陕西人民出版社1984年版。

［法］热奈特：《叙事话语　新叙事话语》，王文融译，中国社会科学出版社1990年版。

申丹、韩加明、王丽亚：《英美小说叙事理论研究》，北京大学出版社2005年版。

申丹：《叙事、文体与潜文本——重读英美经典短篇小说》，北京大学出版社2009年版。

申丹：《叙述学与小说文体学研究》，北京大学出版社2005年版。

［英］斯特罗克：《结构主义以来——从列维·斯特劳斯到德里达》，渠东译，辽宁教育出版社、牛津大学出版社1998年版。

［美］苏珊·S.兰瑟：《虚构的权威》，黄必康译，北京大学出版社2002年版。

谭君强：《叙事的力量——鲁迅小说叙事研究》，云南大学出版社1998年版。

谭君强：《叙事理论与审美文化》，中国社会科学出版社2002年版。

［德］瓦尔特·比梅尔：《当代艺术的哲学分析》，孙周兴、李媛译，商务印书馆1999年版。

汪靖洋：《当代小说理论与技巧》，江苏教育出版社1989年版。

王定天：《中国小说形式系统》，学林出版社1988年版。

［英］王尔德：《王尔德全集》，马爱农、荣如德等译，人民文学出版社2000年版。

［美］王靖宇：《中国早期叙事文研究》，上海古籍出版社2003年版。

王德威：《想象中国的方法：历史·小说·叙事》，生活·读书·新知三联书店1998年版。

王阳：《小说艺术形式分析：叙事学研究》，华夏出版社 2002 年版。

[美] 威尔弗雷德·L.古尔灵等：《文学批评方法手册》，姚锦清等译，春风文艺出版社 1988 年版。

[美] 威尔弗雷德等：《文学批评方法手册》，姚锦清等译，春风文艺出版社 1988 年版。

[美] 韦勒克、沃伦：《文学理论》，刘象愚等译，生活·读书·新知三联书店 1984 年版。

[英] 维特根斯坦：《哲学研究》，汤潮、范光棣译，生活·读书·新知三联书店 1992 年版。

[瑞士] 沃尔夫冈·凯塞尔：《语言的艺术作品》，陈铨译，上海译文出版社 1984 年版。

吴琼：《走向一种辩证的批评》，上海三联书店 2007 年版。

伍蠡甫主编：《西方文论选》，上海译文出版社 1979 年版。

[美] W.C.布斯：《小说修辞学》，华明、胡晓苏、周宪译，北京大学出版社 1987 年版。

[美] W.C.布斯：《小说修辞学》，傅礼军译，广西人民出版社 1987 年版。

徐岱：《小说叙事学》，中国社会科学出版社 1992 年版。

[古希腊] 亚里士多德、[古罗马] 贺拉斯：《诗学·诗艺》，罗念生、杨周翰译，人民文学出版社 1988 年版。

杨国荣：《伦理与存在——道德哲学研究》，上海人民出版社 2002 年版。

杨义：《中国叙事学》，人民出版社 1997 年版。

殷国明：《小说艺术的现在与未来》，上海文艺出版社 1990 年版。

[法] 尤瑟夫·库尔泰：《叙述与话语符号学》，怀宇译，天津社会科学出版社 2001 年版。

[美] 詹姆斯·费伦、拉比诺维茨主编：《当代叙事理论指南》，申丹等译，北京大学出版社 2007 年版。

[美] 詹姆斯·费伦：《作为修辞的叙事》，陈永国译，北京大学

出版社 2002 年版。

张德林：《现代小说的多元建构》，华东师范大学出版社 1998 年版。

张明亮：《槐荫下的幻境：论〈围城〉的叙事与虚构》，河北教育出版社 2001 年版。

张柠：《叙事的智慧》，山东友谊出版社 1997 年版。

张世君：《〈红楼梦〉的空间叙事》，中国社会科学出版社 1999 年版。

张文红：《伦理叙事与叙事伦理》，社会科学文献出版社 2006 年版。

张艳梅：《文化伦理视域下的中国现当代小说研究》，中国社会科学出版社 2012 年版。

张寅德编：《叙述学研究》，中国社会科学出版社 1989 年版。

赵一凡、张中载、李德恩主编：《西方文论关键词》，外语教学与研究出版社 2006 年版。

赵毅衡：《当说者被说的时候——比较叙述学导论》，中国人民大学出版社 1998 年版。

赵毅衡：《广义叙述学》，四川大学出版社 2013 年版。

赵毅衡：《苦恼的叙述者》，北京十月文艺出版社 1994 年版。

郑铁生：《三国演义叙事艺术》，新华出版社 2000 年版。

朱光潜：《西方美学史》，人民文学出版社 1979 年版。

郏璆：《小说艺术的思考》，河北人民出版社 1986 年版。

祖国颂：《叙事的诗学》，安徽大学出版社 2003 年版。

Abbott, H. Porter. *The Cambridge Introduction to Narrative*. Cambridge University Press, 2002.

Adam Zachary Newton. *Narrative Ethics*. Cambridge: Harvard University Press, 1995.

Alastair Fowler, *Kinds of Literature: An Introduction to the Theory of Genres and Modes*. Cambridge, Mass: Harvard University Press, 1982.

Andrew Bennett and Nicholas Royle, *Introduction to Literature*, Criticism and Theory. London: Prentice Hall Europe, 1999.

Chatman Seymour. *Story and Discourses: Narrative Structure in Fiction and Film*. Ithaca and London: Cornell University Press, 1978.

Chris Baldick. *Oxford Concise Dictionary of Literary Terms*. Shanghai: Shanghai Foreign Language Education Press, 2000.

David Herman. *Narratologies: New Perspectives on Narrative Analysis*. Columbus: Ohio State University Press, 1999.

Gerald Prince. *A Dictionary of Narratology*. Lincoln: University of Nebraska Press, 1987.

Ihab Hassan. *The Postmodern Turn: Essays in Postmodern Theory and Culture*. The Ohio State University Press, 1987.

Jahn, M. *Poems, Plays, and Prose: A Guide to the Theory of Literary Cenres*. Cologne: University of Cologne, 2002.

James Phelan. *Living to Tell about It: A Rhetoric and Ethics of Character Narration*. Ithaca: Cornell University Press, 2005.

James Phelan. *Narrative as Rhetoric*. Columbus: Ohio State University Press, 1996.

James Phelan & Peter J. Rabinowitz, eds. *A Companion to Narrative Theory*. Oxford: Blackwell, 2005.

Luc Herman and Bart Vervaeck. *Handbook of Narrative Analysis*. Lincoln: University of Nebraska Press, 2005.

M. H. Abrams. *A Glossary of Literary Terms*. Beijing: Foreign Language Teaching and Research Press, 2004.

Michael W. Smith. *Understanding Unreliable Narrators: Reading between the Lines in the Literature Classroom* Urbana: National Council of Teachers of English, 1991.

Mieke Bal. eds, *Narrative Theory: Critical Concepts in Literary and Cultural Studies*. London; New York: Routledge, 2004.

Rimmon-Kenan, Shlomith. *Narrative Fiction: Contemporary Poetics*. Florence, KY, USA: Routledge, 1983.

Robin Feuer Miller. *Dostoevsky and The idiot*: *Author*, *Narrator*, *and Reader*. Cambridge, Mass: Harvard University Press, 1981.

S. S. Lanser. *The Narrative Act*: *Point of View in Prose Fiction*, Princeton, NJ: Princeton University Press, 1981.

Stanley Hauerwas: *Truthfulness Tragedy*. University of Norte Dame Press, 1977.

W. C. Booth. *A Rhetoric of Irony*. Chicago and London: The University of Chicago Press, 1974.

W. C. Booth. *The Company We Keep*: *A Ethics of Fiction*. University of California Press, Berkeley and Los Angles, California, 1988.

W. C. Booth. *The Rhetoric of Fiction*. Chicago: University of Chicago Press, 1983.

二 作品类

［法］阿尔贝·加缪：《局外人》，郭宏安译，译林出版社1998年版。

［法］阿尔贝·加缪：《堕落》，郭宏安等译，四川文艺出版社1996年版。

阿来：《尘埃落定》，人民文学出版社1998年版。

［美］埃萨克·巴什维斯·辛格：《傻瓜吉姆佩尔》，刘兴安、张镜译，外语教学与研究出版社1981年版。

［英］艾米莉·勃朗特：《呼啸山庄》，陆杨译，长江文艺出版社2000年版。

［美］爱伦·坡：《爱伦坡的诡异王国》，朱璞煊译，中国对外翻译出版公司1999年版。

［英］奥利佛·哥尔德斯密斯：《威克菲尔德牧师传》，张颖注释，上海外语教育出版社2003年版。

［英］勃朗特：《呼啸山庄》，杨苡译，江苏人民出版社1980年版。

曹雪芹、高鹗：《红楼梦》，凤凰出版社2006年版。

［英］笛福：《鲁滨逊漂流记》，范纯海、夏旻译，长江文艺出版社 2007 年版。

［美］菲茨杰拉德：《了不起的盖茨比》，巫宁坤、唐建清译，译林出版社 1999 年版。

［英］菲尔丁：《汤姆·琼斯》，张耕译，湖南人民出版社 1982 年版。

［美］福克纳：《押沙龙，押沙龙！》，李文俊译，上海译文出版社 2004 年版。

［美］福克纳：《喧哗与骚动》，李文俊译，上海译文出版社 2004 年版。

［英］福特·麦多克斯·福特：《好兵》，张蓉燕译，春风文艺出版社 1999 年版。

［美］海明威：《短篇小说全集》，陈良廷等译，上海译文出版社 2004 年版。

［美］亨利·詹姆斯：《阿斯彭文稿》，主万译，百花文艺出版社 1983 年版。

［美］亨利·詹姆斯：《螺丝在拧紧》，高兴、邹海仑译，人民文学出版社 2004 年版。

［英］简·奥斯汀：《爱玛》，刘重德译，花城出版社 1993 年版。

［日］芥川龙之介：《介川龙之介经典小说》，方洪庆译，延边人民出版社 2001 年版。

［英］康拉德：《黑暗的心》，孙礼中、季忠民译，解放军文艺出版社 2005 年版。

兰陵笑笑生：《金瓶梅》，齐鲁书社 1991 年版。

［英］劳伦斯·斯特恩：《项狄传》，蒲隆译，译林出版社 2006 年版。

［俄］列夫·托尔斯泰：《克莱采奏鸣曲》，林楚平译，浙江人民出版社 1980 年版。

鲁迅：《鲁迅小说全集》，河南人民出版社 1994 年版。

［法］罗布—格里耶：《窥视者》，郑永慧译，上海译文出版社

1979年版。

罗贯中:《三国演义》,凤凰出版社2006年版。

[美]马克·吐温:《哈克贝利·费恩历险记》,张友松、张振先译,中国书籍出版社2005年版。

[加拿大]玛格丽特·阿特伍德:《盲刺客》,韩忠华译,上海译文出版社2003年版。

[美]麦尔维尔:《白鲸》,姬旭升译,北京燕山出版社1999年版。

莫言:《檀香刑》,作家出版社2001年版。

莫言:《透明的红萝卜》,青海人民出版社2002年版。

[美]纳博科夫:《洛丽塔》,于晓丹译,译林出版社2000年版。

[法]普鲁斯特:《追忆逝水年华》,李恒基、徐继曾、桂裕芳等译,译林出版社1989年版。

[俄]契诃夫:《契诃夫小说全集》,汝龙译,上海译文出版社2000年版。

[英]萨克雷:《名利场》,贾文浩、贾文渊译,北京燕山出版社2000年版。

[法]塞利纳:《塞利纳精选集》,沈志明编选,山东文艺出版社2000年版。

[美]塞林格:《麦田里的守望者》,施咸荣译,上海译林出版社2003年版。

[西]塞万提斯:《堂吉诃德》,张广森译,上海译文出版社2006年版。

施耐庵:《水浒传》,凤凰出版社2006年版。

[英]王尔德:《道连·格雷的画像》,荣如德译,山东文艺出版社1999年版。

吴敬梓:《儒林外史》,凤凰出版社2006年版。

[英]伊恩·麦克尤恩:《赎罪》,郭国良译,上海译文出版社2005年版。

[法]雨果:《悲惨世界》,李丹、方于译,人民文学出版社1992

年版。

［爱尔兰］詹姆斯·乔伊斯：《青年艺术家的画像》，黄雨石译，外国文学出版社1998年版。

三 论文类

曹禧修：《小说修辞学框架中的隐含作者与隐含读者》，《当代文坛》2003年第5期。

崔勇：《不可靠叙述与非权威批评中的"潜流"——谈端木蕻良短篇小说集〈憎恨〉》，《福建论坛》1999年第4期。

丰云：《令人生疑的叙述者》，《牡丹江大学学报》2007年第2期。

黎清群、曹志希：《不可靠叙述：〈爱情是谬误〉反讽意义的呈现方式》，《外语与外语教学》2007年第9期。

李平：《论克林斯·布鲁克斯的反讽诗学》，《外国文学评论》1993年第2期。

李颖、张浩：《〈哈克贝里·费恩历险记〉中的情景反讽》，《世界文学评论》2006年第1期。

刘江：《莎士比亚〈第十二夜〉中的叙述不可靠性解读》，《重庆交通大学学报》2007年第2期。

刘俐俐：《论西方新叙事理论文本批评的方法论意义》，《陕西师范大学学报》2005年第4期。

刘俐俐：《叙事性文本批评：层次递进现象及其意义》，《学术研究》2004年第10期。

刘俐俐：《一个有价值的逻辑起点——文学文本多层次结构问题》，《南开学报》2005年第2期。

潘守文：《多元文化语境下族裔身份的解构与建构——评阿特伍德的〈强盗新娘〉》，《国外文学》2007年第2期。

潘守文：《论〈盲刺客〉的不可靠叙述者》，《天津外国语学院学报》2005年第5期。

尚必武：《对修辞方法的挑战与整合——"不可靠叙述"研究的

认知方法述评》,《国外文学》2010 年第 1 期。

申丹:《关于西方叙事理论新进展的思考》,《外国文学》2006 年第 1 期。

申丹:《何为"不可靠叙述"》,《外国文学评论》2006 年第 4 期。

申丹:《坡的短篇小说/道德观、不可靠叙述与〈泄密的心〉》,《国外文学》2008 年第 1 期。

宋伟:《试论文艺效果的范畴》,《中州学刊》2001 年第 5 期。

谭光辉:《从言意关系看什么是不可靠叙述——论叙述框架的叙述功能与人格功能的关系》,《福建论坛》2015 年第 10 期。

谭君强:《发展与共存:经典叙事学与后经典叙事学》,《江西社会科学》2007 年第 2 期。

谭君强:《论叙事作品中叙述者的可靠与不可靠性》,《思想战线》2005 年第 6 期。

谭君强:《叙述者可靠与不可靠性的可逆性:以鲁迅小说〈伤逝〉为例》,《名作欣赏》2006 年第 15 期。

汪小玲:《论〈洛丽塔〉的叙事策略与隐含作者的建构》,《外国语》2007 年第 4 期。

王成军:《叙事伦理:叙事学的道德思考》,《江西社会科学》2007 年第 6 期。

王芳:《富有意味的叙述者》,《外国文学》2007 年第 11 期。

王晶:《傻子的智慧——论中外民间故事中的傻子母题》,《云南民族大学学报》2004 年第 5 期。

吴承学、何志军:《诗可以群——从魏晋南北朝诗歌创作形态考察其文学观念》,《中国社会科学》2001 年第 5 期。

伍茂国:《论鲁迅小说形式的伦理向度:叙事伦理文本研究》,《求索》2004 年第 10 期。

伍茂国:《叙事伦理:伦理批评新道路》,《浙江学刊》2004 年第 5 期。

伍茂国:《叙事伦理:叙事走向伦理的知识合法性基础》,《宁夏大学学报》2009年第1期。

伍茂国：《艺术作为生活的"他者"——〈道连·葛雷的画像〉的叙事伦理》，《宁夏大学学报》2007年第1期。

谢有顺：《铁凝小说的叙事伦理》，《当代作家评论》2003年第6期。

谢有顺：《中国小说的叙事伦理——兼谈东西的〈后悔录〉》，《南方文坛》2005年第4期。

谢有顺：《中国小说的叙事伦理》，《南方文坛》2005年第4期。

薛毅：《钱理群〈狂人日记〉细读》，《鲁迅研究月刊》1994年第11期。

杨红旗：《伦理批评的一种可能性》，《当代文坛》2006年第5期。

杨红旗：《叙事伦理与文艺学的知识生成》，《文艺理论研究》2009年第6期。

尧新瑜：《"伦理"与"道德"概念的三重比较义》，《伦理学研究》2006年第4期。

曾杞宗：《歧义 模糊 含混》，《辽宁大学学报》1987年第3期。

[美]詹姆斯·费伦：《可靠、不可靠与不充分叙述——一种修辞诗学》，王浩编译，《思想战线》2016年第2期。

张丽：《不可靠叙述研究的新进展——评20世纪第一人称小说的叙事不可靠性》，唐伟胜主编，暨南大学出版社2012年版。

张晓勇：《重新审视可靠性：〈孔乙己〉叙事艺术解读》，《名作欣赏》2007年第6期。

赵毅衡：《新闻不可能是"不可靠叙述"：一个符号修辞分析》，《福建师范大学学报》2013年第1期。

Ansgar Nünning. *Deconstructing and Reconceptualizing the Implied author*, in Anglistik. Organ des Verbandes Deutscher Anglisten 8 (1997).

Ansgar Nünning. *Reconceptualizing the Theory and Generic Scope of Unreliable Narration*. In Reconceptualizing Trends in Narratological Research, edited by John Pier, Tours: Tours Univ. Press, 1999.

Ansgar Nünning, *Unreliable Compared to What: Towards a Cognitive Theory of Unreliable Narration Prolegomena and Hypotheses*, In Transcending Boundaries Narratology in Context edited by Walter Vrunzweig and Andreas Solbach, Tubingen, Gunther Narr Vertag, 1999.

Bruno Zerweck: *Historicizing Unreliable Narration: Unreliability and Cultural Discourse in Narrative Fiction*, Style, Vol. 35, No. 1. (2001, Spring)

Dan shen, *Unreliability and Characterrization*. Style. 23 (1988).

Dorrit Cohn. *Discordant Narration. Style*, Summer, 2000.

Gideon Shunami. *The Unreliable Narrator in Wuthering Heights Nineteenth-Century Fiction*. Vol. 27. No. 4. (Mar, 1973)

Gregory Currie. *Unreliability Refigured: Narrative in Literature and Film*, The Journal of Aesthetics and Art Criticism, Vol. 53, No. 1. (Winter, 1995)

James. Phelan. *Estranging Unreliability, Bonding Unreliability, and the Ethics of Lolita. Narrative*, 15.2 (2007b).

James W. Brown. El hermano asno. *When the Unreliable Narrator Meets the Unreliable Reader*. Hispania, Vol. 71, No. 4. (Dec, 1988)

Olson, Greta. *Reconsidering Unreliability: Fallible and Untrustworthy Narrators*, Narrative Vol. 11, No. 1. (January, 2003)

Patrick Brancaccio. *Studied Ambiguities: Arthur Meryn and the Problem of the Unreliable Narrator*. American Literature, Vol. 42, No. 1. (Mar, 1970)

Paul Lyons. *The Morality of Irony and Unreliable Narrative in Trollope's "The Warden" and "Barchester Towers"*. South Atlantic Review, Vol. 54, No. 1. (Jan, 1989)

Per Krogh Hansen. *Unreliable Narration between Authorial Intention and Cognitive Strategy Narrative*, Cognition and Linguistics In University of Southern Denmark Kolding, Nov. 9-10th, 2006.

Philip Hobsbaum. *Unreliable Narrators Poor Things and its Paradigms*, http://www.arts.gla.ac.uk/SESLL/STELLA/COMET/glasgrev/issue3/hobs.htm.

Rabinowitz, Peter J. *Truth in Fiction: A Reexamination of Audiences*. Critical Inquiry 4 (1976).

Tamar Yacobi. *Fictional Reliability as a Communicative Problem*, Poetics Today, Vol. 2, Narratology III: Narration and Perspective in Fiction. (Winter, 1981)

Tamar Yacobi. *Interart Narrative: (Un) Reliability and Ekphrasis*. Poetics Today (Winter, 2000).

Tang Weisheng. *The Ethical Turn and Rhetorical Narrative Ethics: An Interview with Professor James Phelan*, Foreign Literature Studies. 2007 (3).

Thomas E. Boyle. *Unreliable Narration in "The Great Gatsby"*, The Bulletin of the Rocky Mountain Modern Language Association, Vol. 23. No.1.

Vera Nünning. *Unreliable Narration and the Historical Variability of Values and Norm: the Vicar of Wakefield as a Test Case of a Culutural-Historical Narratology* Style, Vol. 38, No. 2. (summer, 2004)

Wall, Kathleen: *The Remains of the Day and Its Challenges toTheories of Unreliable Narration*, Journal of Narrative Technique 1994.

后　　记

　　不可靠叙述是20世纪叙事性文学作品中频繁出现的一种重要现象。当叙述者对于虚构世界的讲述、感知和价值判断，与隐含作者所可能提供的讲述及其价值规范之间形成冲突，从而引发读者对于叙述话语可靠性的怀疑，我们称之为不可靠叙述。值得注意的是，这里的"读者"并不完全等同于认知派的真实的个体读者，而是"类读者"，即不可靠叙述不是某一读者的偶然判断，而是在某种特定的历史文化情境中众多读者作出的共同判断。

　　对于不可靠叙述的研究自布斯开始，到现在已颇具规模。在目前可见的研究成果中，尚未见到对不可靠叙述的系统研究，本选题正是在这样的背景下出现的。本书主要试图回答以下几个问题：不可靠叙述的内涵是什么？不可靠叙述有哪些类型？不可靠叙述的形成机制是什么？不可靠叙述有着怎样的艺术效果？不可靠叙述有着怎样的伦理价值？对于这一系列问题的回答，基本上勾勒出了不可靠叙述理论的概貌，对于我们认识艺术作品中的不可靠叙述现象提供了一定的理论依据。

　　不可靠叙述从作家们自觉或不自觉运用的叙事策略发展到现在，已经逐渐演变成了一种文学叙事观念。也就是说，不可靠叙述包含两个层面：一是不可靠叙述作为一种叙述策略运用在作品中；二是这种不可靠叙述已经成为了一种文学观念。生活如此复杂多变，要在叙述中表达确定不移的信息与意义显得困难与不必要。叙事策略与叙事观念随着时代的变迁发生了重要变化，不可靠叙述就是典型的表现，这是本书的核心观点和论述的基石。

　　本人攻博期间以"不可靠叙述"为选题，较为系统地对不可靠叙述进行考察，得到了评审专家们的肯定。毕业后到江西师范大学文学院工作，有关不可靠叙述的思考仍在继续，2013年申报了教育部人文社科青年基金项目并获立项。本书即是这一研究的成果。课题的一些阶段成果曾经在《兰州大学学报》《江西师范大学学报》《中国社会科学报》等报刊上发表，在此一并表示感谢。

论著的出版，一切经历的以及未经历的，都悄无声息地渗入记忆，生活中那些平平淡淡的过往、真真切切的感动也将历久弥新。在此，首先要感谢我的博士生导师刘俐俐教授，她在学术上对我们要求甚严，使我们养成了严谨的学术思考习惯，给了我许多人生的启迪。感谢我的硕士生导师赖大仁教授，他一直关心着我的学业与工作，关注着我的进步。感谢求学过程中所遇到的众多对我无私帮助的老师，对于师长们的这份感怀之情将永藏心底，鞭策我在学术道路上不断前行。感谢同门！感谢同事！感谢家人！他们的关心与支持让我得以专心向学。

本书现在能够出版，得到教育部人文社会科学青年基金项目的资助，得到江西师范大学文学院学科建设经费的支持。正是得益于江西师范大学文学院领导的大力支持，使本书能够高效出版，免去了本人许多事务性工作。在此表示感谢！

学术研究是一个艰辛的过程，创新是难的。在不可靠叙述课题的研究过程中，常常会思考文学研究的创新。研究范式对于创新有着重要的影响。国内外研究范式存在较大的差异：国外走的多是由果溯因的诗歌学的路子，从现象出发，探究该现象发生的原因，其结果必然是对这一问题的理论思考与总结。索绪尔、韦勒克、沃伦、布斯、罗兰·巴特等采取的都是这样一种研究路径。我们更多的走的是阐释学的路子，运用既有理论对现象进行阐释，阐释得再好，也容易被理论的框架束缚，容易在理论的圈子里出不来，创新不可避免要受到影响。比如，当前国内关于不可靠叙述的研究主要集中在文本分析上；又如，口头诗学的鼻祖美国人帕里、洛德从荷马问题出发，通过对南斯拉夫民间歌手的考察，不仅比较信服地找到了荷马问题的答案，还创立了口头诗学理论，我国民间口头文学不可谓不丰富，却未出现像口头诗学这样有影响的理论。

  在研究过程中也遇到了不少困难,"板凳须坐十年冷"只是对身体及意志的考验,还有一些个人难以克服的困难。本书的出版,并不意味着思考的结束。不可靠叙述作为一种现象存在于文学叙述中,它所带来的叙述意味却极为深长,值得我们深入思考与长久探索。这里,用屈原的名句作结:"路曼曼其修远兮,吾将上下而求索。"

陈志华

2017 年 12 月